Dawn Powell • Das Glücksrad

Dawn Powell

Das Glücksrad

Ein New-York-Roman

Aus dem Amerikanischen und mit einem
Nachwort von Karen Lauer

MALIK

Die Originalausgabe erschien 1936 unter dem Titel
»Turn, Magic Wheel«
bei Farrar & Rinehart in New York.
Eine Neuausgabe dieses Romans wurde in dem von Tim Page herausgegebenen Band »Dawn Powell at Her Best« 1994 bei Steerforth Press in South Royalton, Vermont, veröffentlicht.

Für Dwight Fiske

ISBN 3-89029-128-7

Gesetzt aus der Garamond
Gesamtherstellung: Ebner Ulm
Printed in Germany

Magisches Rädchen,
zieh in mein Haus du
den Mann, den ich liebe!
Theokrit

I

... die kleinen Wörter der Reichen ...

Eines schönen Tages werd ich dafür zahlen müssen, dachte Dennis – man kann nicht einfach alles im Leben der Neugierde opfern. Diese nämlich war der Dämon hinter allem, was er tat, der Grund für seine Freundlichkeit zu Bettlern, zu Leierkastenmännern, alten Damen und kleinen Kindern, für sein dringendes Bedürfnis, zu wissen, was sie wußten, zu sehen und zu hören und zu fühlen, was sie empfanden, einen flüchtigen Moment lang sie zu *sein*. Die Neugier war das treibende Laster hinter seinem Beruf, der einzige, fürchterliche Grund dafür, daß er schrieb, und eines Tages, hielt er sich warnend vor, würde er für diesen Seelenhandel zahlen müssen.

Jedesmal, wenn er spätnachmittags aus einer langen Schlacht am Schreibtisch auftauchte, trübsinnig vor Erschöpfung, geißelte er sich mit Vorwürfen und Fragen. Warum war er nur nach New York gekommen, warum hatte er diesen Beruf gewählt? Obwohl er sich, offen gestanden, nicht erinnern konnte, ihn gewählt zu haben, eigentlich hatte er einfach nur geschrieben. Aber wenn er schon eine Muse haben mußte, warum dann nicht die des Soldatenlebens oder besser noch die der Werbung? ...

Eigentlich hätte ich nach South Bend gehen sollen, stellte er fest, in die Schuhfabrik meines Onkels, und mir dort in den Logen einen Namen machen; doch da lag auch schon wieder das Problem. Hat mein Onkel mich darum gebeten? Nein. Er hat gemeint: »Du würdest in meiner Firma nur stören, Denny. Hier hast du hundert Dollar. Geh irgendwohin, nur weit weg.« »Danke, Onkel«, hätte ich entschlossen sagen sollen, »aber ich übernehme lieber die Fabrik, und mit dem bißchen Phantasie für das Schuh-Strumpf-und-Strumpfhalter-Geschäft, die ich mir in all den Jahren erworben habe, gedenke ich, dem Orphen-Schuh zu Weltruhm zu verhelfen. Gestatte mir, Onkel«, hätte ich sagen sollen, »hier etwas auf die Beine zu stellen oder wenigstens auf den Kopf.« Und dann hätte ich Alice geheiratet – oder war es Emma – von nebenan. Den Sommer hätten wir in unserem Cottage an einem anständigen See in Wisconsin verbracht, und im Winter hätten wir für die Jungs den Keller ausgebaut, mit Chintz und alten Öfen. Um meinem Geist und meinem Ego Genüge zu tun, hätte ich bis tief in die Nacht dicke Bücher gelesen, die Alice nie würde verstehen können, und meinem kosmopolitischen Drang hätte ich durch augenzwinkernde Blicke zu Gastschauspielerinnen gefrönt. Das hätte ich auf jeden Fall getan, selbst wenn es Emma war und nicht Alice. Aber nein, ich muß von Natur aus rastlos sein. Die Neugierde ist meine Muse, treibt mich Tausende von Meilen über Land und Meer, um ein tragisches Gesicht am Fenster eines Autobusses zu studieren, nicht um der Menschheit, nein, bloß um der Antwort willen. Habe ich denn keine höheren Gefühle, flehte er den strengen Richter an, bedenke doch etwa, was für ein treuer Freund ich Effie Callingham gewesen bin; hat es jemals einen treueren Freund gegeben?...

Die Antwort auf diese unbequeme Frage fiel nicht eben günstig aus, denn aus seinem Nachsinnen über Effie, ihr Gefühlsleben, ihre Zukunft und ihre Vergangenheit, war sein neuestes Buch hervorgegangen – wenn das also Treue war, so arbeitete sie seinem größten Laster in die Hände. Geben wir es also zu, die Neugier war für ihn der Grund zu schreiben, der Grund für dieses brennende Verlangen, zu wissen, was andere Leute wußten, und es zu erzählen. Nicht auszuhalten, die Antwort nicht zu wissen. Diese leeren Gesichter in der U-Bahn, was geht nur hinter ihnen vor? Im spiritistischen Salon in der West Seventy-third, Ecke Amsterdam Avenue – welche grobe Vermutung würde den Mann dort mit einem Wort umschreiben, welche blinde Prophezeiung die Zukunft jener Frau umreißen; in den Lesesälen der Bibliothek in der Forty-second Street blicken unzählige, in ihre Bücher vertiefte Menschen (warum so vertieft? was lesen sie und warum?) von den Seiten auf und ins Leere; was für Erinnerungen hat welcher Satz geweckt, so daß ein Wirrwarr von Gedanken durch Glas und Stahl hindurch davontreibt in die Ferne, an Orte, die du niemals kennen wirst, wo sie vertraulich auf Gesichtern ruhen, die du wohl niemals siehst? In Dolly Raouls Studio für Bühnentanz & Co., Akrobatik, Ballett, Spitze, Stepptanz, Gesellschaftstanz, in der Fourteenth Street, Ecke Second Avenue – was empfindet wohl, was weiß die kleine wasserstoffblonde Jüdin, die aus dem Fenster lehnt, welch vielleicht grandioser Plan für den Sprung von der Avenue A zur Carnegie Hall nimmt in ihrem kleinen Kopf gerade Gestalt an? Mit der Schreibmaschine kann man auf diese Fragen Antwort geben, kann diese Menschen sein, kann seine eigenen Leiden zu den ihren machen, ihren Erinnerungen nachhängen, sich nach dem Ziel ihrer Wünsche sehnen. Ausgewalzt auf dem Papier, wo ein Detail zum anderen kommt, Erfundenes zu Realem, gewinnt die Figur Gestalt; unsichtbar kriecht man in sie hinein, endlich ist man selbst der Fremde.

Worte, eidesstattliche Erklärungen können hier nicht helfen; zwischen den aufrichtigen Sätzen steht doch das Warum, das Warum *sie*, warum nicht jemand anderes, so daß Effies eigene Geschichte, die er doch im großen ganzen sehr gut kannte, immer nur ein lockendes Versprechen war, ihn auf ewig von ihrem lieben, zerfurchten Gesicht, jeder noch so simplen Geste fasziniert sein ließ. Während er so über Effie nachsann, ohne daß er jemals hätte sie sein oder sie tatsächlich hätte kennen können, und eine Vergangenheit für sie erfand, so daß seine eigene Geschichte wirklicher wurde als ihre, ging Dennis die Second Avenue entlang, erst geistesabwesend und dann bewußt der kleinen Blondine folgend, die mit einem grünen Hut und einer Jacke mit Astrachankragen aus Dolly Raouls Tanzstudio getreten war. Er sah sich an, was sie ansah, stand jedoch erneut vor einem Rätsel; vor dem Fenster der Modistin – welcher Hut entzückte sie, jene Toque dort mit der roten Feder oder der andere aus schwarzem Taft, war es der Handkarren mit persischen Feigen, der sie lockte und noch einmal hinsehen ließ, oder war es der Tisch mit dem Johannisbrot, war es der Stand mit Kolomara-Trauben und Granatäpfeln, oder war sie einfach hungrig? Vielleicht steckten in der straßbestickten Samthandtasche nur noch ein paar Cents, vielleicht verschlang die Schulgebühr ihr ganzes Geld; vielleicht durfte sie auf keinen Fall vergessen, daß sie die zehn Cent noch für die Fahrt zu einem Vortanztermin brauchte. Unterhalb der Seventh Street sah sie zu dem Spruchband auf, das leuchtend über der Straße prangte: VIERTER JAHRESBALL DER RIDGE STREET BOYS; dort wollte sie natürlich gerne hingehen und zeigen, was sie konnte. In irgendeiner Ecke des Ballsaals würde sie ihrem Partner ein paar moderne Tanzschritte beibringen und die anderen mit ihren professionellen Bewegungen zum Staunen bringen und entzücken; jetzt blieb sie vor einem Kleidergeschäft stehen und sah sich bereits in dem Abendkleid aus blauem Samt, versonnen öffnete sie ihre Handtasche, um sich das Gesicht zu pudern, sah in ihrem Taschenspiegel Dennis' fragenden Blick und musterte ihn arrogant, sich ärgernd, daß er sie in dem blauen Samtkleid auf dem Ball mit Irving hatte tanzen sehen.

Sie ging hastig weiter, die Second Avenue entlang – die hochhackigen grauen Wildlederstiefel à la russienne klapperten entschlossen auf dem Pflaster, die festen blonden Locken explodierten unter dem grünen Hut, aber der rhythmische Schwung ihres Rocks hatte jetzt etwas bewußt Kokettes, und ernüchtert blieb Dennis einen Moment lang an der Ecke Fourth Street stehen und sah zu, wie sie – rechts, links, rechts, links – über die Straße wippte. Was lockte sie wohl auf die andere Seite – sicher nicht die Church of the Nativity, dieser kahle Bau von pilgerväterlicher Schlichtheit, das schmuckloseste Kreuz, das die benachbarten jüdischen Geschäfte und Symbole überragte? Sie war verschwunden, vielleicht durch jenes Seitentor, an dem auf einem Schild in schwarzen und roten Lettern stand:

TRADITIONELLER BAUERNTANZ
KOMMT ALLE, IHR MÄDCHEN UND BURSCHEN
TRADITIONELLER NATIVITYVILLE-BAUERNTANZ

Jetzt, wo er sie verloren hatte, konnte er auf dem Heimweg lange zu Dolly Raouls Fenstern aufschauen, vor jedem Karren mit Feigen stehenbleiben, in das Hutgeschäft spähen, um nachzusehen, ob der rote Hut noch da war – nein, sie war fort, er würde sie nie mehr wiedersehen, nie mehr, doch da huschte schon die nächste Begegnung über die Leinwand – im Paradies vielleicht oder in den Folies Bergères, das Zigarettenmädchen, das sich mit dem Bauchladen an seinen Tisch lehnte. »*Haben wir uns nicht schon mal gesehen, mein Herr?*« Diesmal mit einem kleinen Fes und in bestickten Hosen, aber dasselbe junge Mädchen, dieselbe spitze Nase, dieselbe steife blonde Lockenpracht. Du warst also gar keine Tänzerin, warst nie ein ehrgeiziges Mädchen von der Eastside, sondern die ganze Zeit ein nostalgisches Broadway-Girl, also standen die Antworten gar nicht im Buch.

Der leichte Nebel ging langsam über in Schnee, und fröstelnd schlug Dennis den Kragen hoch. Auf keinen Fall durfte er sich jetzt noch einmal eine Rippenfellentzündung holen und bedauert werden, jetzt, wo der Winter gerade vorbei war, das wäre ein schönes Frühjahr, im Bett, ohne Geld, ohne Kamin, nur die Zeitschriftenredakteure, die ihm zuredeten, Geschichten, die er noch gar nicht angefangen hatte, zu beenden. Nie im Leben wollte er sich noch einmal bedauern lassen, lieber war er arrogant, vulgär, unfein und gemein, alles, nur nicht arm, krank, schwach, kraftlos und bedauernswert. Allein die Vorstellung ließ ihn zusammenzucken, so wie ihm angesichts einer geladenen Pistole immer noch das tapfere Blut in den Adern gerann, ja, er hatte immer noch Angst vor dem Schicksal, der bösen Schwiegermutter. Würden wohl sein Ruhm und sein Lebensunterhalt irgendwann einmal gesichert sein, würde er sich eines Tages, wenn er einmal Glück hatte, nicht sofort fragen, mit welcher Pechsträhne er dafür würde zahlen müssen? Ach, dachte er, einmal ein bequemes Leben haben, mit einem zufriedenen Lächeln dasitzen, die Hände über dem Bauch verschränkt, und selbstbewußt, und nicht voller Mißtrauen, die Ehrerbietung der Götter entgegennehmen! Andererseits war die Fähigkeit, bequem dazusitzen, Temperamentssache und lag nicht in seiner Natur, nein, um ihn zu reizen, mußte der Erfolg geheimnisvoll, flatterhaft und treulos sein.

Im Spiegel einer Münzwaage sah er seine eigene dünne, schmächtige, wenig imposante Gestalt – kaum ein Verführer des Glücks, der Lorelei. Er hätte schwören können, daß aus diesem Mann nie ein Eigenheimbesitzer, Schuhfabrikdirektor, Autoeigentümer, fester Angestellter würde, dieser Mann konnte allenfalls Besitzer einer Eintrittskarte sein, und als er so mit nüchternem, fast feindseligem Blick sein Spiegelbild ansah, fiel ihm auf, daß sein Gesicht ein Nullachtfünfzehn-Gesicht war, eines, das in jedem Ausweis kleben könnte, ohne völlig falsch zu wirken; solch ein Gesicht durfte wohl die Welt durchstreifen und leidenschaftlich andere studieren, ohne daß es selbst dem neugierigen zweiten Blick zum Opfer fiel. Das war nichts weiter als der gerechte Ausgleich für eine Ungerechtigkeit, schloß er und fragte sich, ob es wohl möglich war, daß er sich selbst gegenüber an Unvoreingenommenheit verlor, denn ihm fiel zu seinem Charme, seinen Fähigkeiten, seiner Überlegenheit immer seltener etwas Negatives ein, das sich nicht binnen zwei Minuten durch eine unbefangene Analyse als Unsinn abtun ließ. Tatsächlich war er ein außerordentlich sympathischer Mann, gutaussehend und stattlich (solange er sich von großen Frauen fernhielt), in einem lässigen Prince-of-Wales-Stil gekleidet (solange er auf der Fourteenth Street oder der Second Avenue blieb), mit einem ganz eigenen Flair, der das Ergebnis einer Mischung von Clark Gable und Wallace Beery war. Er ging die Avenue mit festerem Schritt wieder hinauf und kaufte bei dem alten, vor seinem Kohleofen zitternden Mann auf der Höhe von St. Mark's eine Tüte geröstete Kastanien. Er würde sie Effie mitbringen. Das war das einzig Kindliche an ihr, reizend und unbezwingbar, die Frage: »Was hast du mir mitgebracht?« Es war nie wichtig, was es war, doch sie freute sich an dem greifbaren Beweis dafür, daß jemand fern von ihr an sie gedacht hatte.

Glockenschläge drangen durch das ferne Rattern der Hochbahn, die Metropolitan-Uhr zerschnitt den Lärm der ungeheuren Spieldose mit fünf gebieterischen Schlägen. Er sollte jetzt eigentlich schon zu Hause sein, denn Effie wollte vorbeikommen. Erstaunlich, wie sehr sich die Fourteenth Street in nur zehn Minuten hinter seinem Rücken hatte wandeln können. Vor dem Tom Mooney Club stand plötzlich ein rothaariger alter Schlepperkapitän mit Bart, in Ölzeug und Pullover, eine pockennarbige Alte ließ ihn zwischen weißen Papageien und weißen Mäusen als Zukunftsdeutern wählen, hier war ein Zigeunerlokal, Teeblätterlesen gratis. Für fünf Cent fängt die Prinzessin Doraldina aus Tasmanien, die goldhaarige Puppe vor der Schießbude, in ihrem Glaskasten zu atmen an, bewegt sich, fährt mit der Wachshand über Karten, seufzt und wirft deine Zukunftskarte aus. »*Du wirst jemanden treffen, der dich liebt. Du wirst diese Liebe erwidern. Der Name dieser Person fängt mit M an, und ihr werdet euch an einer Vergnügungsstätte begegnen.*«

Wie durch Zauberhand wurden die Feierabend-Menschen lebendig, schossen aus ihren Untergrundbahnen hervor, sprangen aus ihren Aufzügen, überall läuteten Klingeln, Aufzugklingeln, Straßenbahnklingeln, Krankenwägen; die Feierabend-Menschen strömten hungrig durch die Straßen, verdunkelten die Sonne, übertönten mit ihren tausend kleinen Klingeln die Geräusche der Stadt, ihre Feierabend-Augen blickten ungeduldig Richtung Brooklyn, Richtung Astoria, Bronx, Großes Rendezvous am Abend. Sie umringten Dennis, tanzten um ihn her, trällerten Sag-ich-zu-ihm in hundert verschiedenen Tonlagen, hauchten Sagt-er-zu-mir, sie huschten davon in den Abend und verschwanden wie die blonde kleine Jüdin mit den russischen Stiefeletten, sie bedeuteten ihm nichts und er ihnen noch weniger, ein junger Mann mit Nullachtfünfzehn-Gesicht, unterwegs zu einer Verabredung mit Effie Callingham, der früheren Frau des großen Andrew Callingham, der früheren Gesellschafterin von Mrs. Anthony Glaenzer aus der Society... und das war der Abschnitt ihres Lebens, über den Dennis am wenigsten wußte, in seinem Roman Vermutungen anstellen mußte. Er wußte allerdings, daß New York für sie in ihrer Zeit im Haus der Glaenzers nur ein Traum gewesen war, dieses Chaos um ihn her, das er so liebte, diese Masken, die einem aus Bürofenstern entgegensprangen, diese Wachs-Doraldinas mit gedruckten Schicksalen im Herzen, diese reizenden Marionetten waren vor den Sargtüren der Glaenzers nur ein dumpfer Lärm, ein Schrei, ein Wunsch, ein Traum. Manchmal stellte er sich Effie als Bestandteil jener fetten, reichen Feindeswelt der Glaenzers vor, sah sie mit ihnen durch Fifth-Avenue-Spitzengardinen auf New York hinausspähen, dem »Hilfe! Hilfe!« der Stadt durch symphonische Arrangements von Stokowski hindurch lauschend; er sah sie mit den Glaenzers in ihrem Goldfischglas schwimmen, eher von anderen wahrgenommen als selbst wahrnehmend, sah sie durch ihr Schloßgerippe schwimmen, ihre kleinen blinden Nasen plattdrücken am Glas, blinzelnd und nur Licht sehend oder Dunkelheit. Zwar konnte man Effie nicht ernstlich für das Fett der Glaenzers verantwortlich machen, doch es ließ sich nicht leugnen, daß die Berührung mit diesem Fett zu einer schleichenden Verunreinigung führte, daß der goldene Keim, wo immer er hinfiel, subtile Verwüstungen anrichtete. In einem plötzlichen Wutanfall verwünschte er das ganze Spode-Porzellan, Genueser Spitze, Haydn, Rosenholz, Sauce hollandaise, Clos de Vougeot, Stiegel-Glas, Isfahan-Teppiche, Schiaparelli-Kleider, Rosenkavalier, Picasso und all die kleinen Wörter der Reichen, die kleinen, emporgestreckten Babyfinger, das goldene Löckchen, das das goldene Herz bezwingt, den Tapferen besänftigt lächeln läßt. Mit wieviel Charme trug Effie doch die kleinen reichen Wörter, die sie vom Fett der Glaenzers hatte stehlen können: Sie hüllten ihre jetzige Verzweiflung in einen Zaubermantel ein und rollten auf dem Gang zu ihrer kahlen Kammer einen prunkvollen Teppich aus.

Ja, er fand ihre Ritterlichkeit verachtenswert, sagte er sich, während er sich doch beeilte, zu ihr zu kommen, er verachtete Effie dafür, daß sie nicht kämpfte wie andere Leute auch. Warum nannte sie Callingham, der sie verlassen hatte, nicht ein Schwein, warum konnte sie nicht auf den Luxus der Glaenzers schimpfen, wo sie selbst doch so wenig besaß, warum mußte sie nur so edel sein, die zarten Schultern tapfer straffen, heiter gestehen, das Leben sei nicht leicht, doch so sei es eben? Mitleid mit ihr lastete auf ihm, fesselte ihn an diese sonderbare sanfte Frau mit etwas, das so sehr an Liebe grenzte, an Begierde, daß ihn oft, wenn er mit seiner kleinen Corinne ins Bett ging, das Gewissen plagte – er war Effie untreu, Effie, dieser tapferen, großartigen, unglücklichen Frau, die ihm nichts weiter bedeutete, nur der zarte Gegenstand seiner brennenden Neugier war. Und doch konnte sie diese merkwürdige Treue von ihm fordern, so daß er sich tagelang von Corinne fernhielt, sich das Glück seiner eifersüchtigen Vermutungen versagte, auf die köstliche Qual der Abendessen mit ihr und ihrem selbstzufriedenen Mann verzichtete, ihr in einem Dutzend Briefe schrieb, es sei vorbei – hörst du, aus und vorbei! Es sei einfach unmöglich, tue keinem von ihnen gut, und zweifellos freute er sich, wieder frei zu sein und wieder ehrlich arbeiten zu können. Einzig wegen Effie also, leb wohl, leb wohl, Corinne. Leb wohl, fabelhafte Ehefrau des fabelhaften Mr. Barrow. Leb wohl, meine Geliebte der letzten vier oder fünf Jahre, meine untreue, mich quälende, verrückt machende, dumme, niederträchtige kleine Geliebte. Leb wohl, mein grausamer Schatz, meine süße, sanfte, lockige, teure kleine Maus, in zehn Minuten bin ich bei dir.

... Seite vier ...

Da er also vor Corinne kapitulierte, mußte er seine Freundin Effie zu seiner eigenen Rechtfertigung mit zynischen Augen betrachten, mußte, während er ihr widerstrebend huldigte, boshafte Bemerkungen anbringen, mußte sie zu einer komischen Figur in seinem Buch machen, um zu beweisen, daß er trotz seinem kindischen, verdammenswerten Glauben an Romantik einen klaren Kopf bewahrte. Zugegeben, er lag auf den Knien und küßte den berühmten Saum, doch er wußte zumindest noch, was los war, konnte mehr Fehler an seiner Prinzessin aufzählen als irgendeiner ihrer Feinde. Zum Beispiel diese lächerliche Bewunderung für den Erfolg ihres Ex-Manns. Man schlage nur nach, *Die Frau des Jägers*, MacTweed-Verlag, $ 2.00, Seite vier:

»Sie trägt seinen Namen wie einen königlichen Orden, für den ihr die größte Hochachtung gebührt; sie trägt ihn abends wie einen juwelenbestickten Umhang, der im Licht aus tausend Spiegeln funkelt, so daß er nicht zu übersehen ist. Sie brüstet sich mit seinen Leistungen, ohne sie je zu erwähnen, indem sie seit fünfzehn Jahren, seit er sie verlassen hat, das Schild mit seinem vollen Namen auf ihrem Briefkasten behält. War sie damals, als sie noch zusammen waren, überwältigt und geblendet, so kann sie ihn nun durch die scharfe Brille einer langen Trennung deuten und verstehen, oder besser: sie hat sich während dieser Zeit der Brache einen Helden fabriziert, den sie versteht, einen Helden, der ihrer Deutung nicht widersprechen kann, wie das Original es könnte. Ja, ihre Trauer um ihn hat die Arme völlig in ihm aufgehen lassen – man beachte, wie genau sie ihr Leben nach seinen Vorstellungen lebt. Die Freundschaft, die sie schenkt, ist seine Gunst, die Musik und die Bücher, die sie schätzt, sind seine Lieblingswerke, die höchste Ehrung für einen neuen Bekannten lautet: ›Der Meister wäre von Ihnen begeistert gewesen.‹ Was ist wohl von der Person noch übrig, die in diesem Körper wohnte, bevor er erschien – kommt noch irgendein spontaner Ausruf von dieser begrabenen Frau, oder wird alles erst durch den Schleier des großen Mannes gefiltert? Steckt denn hinter diesem Denkmal für ihn überhaupt noch ein lebendiges Wesen, atmet es denn von allein, weint bei *Tristan* noch es selbst, oder sind das *seine* schönen Tränen? Als sie zusammen waren, hat sie ihm noch getrotzt, seit er fort ist, hat sie sich restlos ergeben, so daß er sie jetzt, selbst wenn er die ganze Welt nach ihr durchforstete, nur noch in seinem eigenen Spiegel fände.

Nicht mehr ganz jung, lügt das reizende Geschöpf über sein Alter, nicht mit der üblichen weiblichen Koketterie, sondern wie es Männer tun, Männer, die es nicht geschafft haben, beizeiten etwas zu erreichen, und nun gegen die verzweifelte Angst vor dem Scheitern ein bißchen an der Uhr drehen. Fünfzehn Jahre, und er ist nicht zu mir zurückgekehrt, sagt sie, dann wird er es womöglich nie, und das ist unerträglich, also schwört sie, sie sei erst neununddreißig, in diesem Jahr muß das Wunder geschehen, er wird zurückkommen, der Jäger wird endlich heimkehren und sehen, was für eine zärtliche und weise Ehefrau in der langen Zeit allein aus ihr geworden ist. Wie tapfer sie ihre Ehrbarkeit durch eine feinsinnige Welt getragen hat, bis sie den schäbigen Glanz bekam, den lange Benutzung verleiht, bis sie in ihrer falschen Gefaßtheit strahlt wie der eine falsche Ton! Kläffend läuft ihr die müde Wahrheit hinterher – genauso elegant wie andere Rassehunde an der Leine.«

Als er in seine Wohnung kam, saß Effie bereits da, das Buch in der Hand, und zum erstenmal durchzuckte Dennis eine Vorstellung davon, was diese Worte für sie bedeuten mußten. Ja, dachte er, als ihr verzweifelter Blick ihn traf, das war mehr als nur Literatur. Es war eine wirkliche Frau, die er da auf den Markt warf, die wirkliche Effie. Schuldgefühle und Ärger stiegen in ihm auf. Sie saß auf dem Sofa, aufrecht und steif, mit dem Finger zwischen den Seiten, als säße sie schon seit Stunden so da, gelähmt durch das, was sie gelesen hatte. Er malte sich aus, wie sie eine Minute vor fünf die Treppe hinaufgerannt war – sie kam immer pünktlich, seiner eigenen Unzuverlässigkeit zum Trotz –, wahrscheinlich war sie vor der Tür kurz stehengeblieben, um den blauen Filzhut tiefer über die davon beschatteten hübschen grauen Augen zu ziehen, fast greifbar sah er vor sich, wie sie mit halb lächelndem Gesicht schwach an seine Tür klopfte, einmal – zweimal – keiner da, na gut, mal sehen, ob sie aufgeht, nicht abgeschlossen, also wird er wohl gleich kommen... Dann das Buch, das frisch aus der Presse auf dem Tisch lag, ihr kleiner Freudenschrei, Begutachtung des Umschlags – nicht schlecht, die Titelei – von Dennis Orphen, Autor von *Ohne Verteidigung*. Er sah vor sich, wie sie es sich, immer noch mit einem stolzen Lächeln, zwischen den Kissen bequem machte und die erste Seite las, die zweite, die dritte – das Lächeln wich einer leichten Verstörung, Seite vier – Seite vier – sie straffte sich abrupt, las die Seite Wort für Wort noch einmal, um ein Mißverständnis auszuschließen, Seite vier, Seite fünf.

Wie schlau von mir, wirklich verdammt schlau, dachte Dennis, jetzt voll Wut auf seinen Dämon, der ihm so brutal Einblick in das Innenleben anderer Menschen gab, daß er auch dann auf seine schöne Analyse nicht verzichten konnte, wenn sie jemandem das Herz brach, einfach nicht weniger sehen konnte oder sagen.

»Ich komme zu spät«, meinte er und warf seinen Hut in die Ecke, wo er hochmütig auf der Gipsbüste einer Venus landete, ein flüchtiger Gast, den sein Vormieter modelliert und zurückgelassen hatte. »Du hast also das Buch entdeckt. Kommt erst nächsten Monat raus. Am zehnten.«

Manchmal, bei Kerzenschein, lag in Effies schmalem Gesicht der zarte, traurige Liebreiz eines blutjungen Mädchens, wirkte ihr unvergleichliches Lächeln reizend jugendlich, aber jetzt blickte er in ein unverhohlen altes, müdes Gesicht, und es tat ihm in der Seele weh; nichts, nichts auf der Welt konnte dieses Martyrium rechtfertigen, bei Gott, nein, selbst wenn er Proust oder Homer oder Hemingway selbst gewesen wäre, nein, es gab keine Entschuldigung dafür, daß er all diesen Leuten von Effie erzählte.

»Es handelt offenbar von mir«, bemerkte sie schließlich. »Das hast du mir nie gesagt. Du hast mir die ganze Zeit, während du es geschrieben hast, nie gesagt, daß es ein Buch über mich ist.«

»Nein, das ist es auch nicht, es ist eine – eine –«

»Kombination?« Sie lächelte matt. »Ja, ich weiß.«

Wenn man bei den Tatsachen blieb, gab es wirklich nicht viel zu sagen. Was seine Wut nur verstärkte.

»Und wenn es ein Buch über dich ist, was dann?« fragte er provozierend, während er, die Hände in den Taschen, vor ihr stand. »Mein Gott, du warst doch mit einem Schriftsteller verheiratet, du solltest doch wissen, wie wenig das letztlich bedeutet – hier und da mal ein Satz, der auf einen wirklichen Gegenstand paßt – na und? Du kennst dich doch aus, Effie, du weißt, daß es in keiner Bibel steht, was eine legitime Nachbildung ist und was nicht. Glaub mir, das hat absolut nichts zu bedeuten –«

Effie sah ihn schweigend an und legte das Buch auf den Tisch. Er wünschte, sie würde etwas sagen, doch sie saß wortlos da, die Handschuhe wringend, und der imaginäre Umhang, den sie stets zu tragen schien, rutschte ihr von den Schultern. Wie dünn sie war, dachte er und erschauerte, denn was ihm einst wie ein ewig schlanker, jugendlicher Körper vorgekommen war, wirkte jetzt wie ein Bild des Alters, eingefallen und zerbrechlich, von einer Zerbrechlichkeit, die eher nach Schutz als nach scharfsinnigen Analysen schrie.

Plötzlich lachte Effie auf, und er sah sie dankbar an, denn während des kurzen Schweigens waren Vorhänge und Jalousien vor Geheimnisse gezogen worden, Türen zugeknallt, die einst weit geöffnet waren, Wände so behutsam und so leise zugemauert, daß nur einen Moment darauf wohl kein Spalt mehr dagewesen wäre, durch den sich zwei frühere Freunde noch hätten verständigen können. Doch jetzt lachte Effie, und auf einmal flog zwischen ihnen wieder eine Tür auf.

»Ich wollte dich fragen, ob du heute abend mitkommst in das Gieseking-Konzert«, sagte sie, »aber ich wußte schon, daß du dann sagst: ›Sie geht nur ins Konzert, weil Andy es so gern getan hat.‹«

»So ein Quark. Natürlich komm ich mit«, meinte Dennis. »Aber laß uns vorher noch was trinken gehen.«

In Gedanken ging er rasch den Rest des Buches durch – was stand noch darin, was sie quälen würde? Der superschlaue Mr. Orphen mit seinem hübschen kleinen Talent für Kurzporträts von seinen besten Freunden. Der ehrenwerte Mr. Orphen, der auf das große Geld in Hollywood und das süße Leben in Südfrankreich verzichtet hat, um die rühmliche Pflicht zu erfüllen, Effie Callingham niederzuzwingen.

Effie zögerte, als er ihr die Tür aufhielt.

»Du sagst, das Buch ist noch nicht raus?«

»Am zehnten erst. Warum?«

Sie atmete erleichtert auf.

»Weil ich mich sonst nirgends mit dir hintrauen würde. Dann wäre doch allen klar, daß diese Frau wirklich ich bin – sie würden mich auslachen.«

Sie auslachen ... Dennis fiel nichts zu ihrer Beruhigung ein, und so ging er schweigend hinter ihr die Treppe hinunter. Er wühlte mit der Hand in der Tasche und stieß auf die Papiertüte.

»Geröstete Kastanien«, sagte er und hielt sie ihr hin. »Kleines Geschenk.«

»Wie lieb von dir, Schatz.«

Sie war offenkundig gerührt, freute sich, daß er auf dem Weg an sie gedacht hatte. Der gute Dennis. Sie traten aus dem Haus und gingen über den Union Square, jetzt wieder Freunde, die »interessante ältere Frau« und der kräftige junge Mann, der rothaarige, kräftige junge Mann, von dem dieses unterhaltsame Buch über sie war.

... eine französische Figur ...

Im Brevoort Café nahmen sie an ihrem Lieblingsecktisch Platz, oder besser gesagt, Dennis' Lieblingstisch, denn von dort hatte er alle Spiegel im Blick und konnte Ausschau halten nach Corinne, und falls sie irgendwann einmal mit einem fremden Mann in den anderen Saal eintrat, mit diesem Schauspieler zum Beispiel, würde er sie von hier aus beobachten können, und wenn er sie am nächsten Tag fragte, wo sie zum Tee gewesen sei, und sie sagen würde: »Oh, bei Olive«, würde er ihr entgegnen: »Lügnerin, ich hab dich im Brevoort mit diesem Mann gesehen.« Ihm klopfte schon das Herz in Vorbereitung auf den Schock, den er beim Anblick des kleinen Pelzhuts bekäme, des neuen Leopardenmantels, der molligen kleinen Gestalt (»Weißt du, ich bin nicht wirklich dick – ich habe das, was man eine französische Figur nennt«) – doch sie kam nie herein, wenn der Spiegel nicht log, und das war letztlich noch schlimmer, denn nun quälte er sich mit der Frage, wo sie war und ob sie sich wirklich mit diesem Schauspieler traf, wie sein grausamer Verstand ihm sagte. Ja, das war keineswegs nur Neugier, machte er sich schonungslos klar, es war die runzlige gute alte Frau Erkenntnis selbst, die sich kokett hinter einem spröden Schleier aus ehrbaren Zweifeln verbarg, um erträglicher zu wirken.

»Es muß sehr beruhigend sein, wenn man so gut aussieht«, meinte Effie, die ihm zusah, wie er in die Spiegel starrte.

»Ist es auch«, versicherte ihr Dennis. »Ich sitz hier oft Stunden und studiere mein Profil und bemitleide die armen Frauen.«

»Und es ist sicher auch sehr befriedigend, so klug zu sein«, meinte Effie. »Wie schön, zu wissen, daß alle Leute ihre kleinen Dramen nur für einen selber spielen und man die Menschen mit seiner blanken kleinen Feder jederzeit zum Lachen bringen kann.«

»O ja«, sagte Dennis vorsichtig. »Es ist ein großer Trost, zu wissen, daß man zum Schreien komisch ist. Wollen Sie sich an mir rächen, Mrs. Callingham?«

»Darf ich das denn nicht ein wenig?« Sie lächelte ihn an. »Schließlich habe ich heute Geburtstag.«

Dennis verging vor Scham.

»Ich wußte doch, daß ich was vergessen hatte. Ist es schlimm, wenn du jetzt Martinis von mir bekommst statt der Gardenien?«

»Martinis stehen mir sehr gut«, sagte Effie. »Und ich trag sehr ungern Blumen. Sie machen mich ganz deprimiert. ›Schau nur, wie ich mich amüsiere‹, sagen sie, und dann kann ich mich nicht mehr amüsieren.«

Louis, der Lieblingskellner, kam an den Tisch und verneigte sich.

»Nun, Mrs. Callingham. Hat sich ziemlich viel verändert hier, nicht wahr? Mr. Callingham ist noch in Frankreich?«

»Ja, genau«, sagte Effie wohlwollend, als sei Mr. Callingham ein viel zu feiner Mann, um sich irgendwo anders aufhalten zu können.

»Irgend jemand hat gemeint, er sei nach China oder Japan geflogen.«

»Ja – ja, genau«, antwortete Effie rasch, und Dennis bedauerte und haßte sie dafür, daß sie nicht sagte: »Hören Sie, ich habe seit über fünfzehn Jahren nichts von diesem Mann gehört, und ich weiß von ihm nicht mehr als in der Zeitung steht.«

»Fehlt noch etwas, Mrs. Callingham? Vielleicht ein Horsd'œuvre?«

»Nein, danke, Louis.«

So erging es Effie überall, wo sie erschien, und bei aller Verachtung, die Dennis für ihre Freude an diesen Kniefällen empfand, konnte er doch keinen echten Grund angeben, warum sie nicht den einen oder anderen Krümel vom Ruhm ihres Ex-Manns hätte abbekommen sollen. Sie verdankte Callingham die Chance ihres Lebens, und wenn es ihr Spaß machte, dieses Raunen, das auf ihr Erscheinen folgte – »Das ist Mrs. Andrew Callingham« –, sollte es ihm recht sein. Er kannte sie jetzt seit drei Jahren, tatsächlich war es dieses Raunen in einem vollen Saal gewesen, das ihn genauer hatte hinsehen lassen. Geben Sie's zu, Mr. Orphen, Sie hätten sie nie nach Hause gebracht, sie nie gedrängt, noch auf ein Sandwich und ein Bier ins Reuben's zu gehen, nie im Leben diese Bekanntschaft weiterverfolgt, hätte es jenes ehrfürchtige Raunen nicht gegeben – »doch nicht die Frau von Andy Callingham, *nein*!« Jetzt konnte er leicht spotten über die naive Ehrfurcht der anderen vor diesem Namen, aber kein Zweifel, er war genauso beeindruckt gewesen wie sie, nicht weniger darauf erpicht, jemandem, der näher mit dem Mann bekannt gewesen war, intime Einzelheiten zu entlocken. Vielleicht war er ja auch nur einer von diesen ehrgeizigen jungen Männern, die sich die Ex-Frauen und Ex-Geliebten der Auserwählten schnappten und diesen nebulösen Kontakt als persönlichen Aufstieg im Rahmen ihrer eigenen Ambitionen empfanden, ja, sogar Liebe aufbrachten, wenn es auch kein Liebesabenteuer mit der Frau, sondern eines mit dem Erfolg war, mit dem sie früher einmal zusammengelebt hatte... Nein, in diesem Punkt konnte er nach sorgfältiger Prüfung auf unschuldig plädieren: Er war vernarrt gewesen in ihre Geschichte, ihre Eignung fürs Labor.

Es wurde langsam spät, und so bestellten sie etwas zu essen, während sie sich sorgsam über Nebensächlichkeiten unterhielten, um nur ja nicht auf das Buch zu sprechen zu kommen. War das Buch tabu, dann durfte auch Andy – der in jedem ihrer Gespräche vorkam, als sei er ihrer beider bester Freund – nicht erwähnt werden, und wenn Andy selbst nicht vorkommen durfte, mußte auch jede Erkundigung nach Andys alten und Effies jetzigen Freunden, den Glaenzers, unterbleiben. Das machte das Ganze etwas mühsam, denn eines ihrer größten gemeinsamen Vergnügen bestand darin, daß Effie von den neuesten Freveltaten der Glaenzers erzählte – von Belles Entschluß, nach all den Jahren doch noch schön zu werden, ihrer Tour durch diverse Schönheitssalons, von Tonys jüngster Begeisterung für Harlem und daß auch die Dienstboten die Schlankheitsdiät der Hausherrin verordnet bekamen, weil diese sie nicht durchhielt, wenn es irgendwo im Haus nach Koteletts roch. Doch die Glaenzers waren Effies einzige Verbindung zu ihrer großen Liebe, und Andys Name war untrennbar mit dem ihren verknüpft; er war zuerst mit ihnen befreundet gewesen und hatte Effie bei ihnen kennengelernt. Angesichts des Wegfalls dieser Themen trugen auch die zahlreichen Martinis nicht zur Lockerung der angespannten Atmosphäre bei, und Dennis sah sich verzweifelt Kindheitserinnerungen erzählen, die Effie inzwischen wohl auswendig kannte, so oft hatte er sie ihr schon wiederholt. Einmal glaubte er tatsächlich Corinne zu sehen und bekam den Mund nicht mehr zu.

»Was in aller Welt siehst du da, Dennis?« fragte Effie neugierig.

Einen schönen treulosen Ehemann würde er abgeben, dachte er, jedesmal blaß werden, wenn der Name seiner Süßen fiel, wahrscheinlich Seidenhöschen in der Aktentasche heimtragen, im Schlafzimmer seiner Frau blonde Haarnadeln verlieren – oh, er wäre ein charmanter alter Sünder. Das erinnerte ihn daran, daß Corinne zwar von Effie wußte – Frauen über dreißig waren für Corinne keine Rivalinnen, darum dachte sie nicht weiter über ihr Verhältnis nach –, Effie aber nichts von Corinne. Würde Corinne jetzt hier hereinspazieren – und er wünschte, sie würde es tun, konnte nicht leugnen, daß sein Herz jedesmal einen Sprung tat, wenn er ihr mürrisches kleines Gesicht erblickte – lieber Gott, laß sie hierherkommen, und sei es auch mit diesem Schauspieler! –, wäre Effie verwundert und verwirrt darüber, daß es da eine enge Freundin gab, deren Name nie gefallen war, kein Mal in den drei Jahren, in denen sie sich jeden Tag gesehen hatten. Sich in Effie hineinversetzend, begriff er jetzt, was für eine seltsame Verschwiegenheit das war, wo sie doch sonst all seine Gedanken kannte. Da saßen sie, unzertrennliche Freunde, engste Vertraute, und wenn er sich heut nacht das Leben nähme, würde sie der Polizei erzählen: »Was immer ihn dazu getrieben hat – es gab in seinem Leben keine Frau.« Wie wenig sich alte Kumpel doch kannten! Und es gab keinen Grund, warum Effie nicht ihrerseits ein ihm unbekanntes Liebesleben haben sollte. Wenn zum Beispiel jener fette Mann, der sie vom anderen Ende des Saals aus studierte – bei künstlichem Licht sah Effie wirklich jung und aufregend aus –, herüberkommen und zu ihr sagen würde: »Na, Effie, morgen am gewohnten Ort?« Warum nicht? Doch die Vorstellung, Effie könnte vor ihm Geheimnisse haben, irritierte ihn, und er wies sie empört zurück. Das einzige, was ihn vor der Verzweiflung rettete, dachte Dennis, war die naive Hoffnung, daß wenigstens die anderen ehrlich waren. Andere Leute waren offen, aufrichtig, durchschaubar. Darum durfte es bei Effie und Corinne nichts geben, was er nicht wußte, so sorgsam er mit seinen eigenen Geständnissen auch haushielt.

»Was ist?« fragte Effie. »Gehen wir ins Konzert?«

»Ich würde mich lieber unterhalten«, erklärte Dennis. »Entweder rede ich während des Konzerts mit jedem, der mit dem Finger auf uns zeigt, oder wir bleiben hier bei unseren teuren Brandys und plaudern a capella.«

»Ich habe Angst vorm Reden«, sagte Effie, und er sah in ihren blauen Augen noch den Schmerz. »Ich hab jetzt Angst vor dir. Du wirst doch bei jedem Wort von mir denken: Das hat sie von Andy, der Ausdruck stammt nicht von ihr. Ja, ich fürchte, wenn ich noch was trinke, werd ich vielleicht sogar heulen und versuchen, tapfer zu sein. Und du weißt doch, wie du das haßt.«

»O Gott, ja. Dann laß uns gehen.« Dennis rückte abrupt mit dem Stuhl nach hinten. »Schnell, ab ins Konzert.«

. . . mit Musik . . .

Keine gute Idee, dachte Dennis, Musik zu hören, wenn einem etwas auf der Seele liegt. Die Musik lockt die Sorgen nur aus ihrem Kämmerlein, läßt sie zu wechselnden Tempi in deinem Kopf herumjagen, führt zu dem traurigsten Ende. Beim Debussy sah er Effie ins Wasser gehen, weil Dennis Orphen, ihr bester Freund, ihr die Sinnlosigkeit ihres Lebens klargemacht hatte. Er griff nach ihrer Hand und umklammerte sie, bis ihre Ringe ihn schmerzten, um sie festhalten zu können, wenn sie beim Ravel versuchte, als kleine Eva sanft und traurig in den Himmel aufzusteigen, wozu die Musik sie alle aufzufordern schien. Er schielte nach ihrem Gesicht, ob sie ihre Drohung wahrmachte und wirklich heulte, doch ihr Profil wirkte ruhig, vertieft in die Musik, völlig korrekt und beherrscht. Wieder dachte er, wieviel sie doch ihrer kurzen Verbindung mit Callingham verdankte – diese selbstsichere Kopfhaltung, dieses Wissen um ihr »Publikum« –; und diese reizende Arroganz beeindruckte die Leute, ja, selbst das gemeine Volk – »Wer ist das nur? Das muß doch jemand sein« –, und falls einer den illustren Namen nicht kannte, was in musikinteressierten Kreisen selten vorkam, so blieb er ihm von da an in Erinnerung, denn es mußte schon ein wirklich großer Name sein, wenn er dem Träger solch eine Würde verlieh.

Er hoffte allerdings, sie irgendwann dazu bewegen zu können, sich wirklich elegant zu kleiden, damit sie weniger aussah wie eine Persönlichkeit und mehr wie eine einzelne Person. In Kleidern von Bergdorf oder Hawes sähe sie sicher phantastisch aus, viel attraktiver als diese magere kleine Frau aus Kansas, mit der Andy gerade zusammen war. Aber nein, sie mußte immer Capes und weite Ärmel tragen, russischen Schmuck und Samtkittel mit breitem Gürtel, eine Aufmachung, die einen Begleiter mit schwarzem Bart, schwarzem Homburg, Opernumhang, Ehrenbändern und ein paar kleinen Orden am Revers verdiente. Alfonso von Spanien wäre eigentlich genau der Richtige für sie, dachte er wie ein Regisseur bei der Besetzung einer Typenrolle. Könnten wir nicht den alten Alfonso bekommen? Rufen Sie bei Packards an, bei Browns, bei allen Agenturen – was? – in Hollywood? Dann telegraphieren sie M.G.M.: Lieber Alfonso, würdest du wohl noch *ein* Mal auf die Bühne steigen, in einer Rolle, die wie für dich geschaffen ist –

Effie entzog ihm plötzlich ihre Hand, und auf sein Stirnrunzeln hin –

»Ich mag es nicht, wenn jemand meine Hand hält, nur weil ihn die Musik oder der Sonnenuntergang so tief berührt«, flüsterte sie ihm zu.

»Es muß schon die reine Begierde sein, was?« beschuldigte er sie schockiert.

Gieseking, der Pianist, schien viel zu groß, um so zarte Melodien zu handhaben, dachte er, auch wenn er versuchte, ganz sanft mit ihnen zu sein. Er beugte sich über den Flügel, und seine großen Hände wölbten sich über die Tasten, als würde, sobald er sich einen Moment entspannte, aus seiner Faust eine Maus herausschauen. Leise trippelten seine Finger den Schumann in Schlafzimmerpantoffeln hinauf und hinunter, die Musik wurde unter seinem Mikroskop so klein, so winzig und vollkommen, daß sie leicht in das Ohr eines Babys hineingepaßt hätte.

»Er spielt, als sei der Flügel seine Geliebte«, sagte Effie, als sie auf der Seventh Street zu ihr nach Hause gingen, »und als könnten jeden Moment zwitschernde weiße Vögelchen aus ihm herausfliegen mit winzigen Liebesbriefchen im Schnabel.«

Genau, kleine weiße Briefchen, die übers Meer fliegen, über das grüne Spanien, die rosa Alpen und die lavendelblaue Saar, über persische Tempel flattern, hoch über dem missionsfarbenen China, bis in die längste Bar der Welt, wo sie Mr. Callingham ausrufen lassen, stimmt es, daß er zur Zeit in Shanghai ist, war das gestern sein Bild in der *News*, strahlend, mit der Fliegerkappe, oder war das nur Malraux oder gar nur Halliburton?

Effies Wohnung nahm den obersten Stock eines alten Wohnhauses in Chelsea ein, denn sie – oder war es Andy? – mochte Viertel mit Geschichte, mochte das Gefühl, daß Lillie Langtry oft an ihrem Haus vorbei-, ja, vielleicht sogar hineingegangen war, daß H. C. Bunner, Clement Moore, O. Henry oder Poe, irgend so eine Berühmtheit der Vergangenheit vielleicht hier oder nebenan gelebt hatte. Und zudem, dachte Dennis, suchte sie sich immer eine ruhige Wohnung aus, das richtige für einen Schriftsteller, als ob Andy, wenn er wirklich wiederkam, ja nicht unzufrieden sein solle mit ihrem Heim. Dennis stand zögernd auf dem Flur, denn Effie bat ihn nicht herein, sondern machte sich nur schweigend am Kamin zu schaffen.

»Hör mal, Effie, das mit dem Buch macht dir doch nicht wirklich etwas aus? Du weißt doch, daß es nichts mit dir zu tun hat. Klar, du hast mich vielleicht auf die Idee gebracht, aber der Rest ist meiner sagenhaften Phantasie entsprungen. Bitte gesteh mir ein wenig Originalität zu!«

»Natürlich, Schatz. Es macht dir doch nichts aus, wenn ich nach seinem Erscheinen ein Weilchen untertauche, oder? Weißt du – ich ertrag es einfach nicht, wenn jeder weiß, daß Andy mich verlassen hat. Es wär mir lieber, wenn die Leute weiter glauben würden, wir hätten uns – na ja – nur für einige Zeit getrennt.«

Dennis starrte sie baß erstaunt an. Sie glaubte tatsächlich, die Leute wüßten nicht Bescheid! Oder doch nicht?

»Ist das alles?« platzte er verwundert heraus. »Aber es war immer allen klar, daß er dich hat sitzenlassen – wenn das alles ist, was dir Sorgen macht. Zum Teufel, Effie, da verrät das Buch nichts Neues!«

Jetzt war es zu spät. Jetzt war alles gesagt. Das war der Vernichtungsschlag. Ganz blaß ließ Effie sich auf den Schreibtischstuhl fallen und starrte Dennis mit leeren Augen an. Jetzt hatte er es endgültig geschafft.

»Ich gehe heim«, sagte er, über die ganze Geschichte erbost.

Er lief eilig die Treppe hinunter, wobei sein Stock wie üblich vor ihm herklapperte. Jetzt hatte er es geschafft, jetzt war es heraus, jetzt war die Sache erledigt, aber wie sollte man ahnen, mit was für abenteuerlichen Lügen die Leute ihr Ego nährten? Effie, eine ausgeglichene, intelligente Frau, lebte seit Jahren von der Einbildung, daß man ihr Alleinsein für eine reine Begleiterscheinung hielt statt für die egoistische Entscheidung ihres Mannes. Was ließ eine Frau wie Effie so blind werden, oder war es vielleicht gar kein rosa Schleier, sondern ein heilender Verband, was sie da trug, und bedeutete ihn zu zerreißen womöglich gar nicht Stärkung, sondern Untergang? Was ging dahinter in Effie wirklich vor, hatte sie Andy all die Jahre wirklich geliebt, oder war das nur Loyalität, litt sie, wenn sie seinen Namen sah, oder schwoll ihr die Brust vor Besitzerstolz? Er fragte sich, ob sie da oben jetzt – ja, wahrscheinlich lag sie auf dem schwarzen, satinbezogenen Sofa unter dem Van-Gogh-Druck; oder, nein, sie starrte ins Kaminfeuer, nicht etwa traurig wegen Andy, sondern voller Bitterkeit, voller Rachegedanken gegen Dennis, jede häßliche Erinnerung an den Abend ein neuer Stein für Andys Denkmal, durch den Sarkasmus des Kritikers in ihrer Loyalität bestärkt, im Zorn seine Worte verdrehend... oder vielleicht war das nur das, was er selbst an ihrer Stelle täte und empfände, und statt dessen –

... der Fremde werden ...

– wartete sie stumm, bis das Zuschlagen der Haustür ihr sagte, daß er fort war, hielt die Hände fest im Schoß verschränkt, mit einem kleinen Loch in ihrem Geist, wo die Kugel sie durchbohrt hatte – »es war immer allen klar, daß er dich hat sitzenlassen« –, ohne etwas, um die Stelle auszufüllen, außer einem verschwommenen alten Schmerz, jenem schon beinah vergessenen Schmerz, wenn sie auf der Party fröhlich lächelte, die Augen fest auf den Gesprächspartner gerichtet – nur nicht umdrehen, nur nicht zusammenzucken, nur nicht blaß werden, nur nicht zeigen, daß du siehst, wie Andy die Blondine nach draußen zerrt auf den Balkon mit diesem verschleierten, aufgeregten Blick, den er immer nur für andere hatte –, ja, dieser Schmerz war ebenso verschwommen wie der alte und umflutete, durchströmte sie, knisterte wie Frost in der Luft um sie herum. Langsam rückten in ihrem Kopf Sätze an ihren Platz – »Kläffend läuft ihr die müde Wahrheit hinterher« –, nein, sie zerreißt ihr das Herz mit den Zähnen. Sie stand auf, erstaunt, daß ihre Beine unter diesem schweren Stein nicht nachgaben, daß diese Beine, eins, zwei, eins, zwei, zur Tür hinausgingen, erst die eine Treppe hinunter, unter der Lampe das Bild von der Abschlußklasse des Vermieters, Brown University 1911, dann die nächste bis zur Eingangshalle und dann halt, umdrehen, da: die Karte an dem Briefkasten:

MRS. ANDREW CALLINGHAM

Seit Jahren hatte sie an diesem und allen ihren Briefkästen gesteckt, sie heimlich vor aller Welt beschämend. Kaum zu glauben, daß ihr der lächerliche Anspruch darin so lange hatte entgehen können, irgendwie hatte es wie reine Loyalität gewirkt, hatte Andy zeigen sollen, daß sie ihm nicht böse war, siehst du, sie versteht ihn doch und ist stolz auf die kurze Zeit, die sie ihn hat halten können... »Eine begrabene Frau«... »Was ist von dieser begrabenen Frau noch übrig –« Sie zog die kleine weiße Karte aus dem Briefkasten und drehte sie um. Mit zitternden Fingern malte sie auf die Rückseite mit Bleistift:

MISS EFFIE THORNE

und steckte sie wieder an ihren Platz.

... Enthüllungen ...

Zu einem anderen Menschen werden, aus diesem grauen Wanamaker-Anzug schlüpfen, aus Tweed, der schwarzen Krawatte, dem grünen und weil liebsten immer etwas schmuddeligen Hemd, dem unglaublich fleckigen, aberwitzig ausgebeulten, zerfledderten, zertretenen braunen Hut, diese hübsche Kombination in einem Selbstbedienungs-Imbiß leer zurücklassen, gedankenverloren vor ihrem Chop Suey und ihrem Kaffee sitzend – diese Reise in fremde Seelen hatte ihre negativen Seiten. So gab es zum Beispiel Momente, in denen eine inhaltslose, unvorhersehbare Handlung alle Erkenntnisse zunichte machte, und zudem war es ein unfehlbares Gesetz, daß schlichte Seelen mit solchen Zaubertricks nicht zu durchschauen waren. Man konnte ihr zuhören, zusehen, herumrätseln, soviel man wollte – die Einfalt ließ sich nicht durchschauen. Sie war ebenso verwirrend wie der Edelmut. Gut, sagt man sich, angenommen, hier gibt es keine Taktik, keine Täuschung, aus welchem Motiv heraus hat dieser Mann hier kein Motiv? Stufe ihn bestenfalls als einfach selbstgefällig ein – welches geheime Wissen nennt er sein, das ihm diese Selbstzufriedenheit verleiht? Laß ihn offen sein, laß ihn dich am Kragen packen und erklären: »Sie wüßten also gerne über mich Bescheid, hm? Was es mit mir auf sich hat? Dann hören Sie gut zu, ich will ihnen alles erzählen, all meine Taten, all meine Gedanken, da ist nichts Rätselhaftes dran.« Um so mehr rätselt man dann, ob er lügt oder, wenn er die Wahrheit sagt, warum er sie wohl so bereitwillig enthüllt? Irgendwann gibt man diese durchsichtigen und doch so verwirrenden Fälle zugunsten der verwickelteren auf; für Neurotiker gibt es wenigstens anerkannte Regeln und Kategorien.

»Und trotzdem würde ich Effie Thorne am liebsten den Kopf aufklappen und nachsehen, was wirklich drin ist«, träumte Dennis vor sich hin. »Wie war das wohl, mit dem guten alten Andy zusammenzuleben, wie fühlt es sich an, wenn sein Name den Leuten den Atem verschlägt, was empfindet Effie bei der Erinnerung daran, wie er mit ihr geschlafen hat, wie der König mit der Jersey Lily – lag wohl darin das Geheimnis ihrer jahrelangen Trauer – daß er so gut im Bett war? Doch um solche Männer kämpfen Frauen und verlieren jeden Stolz. Dann gäb es da nicht diese Selbstaufopferung, nicht einmal bei einer Frau wie Effie.«

Draußen auf der Straße sah Dennis diesen lästigen rotgesichtigen Kerl, der immer wollte, daß er »irgend etwas Kleines« für seine Wochenzeitschrift schrieb, der Mann, der jeden kannte und zu allem »okie-dokie« sagte. Okie, wie man ihn instinktiv nannte, kam mit einer lustigen Runde aus dem Irving Place Burley, und Dennis, der gerade die siebente Stufe der Transformation zu dem einarmigen Seemann an der Ecke erreichte, der versuchte, sich eine Zigarette zu drehen, wünschte sich nichts sehnlicher, als unbemerkt zu bleiben. Doch umsonst.

»Hallo, Dennis Orphen!« Okie redete einen immer mit dem vollen Namen an, als handle es sich um einen Titel, der die Zuhörer mit Ehrfurcht erfüllt – doch nicht *der* Dennis Orphen, als ob er Al Smith oder sonst wer sei. Er schätzte sich glücklich, halb New York zu kennen, oder behauptete das jedenfalls. Er genoß seine Bekanntschaft mit der »Greenwich-Village-Clique«, und es half nichts, wenn man ihm erklärte, daß die East Sixteenth gar kein Bohemeviertel sei und daß im Grunde auch das Greenwich Village keines mehr sei. Okie wohnte mit seiner Familie irgendwo in der Bronx (doch da fiel Dennis ein, daß Okie immer felsenfest behauptete, die East Ninety-first gehöre gar nicht zur Bronx), und es war sinnlos, ihm zu erklären, daß ein Zimmer im vierten Stock in der Nähe der Rand School durchaus keine todschicke Junggesellenbude sei. Seinen neidischen Bemerkungen nach zu urteilen, schien Okie zu glauben, Dennis läge den ganzen Tag im Schauspieler-Hausmantel im Bett, während sagenhafte Schülerinnen von der Rand School und Striptease-Tänzerinnen aus dem Burley in einer endlosen Orgie bei ihm ein und aus marschierten.

»Ach, ihr Schriftsteller hier im Village!« pflegte er jovial zu rufen, als bräuchte man den Mädchen nur mit einem Manuskript zu winken, damit sie ein Kind bekamen. Nein. Okie sollte man, wenn möglich, meiden, was es offenbar heute nicht war.

»Komm doch mit uns mit ins Lüchow's«, drängte er ihn. »Wir sind alle sternhagelblau, und schließlich ist morgen Samstag.«

»Arbeit«, antwortete Dennis.

Okie blies ihm vertraulich eine Wolke aus Gin ins Gesicht.

»Theaterleute«, flüsterte er ihm zu. »Zwei davon sind frisch aus London eingetroffen – Busenfreunde von Crochane – kennen Dame Sybil Thorndyke persönlich. Und die Mädchen kommen gerade aus Hollywood. Bridge-Hostessen.«

»Toll«, sagte Dennis. »Bis dann.«

Sie stolperten alle mehr übereinander als nötig, und nach einem Blick auf die beiden Blondinen und die beiden langgesichtigen, kinnlosen jungen Männer wußte Dennis dank seiner wunderbaren neuen Sehergabe schon genau, was sie jetzt und in aller Zukunft sagen würden.

Okies Hand legte sich ihm ermunternd auf die Schulter.

»Auf ein Bier?«

»Nein.«

»Wir wär's mit einem kleinen Bock? Wißt ihr, das hier ist einer von den Großen, hört ihr, Dennis Orphen – hat mal einen Preis bekommen –«

»Oh, verdammt noch mal, Okie, laß mich in Ruh.«

Kaum war es heraus, begriff Dennis, daß er zu weit gegangen war, aber das mußte man eben bei Leuten wie Okie. Es war nicht angenehm, Okies schamrotes Gesicht zu sehen, während die anderen ihn fortzogen. Irgendwann würde er mal hundert Dollar brauchen und gern diesen Artikel schreiben, und dann würde Okie sich an die Beleidigung erinnern. Dennis hörte eine der beiden Frauen Okie zurufen: »Stört es dich, wenn Tony Glaenzer auch hinkommt? Lucille hat ihn angerufen, und er hat gesagt, er kommt vorbei.«

Dennis drehte sich jäh um und packte Okie am Arm. Tony Glaenzer, ein Teil von Effies Vergangenheit. Das war etwas anderes.

»Klar, komm ich mit, alter Junge. Gehen wir.«

Okie war fuchsteufelswild. Wäre er nüchtern gewesen, hätte man ihn den ganzen Abend lang beleidigen können, ohne daß er es gemerkt hätte, aber jetzt war er verletzt.

»O ja, du kommst doch noch mit uns auf ein Bier«, höhnte er. »Okie-dokie. Ich verstehe. Ein bißchen Park Avenue muß schon dabeisein, wenn du mitgehen sollst. Mußt arbeiten, bis du hörst, daß Tony Glaenzer kommt, dann ist es okay. Also los, du Heuchler.«

Sein rundes rotes Gesicht mit den finsteren Augen sah aus wie das eines Titelblatt-Babys, das kurz vorm Losbrüllen ist. Dennis verachtete ihn.

»Ist doch verständlich, wenn ich gesellschaftlich etwas vorankommen will«, sagte er freundlich. »Ein netter Kontakt ab und zu ist mir ganz recht.«

Jetzt wurde er wieder zu Effie, die Tony Glaenzer traf, über die alten Zeiten im Strandclub von Long Island sprach, damals vor zwanzig Jahren, das alte, längst begrabene Leben wieder heraufbeschwor, die begrabene Frau. Und zugleich war er der Dennis von morgen, der Effie von Tony und seinen zwei Blondinen berichtete.

»Ist er Jude?« fragte eines der Mädchen, auf Dennis zeigend.

»Nein, er ist ein Barbar«, antwortete Okie säuerlich, und da die Bemerkung ein Bombenerfolg war, vergab er Dennis seinen Snobismus und klopfte ihm freundschaftlich auf die Schulter. »Der gute alte Dennis Orphen. Der rothaarige Barbar.«

Im Lüchow's fand gerade ein großes Logenessen statt, und in jedem Saal trugen Männer mittleren Alters verbissen ihre Papierhüte und stießen mit ihren voluminösen Frauen an. Die Kapelle spielte ein buntes Walzerprogramm, und ein fetter Mann ließ sich verlocken aufzustehen und tanzte mit eingezogenem Bauch gewandt mit einem knusprigen dünnen Mädchen, das seinen kümmerlichen Hintern herausstreckte, wie es in seiner Clique in Montclair üblich war.

»*Geschichten aus dem Wienerwald*«, sagte Okie, als sie endlich an ihren Tisch kamen. »Mein Lieblingsstück.«

Dennis hielt Ausschau nach Glaenzer und fragte sich, ob er ihn wohl nach Effies Beschreibung erkennen würde.

»Vier Bock, Herr Ober«, brüllte Okie und hielt dann die Hand an Dennis' Ohr. »Theaterleute«, raunte er ihm bedeutungsvoll zu. »Schauspieler. Schauspielerinnen.«

Die beiden Frauen waren mit ihrer Abendunternehmung offensichtlich nicht zufrieden, ebensowenig wie die beiden Herren aus London. Die zwei jungen Männer mit dem schmalen Kinn führten ein Privatgespräch über einen gewissen Wylie und darüber, ob Wylie wirklich meinte, was er sagte, und was sie hier und in Europa Lustiges mit ihm erlebt hatten. Wylie war einer der unergründlichsten, brillantesten, doch auch brutalsten Menschen, von denen Dennis je gehört hatte. Wahrscheinlich würde er Wylie nie kennenlernen. Und wenn, etwa bei Caroline – auf den Partys seiner Cousine Caroline war er anscheinend immer zu finden; tatsächlich waren dies die einzigen Partys, die Wylie überhaupt besuchte –, dann würde er, Dennis, direkt auf ihn zugehen und sagen: »Was haben Sie damals auf der *Bremen* gemeint, als sie Thurman so fürchterlich merkwürdig angesehen und gesagt haben: ›Thurman, so geht das nicht‹?« Nein, er würde weder Wylie noch Caroline je kennenlernen; er konnte von Glück sagen, daß er den jungen Thurman kannte. Die beiden Blondinen tauschten wiederholt geheimnis- und bedeutungsvolle Blicke und liehen sich von Okie abwechselnd Fünfcentstücke, um irgendwelche nicht präsenten wunderbaren Männer anzurufen. Bei ihrer Rückkehr an den Tisch gab die eine dann die Nachricht an die andere weiter, ziemlich barsch, wie Dennis fand.

»Sollen in einer Stunde vorbeikommen«, informierte Ethel Lucille. »Wir gehen hin. Außer du willst vorher Van anrufen.«

Dann ging Lucille zum Telephon, kam zurück und sah Ethel bedeutsam an, als sie sich setzte.

»Muß dir dann was Witziges erzählen«, meinte sie, in sich hineinlächelnd, verriet aber nicht, was Van gesagt hatte – offenbar war es für den Rest der Runde viel zu gut.

»Gehen wir doch alle zu dem alten Van und amüsieren uns«, schlug Dennis vor.

»Sie wissen ja gar nicht, von wem wir reden«, sagte Lucille mit einem überlegenen Lächeln.

Okie dirgierte von seinem Platz aus mit beiden Händen die Kapelle.

»*Sari*«, verkündete er. »Dum di dum di – das ist *Sari.*«

Dann kam Tony, kam quer durch die prunkvollen Bierhallen aus Effies Vergangenheit dahermarschiert, den Kopf, der diese Bilder niemals preisgeben würde, voller Erinnerungen an eine strahlende junge Effie, Effie in dem geometrisch angelegten Garten des prachtvollen Landguts auf Long Island, das Dennis nie so richtig hatte beschreiben können, und als er Tony so auf ihren Tisch zukommen sah, wurde Dennis plötzlich etwas klar, was Effie ihm nie erzählt hatte oder was sie selbst nicht wußte – daß Tony einst in sie verliebt gewesen war.

»Woher weiß ich das?« fragte er sich, doch er hätte schwören können, daß es stimmte; ihm pochte das Herz, als hätte er etwas von allergrößter Wichtigkeit für die ganze Welt entdeckt, etwas, das man sofort allen Zeitungen telegraphieren mußte – stop, Presse, stop, Winchell –

Tony mußte jetzt an die Vierzig sein, doch er war noch genauso schlank, genauso milchgesichtig und bartlos, wie ihn Effie vor Jahren beschrieben hatte. Dennis ärgerte sich über sie, denn abgesehen von dieser schwachen Jugendlichkeit hätte er ihn nach ihrer Beschreibung niemals erkannt. In ihrer Fixierung auf Callingham hatte sie damals offensichtlich nicht bemerkt, daß Tony ausgesprochen gut aussah, auf eine hungrige, gereizte, mädchenhafte Art, daß er groß war, mager und drahtig, als könnte er jeden Augenblick wieder zusammenschrumpfen zu dem verwöhnten kleinen Jungen, der er war, daß er große, nervöse, nutzlose, verrückte Hände hatte. Dennis sah Tony an, daß er eigentlich nicht hatte ausgehen wollen, doch ihm war auch anzusehen, daß er ständig etwas tat, was er nicht wollte, weil er Angst hatte, es könnte eines Tages tatsächlich einmal etwas geschehen, was er sonst womöglich verpaßte.

»Wollte Sie schon lang mal kennenlernen, Mr. Glaenzer«, sagte Okie strahlend. »Ich gebe eine kleine Zeitschrift heraus, von der sie bestimmt schon gehört haben – *The Town* –, und die Leute schreiben mir ständig: ›Warum besorgen Sie sich nicht mal Bilder von Tony Glaenzers Haus, bringen Sie doch endlich mal ein Bild von diesem Tudor-Schuppen.‹ Das hier ist Dennis Orphen. Und das ist Victor Herbert.«

»Guten Abend, Mr. Herbert.« Tony setzte sich, roch an Ethels Drink. »Scotch mit Selters, danke.«

»*The Fortune-Teller*«, sagte Okie, wieder dirigierend, jetzt jedoch mit dem Messer statt mit dem Zeigefinger. »Dada da da da. Ich werde mir den *Rosenkavalier* wünschen. Für mich tun die hier alles. He, Herr Ober.«

Und wenn er jetzt selbst telephonieren ginge, überlegte Dennis, wenn er Effie bitten würde herzukommen, um sie damit zu überraschen, wie sich die zwei äußersten Pole ihres Lebens bei einem Bock zusammen amüsierten? Nein, morgen würde das Vergnügen größer sein.

Ethel und Lucille machten um Tony ein Riesengetue. Die beiden Schauspieler meinten ihn einmal bei Caroline gesehen zu haben. Er kenne wohl Wylie Meigs? Ja, Caroline sei mit seiner Frau befreundet. Bei der Erwähnung seiner Frau fragte Dennis sich, wie es dieser gutaussehende Mann nur so lange mit Belle Glaenzer ausgehalten hatte, auch wenn ihr sagenhaftes Vermögen dem Schmerz die Spitze nahm. Dennis sah Belle vor sich, wie Effie sie ihm porträtiert hatte – eine riesige mondgesichtige Frau, die in der Morgendämmerung leise über die hübschen Plüschkorridore zu den Dienstmädchenzimmern tappte, bemüht, nicht so keuchend und schwer zu atmen und das

Haus nicht unter ihren majestätischen Schritten erbeben zu lassen, vor diesem oder jenem Schlafzimmer nach dem Liebesgeflüster ihres jungen Gatten horchte, vor dieser oder jener Tür nach seinen Zigaretten schnüffelte und sich manchmal zwar ganz sicher war, aber unsicher, wie sie dem, was auch immer da vor sich ging, ein Ende setzen sollte, so daß sie bloß, schnüffelnd und jaulend wie ein alter Jagdhund, in der Eingangshalle auf und ab ging. Wie hatte Effie es in einem solchen Haus nur ausgehalten, fragte Dennis sich. Und wenn sie auch davon gelebt hatte, mit einer reichen alten Frau herumzuziehen, wie hatte sie das nur geschafft, wie hatte sie die zwei ertragen können?

Die beiden Frauen kannten Tony offenbar als den Geliebten ihrer Freundin Boots, die morgen von einer Tournee zurückkommen würde. Tony zeigte unverhohlene Langeweile, außer wenn er mit den Freundinnen über Boots und deren Pläne sprach. Wandte das Gespräch sich allgemeineren Themen zu, lächelte er nur starr das Tischtuch an und steckte seine nutzlosen langen weißen Finger in die Zuckerdose wie ein reicher kleiner Junge, der weiß, daß er nicht mit dem Würfelzucker spielen soll, doch das rauhe Zerkrümeln des Zuckers behagt seinen samtweichen Fingern fast ebensosehr wie ihm selbst das Gefühl, ihn für andere unbrauchbar zu machen – ein Vorrecht, das einem reichen jungen Mann sicherlich zusteht. Ab und zu sah er Dennis von der Seite an, und wenn Okie herumbrüllte oder fuchtelnd dirigierte, hellte sein Gesicht sich auf, als erregten aktive Geschmacksverirrungen seine Bewunderung.

»Sie waren doch in Paris mal mit Callingham im Lipps'«, meinte einer von Wylies Kumpanen, zu dem Schluß kommend, daß er endlich jemanden vor sich hatte, der der Freundschaft eines Briten würdig war. »Andrew Callingham.«

»Oh, er ist dick mit dem alten Callingham befreundet«, erklärte Okie mit souveräner Geste. »Netter Kerl, der Callingham. Kenne ihn persönlich. Oder besser gesagt, Gattin Nummer zwei. Ein Mädchen aus Kansas City. Marian heißt sie.«

»Er soll ja letztes Jahr in Paris diese schwedische Tänzerin ausgehalten haben«, sagte einer der jungen Männer. »Es gab ziemlich viel Gerede.«

»Er hat sie einmal mitgebracht zu einer Segeltour, als Marian mit der Ruhr im Amerikanischen Krankenhaus lag«, sagte Tony. »Asta Lundgren.«

Ah, dachte Dennis, eine Neue, von der Effie noch gar nichts wußte. Asta Lundgren, hm?

»Ich hab alle seine Bücher gelesen«, sagte der Schauspieler mit den dunklen Haaren, derjenige, der einmal volle zwei Wochen mit Wylie auf demselben Boot gesegelt war. »Ich wage zu behaupten, daß ich der einzige bin, der *Kleine Wagnisse* gelesen hat – sein erstes Buch.«

Kleine Wagnisse. Er hatte es in seinen und Effies Flitterwochen geschrieben. Sie fand immer noch, es sei sein bestes Buch. In ihren blauen Augen leuchtete für jeden Liebe auf, der davon sprach, denn dann konnte sie erzählen, wie jeder Satz entstanden war, wie komisch Andy in dem grauenvollen Jagdanzug aussah, den er bei der Arbeit trug. Sie hatte es dreimal abgetippt, und selbst dann war es noch so voller Fehler – sie war nun einmal keine Sekretärin –, daß sie sich eine Schreibkraft nehmen mußten. Im Grunde war es Effies Buch.

»Diese Marian, sagst du, sei Gattin Nummer zwei?« fragte Dennis, ein Spielchen mit sich selbst spielend – keine direkten Fragen, nichts verraten, alle Informationen mußten sich beiläufig aus dem Gespräch ergeben, und ob er sie für sich wollte, als Prüfstein für sein Bild von Effie, oder für Effie selbst, hätte er nicht sagen können.

»Wer war eigentlich Nummer eins?« fragte Okie. »Wie war denn die?«

»Kühl«, antwortete Tony kurz, mit dem Würfelzucker auf dem Tisch eine Festung bauend. »Wär wohl schon gegangen, sie war nur zu großmütig. Hat Andy immer verziehen, wenn er sie hat stehenlassen.«

»Lebt sie noch? Ist sie durchgedreht, als er mit Marian weg ist?« fragte Okie. »Glaubt mir, Marian hatte wirklich ein tolles Gestell.«

»Seine erste war damals, als sie sich kennengelernt haben, die Gesellschafterin meiner Frau. Sie hieß Effie«, sagte Tony und machte aus der Festung wieder einen wüsten Haufen. »Andy hat mich besucht. Er war einer dieser großen, lauten, stark behaarten Männer – dieser maskuline Typ. Mußte jede haben, die er traf, und mit Vorliebe diese schwierigen, jungfräulichen Frauen. Effie war so eine, und da hat er sich natürlich um so mehr verliebt. Er ist aus ihr nie so richtig schlau geworden. Redet heute noch von ihr. Hat einmal zu mir gemeint: ›Weißt du, Tony, als Mann kann man nicht sagen, ob es Zurückhaltung aus tiefer, alles verzeihender und verstehender Liebe ist oder die höfliche Gleichgültigkeit eines wohlerzogenen, oberflächlichen Gefühls. Das Verhalten ist bei beiden gleich.‹ So wußte er, als Effie ihn großmütig hat ziehen lassen, nicht, ob es Märtyrertum oder reine Gleichgültigkeit war.«

»Und was meinen Sie?« fragte Dennis.

Tony sah ihn mit einer Spur von Neugier an.

»Ich hab lange darüber nachgedacht. Wissen Sie, ich glaube, Effie hat sich einen Dreck darum geschert«, sagte er. »Schließlich war sie die ganze Zeit unglücklich mit ihm. Jetzt ist sie glücklich – lebt ihr eigenes Leben. Wir sehen sie ab und zu. Hat hier in der Gegend eine Wohnung. Und einen Liebhaber.«

»Ah, sie hat einen Liebhaber?« Dennis spitzte die Ohren, doch die Erklärung folgte sofort.

»Wieder einen Schriftsteller«, sagte Tony. »Der ihr

mehr bedeutet, als Andy es jemals getan hat. Spricht von ihm, jedesmal, wenn wir sie sehen. So ein junger Bursche. Diesmal ein Ästhet, glaub ich, nicht mehr dieser maskuline Typ.«

»Ach ja?«

Dennis ging plötzlich ein Licht auf. Sie hielten *ihn* für Effies Liebhaber, das war es. Er bedeutete Effie also mehr, als Andy es jemals getan hatte. *Er* war also nicht der große, maskuline Aufreißer wie Callingham, sondern nur so ein mickriger Ästhet! Empört streckte Dennis die Beine aus, bis seine Füße unter dem Tisch den Knöchel der nächsten Blondine erwischten: Lucille. Sie sah ihn fragend an und lächelte dann matt.

»Worüber lachst du?« fragte Ethel nach einer Weile. Tony war in ein trockenes, gelangweiltes Schweigen verfallen.

Lucille zog ihr Schminkzeug hervor und malte sich einen neuen Mund über den alten, woraufhin sie Dennis über den Taschenspiegel hinweg mit gesteigertem Interesse ansah.

»Über gar nichts«, gab sie unverbindlich an und stimmte summend in die Musik mit ein. »Was ist das, Okie?«

»*Dein ist mein ganzes Herz*«, sagte Okie und schlug mit der Speisekarte gebieterisch den Takt. »Dein-ist-mein-ganzes-Herz – dum-di-da-dum–«

»Ich dachte, wir würden nach Harlem fahren«, sagte Tony zu Lucille.

»Wir hassen Harlem«, antwortete Okie barsch.

»Stimmt«, meinte Ethel.

Tony stand auf.

»Tja, und ich deutsche Walzer und Bier«, sagte er. »Ich verschwinde. Dann bis morgen bei Boots, Lucille.«

Sie sahen ihm zu, wie er verschwand, wie seine elegante, wendige Gestalt sich hastig durch die Tische schlängelte, als könnten sie ihm nachlaufen und ihn zurückholen.

»Mag keine Walzer!« wiederholte Okie. »Dabei ist er doch mit einem alten Coney-Island-Walzer verheiratet!«

»Wer diese Alte so lange ertragen kann, braucht sich nicht so anstellen bei dem, was er mag oder nicht«, meinte Ethel, die seinen Abgang als persönliche Beleidigung empfand.

»Er hat sie geheiratet, um weiterzukommen mit seiner Musik«, sagte Wylies Freund. »Gott, was für eine Ironie! Da heiratet er sie, um nach Wien zu kommen, und wenn er jetzt hinfährt, dann nur mit ihr zur Kur, ihrer Krampfadern wegen. Haha.«

»Das ist hart«, meinte Dennis.

»Ja«, sagte Okie, »so ein Snob wie du muß ihm natürlich beistehen.«

»Ich bin kein Snob«, wehrte Dennis sich. »Würde ich sonst mit euch ausgehen?«

Alle lachten, doch nach einer kurzen Denkpause wurden sie ein wenig sauer. Selbst Lucille zog ihren Fuß zurück und schlüpfte wieder in ihren Schuh, wortlos ihre Mißbilligung zeigend.

»Wo wird der wohl enden?« fragte Ethel. »So unselbständig, wie er ist. Was wird aus solchen Typen?«

»Der endet mal in einer Absteige für Flops in der Third Avenue«, sagte Dennis verträumt.

Okie bekam bei dem Wort schon Angst. Er schüttelte Dennis flehentlich an den Armen.

»Sag doch so was nicht«, bat er ihn ernst. »Warum sollte er in einer Absteige für Snobs in der Third Avenue enden? Außer es gibt eine Revolution. Warum sollte er?«

»Da werden wir alle schneller landen, als wir denken«, sagte Dennis finster. »Das System bricht zusammen, das Spiel ist aus.«

»Ach, gehen wir, Lucille«, drängte Ethel ihre Freundin. »Ich kann solche Gespräche nicht leiden. Und Van wird sicher schon warten –«

Lucille hatte sich ihren Fuß wieder abringen lassen und wurde durch Dennis' recht entschiedene Zuwendung unter dem Tisch besänftigt.

»Van soll doch zum Teufel gehen«, schlug sie ungeniert vor. »Mein Gott, für wen hält er sich denn – Mervin LeRoy?«

... das kleine Nest selbst ...

Diese wunderbaren blassen Morgen in der Stadt, dachte Dennis voller Mitleid für das Land mit seinem armen Morgenhimmel, in dessen Blau sich keine tausend Klänge mischten. In dem Haus auf der anderen Seite des Hofs – und es amüsierte ihn, daß er nicht wußte, auf welche Straße diese Häuser hinausgingen – spielte jemand Klavier; die Töne sickerten durch das Spalier an der Veranda, hell und dunkel wie wechselndes Sonnenlicht. Scarlatti, eine Waschfrau unten vorm Souterrain, die beim Wäscheaufhängen sang, das Geräusch eines Besens auf Stein und Hydrantengeplätscher auf dem Betonboden, der endlose Strom von Straßenbahnen, Feuerwehrautos und Lastwägen wurden in den Wänden seines Zimmers im vierten Stock zusammen zu einem stetigen Pochen, ein ewiger Dynamo, der das Leben von Manhattan antrieb. Die Wände bebten Tag und Nacht wie eine Schiffskabine neben dem Maschinenraum, und der Silberrahmen mit dem Bild von Corinne im Badeanzug im Ashbury Park, aus dem Phil herausgeschnitten war bis auf einen weißen Schuh im Hintergrund, klapperte Morsezeichen an die Wand.

Das war also Tony. Er hatte also eine Boots, die beim Theater war. Eine süße kleine Biene namens Boots. Die neue Frau von Callingham war also nichts Besonderes. Und Okie hatte also Angst vor Billig-Absteigen und vor der Revolution. Und Wylie war nun einmal Wylie... Dennis blätterte den *Mirror* durch, abgestandenes Zeug, da nur der von heute. Er las Barclay Beekmans spritzigen Bericht über die sechshundert Dollar, die bei Mrs. Ten Brucks prachtvollem Feuervogel-Umzug und -Ball im Waldorf Astoria für den Milchausgabefonds zusammengekommen waren. Allein die Kostüme waren offenbar über fünfzigtausend Dollar wert, doch die Reichen scheuen eben keine Kosten für das Wohl der kleinen Babys in den Slums. Auch die Kommunisten nicht, dachte Dennis, auch wenn sie keine Mrs. Ten Bruck als La Flamme haben. Wie edelmütig legen da Hunderte bei einem Webster-Hall-Feuervogel-Umzug und -Ball ihre Fünfzigcentstücke für die Bergleute zusammen, nur um annähernd die Kosten zu decken. Wenn das kein direktes Handeln ist. Opfer über Opfer. Doch wie auch immer, positiv gesehen ist es doch so, daß beide Veranstaltungen stets viel Publizität bekommen, und es wäre undankbar von einem Baby oder einem Bergmann, wenn ihnen ein Bett oder ein Sandwich lieber wären als Mrs. Ten Brucks tropischer Festwagen oder ein von solidarischen Genossen gesungenes Hillbilly-Programm.

Er las Gladys Glad und erfuhr zu seinem Erstaunen, daß das Geheimnis des Erfolgs der kleinen Sylvia Sidney darin lag, daß sie ihren Rumpf, tief durchatmend, fünfzehnmal nach links und rechts drehte und in ihr Zauberstrauchextrakt dreißig Gramm Kampfer tat... Ah, da steht's. Am zehnten erscheint bei MacTweed *Die Frau des Jägers* von Dennis Orphen. Es geht das Gerücht, der Roman handle von der Ex-Frau eines prominenten Literaten. Lewis Gannett hat zu Mr. Orphens letztem Buch gemeint: »Orphen kennt New York wie ein Fisch das Wasser.« Mr. Gannett bezeichnete ihn also als einen kleinen Fisch. Gut, Mr. Gannett. Das würde Effie lesen. Jeden Tag würde etwas Neues in der Zeitung stehen, und er würde dazu nichts sagen können, sich herauszureden, es abzustreiten war unmöglich. Wahrscheinlich würde irgendeine Klatschspalte schließlich auch den Namen nennen, und die Journalisten würden Effie anrufen und fragen, wie sie das Ganze fand. Sie würde zunächst verletzt sein und dann so kühl reagieren wie damals auf Andys Biographie, die jemand für die *Atlantic* geschrieben hatte.

»Ziemlich ordinär«, würde sie schließlich sagen, das Kinn überlegen lächelnd erhoben, »letztlich doch ein wenig ordinär. Aber Dennis hat eben keine Manieren. Nicht, daß es mir etwas ausmachte, was er über mich sagt – du lieber Himmel, nein – was soll man von solchen Leuten anderes erwarten.«

Sie würde ihren englischen Akzent hervorkramen, wie sie es immer tat, wenn es um Leute ging, die sie nicht mochte. Sie würde eine zweite Lady Diana werden. Bei dieser Vorstellung brach Dennis' Liebe zu ihr hervor – o du lieber, wunderbarer Mensch, versteh doch bitte und verzeih und sei wieder froh, aber bitte sei nicht tapfer, nicht großmütig und heldenhaft, das ist viel zu herzzerreißend.

Würden doch die Menschen, dachte Dennis, einfach hingehen und den anderen »Dreckskerl« nennen, wenn er das nun einmal war, dann wäre die Welt viel besser. Erst durch diese Märtyrer, die klaglos Leidenden, diese guten, anständigen Menschen, diese Kopf-hoch-Leute hatten der Egoismus und das Verbrechen es so leicht. Wirklich, dachte er, ich gehöre geteert und gefedert dafür, daß ich das alles erzähle. Das würde mich lehren, meinen Stoff mit mehr Vorsicht zu wählen, mit mehr Zartgefühl. So aber wird Effie Großmut zeigen; und verwöhnt dadurch, werde ich nächstes Jahr über Corinne schreiben, so daß Phil Barrow sich von ihr wird scheiden lassen, und sie wird fast umkommen, aber Großmut zeigen, und von hier bis in die Druckerei wird der Weg mit großmütigen Leichen gepflastert sein, bloß weil niemand mich zur rechten Zeit einen Dreckskerl nennt. Die Menschen sind einfach zu gut erzogen, also weiter mit den kleinen Verbrechen!

Irgendwo in der geheimnisvollen Straße auf der anderen Seite des Hofs lebte eine deutsche Kapelle lange von *Wien, Wien, nur du allein*, und als beim »glücklich bin« allen vier Bronchialinstrumenten der Ton ausging, kratzte eine lahme Flöte den letzten Takt zusammen. Das Klavier im Haus gegenüber verabschiedete sich von Scarlatti, um statt dessen einer wildgewordenen Sopranistin höfliche Begleitung zu gewähren, vergeblich schlugen ihre schrillen Flügel gegen die geschlossenen Oktaven eines Oberstimmenparadieses und blieben eine gute halbe Note vor dem Ziel. Der Pianist ist wirklich gut, dachte Dennis, er muß sie für die Miete begleiten, und was er leidet, für die fünfzehn Dollar pro Woche. Sie wird es nie in den Konzertsaal schaffen, so wenig wie bis zum hohen C, und er auch nicht (doch das weiß keiner außer mir), weil ihm das Geld fehlen wird, und selbst wenn er eine Belle Glaenzer fände, die ihn heiratet, würde sie ihn nur für immer kaltstellen, wie den guten Tony, also, wie er sich auch dreht und wendet, er steckt fest.

Die Wintersonne lüftete ein schmuddeliges Négligé aus Wolken, ein bißchen schwindsüchtig, diese Sonne von Manhattan, brachte auf den Fensterscheiben nur einen fahlen Glanz hervor und im Sommer in den leeren Straßen ein ungesundes Fieber, im Winter andauernden Schneematsch. Statt ihrerseits Leben und Farbe zu spenden, sog sie beides zu ihrem eigenen Vergnügen aus den Straßen der Stadt wie aus Gebirgsflüssen Regen.

Dennis kochte sich auf dem Elektroring im Bad Kaffee. Ein Freund von Corinne namens Walter hatte sich auf die Weise einmal fast umgebracht. Der Bursche hatte sich gerade geduscht, während der Kaffee, beziehungsweise sein pfeifender Teekessel, auf der Kochplatte stand. Als der Kessel anfing zu pfeifen, griff er mit der nassen Hand zum Schalter und bekam auch schon einen Schlag, und da stand Walter, dieser große, ungeschlachte Kerl, früherer Mannschaftskapitän sogar, und kam nicht mehr los, von einem Stromstoß nach dem anderen geschüttelt, doch derweilen pfiff der alte Kessel weiter vor sich hin, so daß schließlich jemand aus dem Schlafzimmer kam – Dennis wurde den Verdacht nicht los, dieser nette kleine Jemand sei Corinne gewesen, doch sie wollte es nicht zugeben, es war eine namenlose, doch sehr liebe, ihm sehr nahestehende Person –, und sie tat all die richtigen Erste-Hilfe-Dinge und brachte alles wieder in Ordnung. Walter wurde gerettet, das Duschbad wurde beendet, die kluge kleine Heldin (Corinne, du machst mir nichts vor) goß das Pfeifwasser aus dem pfeifenden Teekessel auf den Filterkaffee, und bald saß man gemütlich am Frühstückstisch mit dem köstlichen Kaffee von Maxwell House und Longchamps-Brioches von letzter Woche, und aus diesem Grund würde Dennis sich nie einen pfeifenden Teekessel kaufen, auch wenn sie nur 89 Cent kosteten und furchtbar lustig waren.

»Aber, Schatz, er hat Walter das Leben gerettet«, wandte Corinne ein.

»Eben«, sagte Dennis. »Er würde mich immer an dieses Schwein erinnern.«

... laß ihn stets im unklaren...

Tag für Tag«, schrieb Dorothy Dix, eine Dame von Welt mit liebenswürdigem Gesicht, im New Yorker *Journal*, »bekomme ich Post von jungen Mädchen, deren Freunde sich plötzlich ohne jeden Grund zurückziehen. ›Seit zwei Jahren liebe ich John von ganzem Herzen‹, heißt es da etwa, ›und ich habe ihn niemals daran zweifeln lassen. Aber in letzter Zeit scheint er mir aus dem Weg zu gehen, und es ist, als seien ihm meine Zärtlichkeiten lästig.‹ Ach, meine Lieben«, fuhr Dorothy Dix fort, »wißt Ihr denn nicht, daß nichts auf Männer abtötender wirkt als Sicherheit, daß das Geheimnis, durch das man sich die Liebe eines Mannes bewahrt, darin besteht, ihn im dunkeln zu lassen? Laßt ihn nur nicht überheblich werden, laßt ihn spüren, daß er Euch jederzeit an einen anderen verlieren kann – laßt ihn stets im unklaren, wenn Ihr ihn halten wollt.«

Und so legte Corinne, als Dennis anrief, die Zeitung aus der Hand und sagte, sie wisse wirklich nicht, wann sie wieder Zeit habe für ihn.

»Zum Mittagessen, hm?« schlug Dennis überheblich vor.

»Keine Zeit«, antwortete Corinne einsilbig, ihn im dunkeln lassend.

»Warum nicht?«

Corinnes eisiges, höfliches Schweigen wies ihn auf das Anmaßende einer so intimen Frage hin.

»Dann komm einfach um fünf zu mir«, meinte Dennis, aber wieder machte Corinne deutlich, daß sie etwas anderes, Wichtiges zu tun hatte. Für morgen und übermorgen galt dasselbe. Ja, Corinne deutete höflich an, daß sie in den nächsten Wochen eine sehr beschäftigte, sehr gefragte Frau sei, doch falls eine dieser phantastischen Verabredungen platze, werde sie sich gern bei Mr. Orphen melden. Auf Wiedersehen und vielen Dank, daß Sie an mich gedacht haben.

Was ist denn jetzt los, fragte Dennis sich, sie hat mich wohl gestern im Lüchow's gesehen, oder irgend jemand hat es ihr erzählt, und überhaupt, wo hatte sie selbst gesteckt? Er hatte am Abend ein dutzendmal bei ihr zu Hause angerufen, jedesmal gegenüber Phil seine Stimme verstellend, und Mrs. Barrow war nie daheim gewesen. Für den schlichten, aber schlingernden Kurs von Corinnes Gefühlen gab es einfach keine Karte, und so widmete sich Dennis, rettungslos im dunkeln tappend und vor allem verärgert, wieder seinem für Okie bestimmten Artikel über Old Yorkville, einer Neufassung seines letzten Beitrags zu demselben Thema, den er durch die Änderung des Tempus auffrischte.

Ihre Rolle nach Miss Dix' Empfehlungen weiterspielend, begab Corinne sich schnurstracks per Taxi zum Algonquin, um mit Walter persönlich zu Mittag zu essen, der gerade nach drei Wochen London heimgekehrt war. Jedenfalls hieß es, er sei geschäftlich in London gewesen, aber Corinne war klar – wie auch allen anderen Leuten, die sie kannte –, daß Walter mit Mrs. Bee Amidon in Paris gewesen war. Walters eigene Frau war daheim geblieben, in dem schönen Haus in Larchmont, zu dessen Kauf sie ihn durch ihre Quengelei getrieben hatte. Walter war Phils bester Freund, aber eigentlich waren Walter und Corinne diejenigen, die sich wirklich verstanden, die in der Küche beim Cocktailmixen tuschelten, während Phil und Mary Patiencen legten. Walter wußte Bescheid über Dennis, und Corinne wußte Bescheid über Bee Amidon, und oft blieben die beiden die ganze Nacht aus und vertrauten einander an, wie schrecklich es war, wenn man zu spät auf seine große Liebe stieß. Denn Walter hatte noch keine Frau so geliebt wie Bee, und Corinne würde nie jemanden so lieben wie Dennis. Bee Amidon hatte noch andere Affären, ging sogar mehr mit ihrem Mann aus als nötig und machte Walter eigentlich nur unglücklich. Corinne dagegen erzählte ihm von Dennis' Gleichgültigkeit, während ihre eigenen Gefühle doch so tief und unvergänglich waren. Einmal hatten diese gegenseitigen Geständnisse auf Walters Schlafcouch geendet – er hatte noch ein Zimmer in der Stadt –, doch dieser Vorfall wurde als Verstoß gegen die Spielregeln schleunigst aus dem Protokoll gestrichen, und Corinne war wirklich verletzt, als Dennis sie in der Sache mit dem pfeifenden Teekessel verdächtigte. Walter wunderte sich immer, daß Corinne und Bee nicht eng befreundet waren, doch seine Erzählungen und seine Verdächtigungen gegenüber seiner Liebsten ergaben ein so abstoßendes Bild von dieser Frau, daß er, indem er sich von diesem Ungeheuer befreite, es, ohne es zu merken, bei Corinne in Pflege gab.

Und auch Walter sah in Dennis Orphen nichts als einen großen Schwindler. Er glaubte nicht eine Minute lang, daß Dennis an Corinne auch nur das Geringste lag, wie sie selbst zuweilen vage andeutete. Trotz dieser beidseitigen Vorbehalte machten sich Walter und Corinne erstaunlich viel Mut. Auf Walters Mißtrauen gegenüber Bee antwortete Corinne: »Ach, Schatz, du kennst eben die Frauen nicht, das ist alles. Bee ist ganz verrückt nach dir, und sie würde nicht im Traum an diesen blöden Anwalt denken, vor dem du dich so fürchtest.«

Im stillen dachte sich Corinne, daß Bee wahrscheinlich mit zehn blöden Anwälten schlief, ohne daß Walter davon etwas ahnte.

»Dennis sagt nie, ich solle Phil verlassen«, beklagte sich Corinne dann bei Walter. »Manchmal glaube ich, es sei, weil es noch eine andere gibt, aber die einzige ernstzunehmende Freundin, die er hat, ist diese Mrs. Callingham, und die ist natürlich viel zu alt.«

»Er ist nur zu anständig, um dich zu bitten, ein richtiges Zuhause gegen das unsichere Leben eines Schriftstellers zu tauschen«, sagte Walter ihr, wie Corinne es hatte hören wollen, während Dennis, wie Walter dann Mary und Bee und all den anderen unbekannten Mitwissern von Corinnes Geheimnissen erzählte, in Wirklichkeit eine Todesangst hatte, daß Corinne sich eines Tages an ihn dranhängen und versuchen würde, ihn in etwas Ernsteres hineinzuziehen. Und was diese »alte« Mrs. Callingham betraf – haha –, die sah verdammt gut aus und war höchstens vierunddreißig oder so, jedenfalls nicht sehr viel älter, und er würde Kopf und Kragen wetten, daß kein Mann sich an so ein kleines Dummchen binden würde wie Corinne, wenn er so eine bezaubernde, berühmte Frau wie Mrs. Callingham bekommen konnte. Er hatte sie während des Entreakts von *Biographie* getroffen, und man sah sofort, daß sie eine tolle Frau war. Sie war mit Dennis da, hatte ihn untergehakt und redete und lachte. Walter hatte Dennis nur wortlos angesehen, im Sinne von: »Nein, du Hund, ich werde es Corinne nicht sagen. Was bist du eigentlich für einer? Hast du denn deinen Frauen gegenüber überhaupt kein Anstandsgefühl?« Denn Walter fand, daß es auch bei Affären Regeln gab und daß Dennis gegen sie verstieß, doch als Walter das einmal Bee Amidon erklärte, sagte sie, die Männer hätten immer sehr ehrbare Regeln, die die anderen befolgen sollten und gegen die jeder verstieß, aber sie hätte festgestellt, daß sie letztlich alle so ziemlich das gleiche täten.

»Ich hab diesen Callingham mal im Dôme getroffen – das heißt Bee und ich«, berichtete Walter Corinne. »Ein großer, gutaussehender Mann. Er war über Persien geflogen, und die Leute haben ein Riesentheater um ihn gemacht. Bee kannte ihn. Ich hab ihm gesagt, daß da jemand ein Buch über ihn schreibt. Er war stocksauer.«

»Das hättest du ihm nicht sagen sollen«, meinte Corinne. »Er könnte Dennis verklagen.«

Sie trank einen Pernod, und nachdem sie so über Dennis hergezogen war, stieg die Liebe zu ihm in ihr auf und ein leichter Unmut gegen Walter. *Er* war schuld, daß sie Dennis oberflächlich, scheinheilig und falsch genannt hatte. Warum ließen die Männer einen so etwas über andere Männer sagen?

»›Wer ist denn dieser Orphen überhaupt?‹ hat Callingham gefragt«, sagte Walter, und die abfälligen Worte übergehend, mit denen er und Bee ihm Dennis damals nur zu gern beschrieben hatten, fuhr er fort: »Wir haben ihm gesagt, daß er ein sehr guter Schriftsteller sei und auch schon einen Preis bekommen habe.«

Walter schüttete sich einen Brandy in den Kaffee, so wie Bee es mochte. Er vermißte Bee in dem Moment, aber manchmal dachte er, daß es eigentlich mehr Spaß machte, mit Corinne über seine Gefühle für Bee zu reden, als wirklich mit ihr zusammen zu sein, denn Bee schien ihn nie allein sehen zu wollen, sie lud stets alle Leute ein mitzukommen. Tatsächlich war die Affäre für sie nur ein Mordsspaß und mehr nicht. Sie weinte nie und sprach nie von Scheidung oder sagte etwas von dem üblichen Zeug, sie amüsierte sich ganz einfach, als wäre das Ganze nichts Ernstes.

»Was hat denn – na, du weißt schon – gesagt, als du ihm erklärt hast, wer Dennis ist?«

»Er hat gemeint, Erskine Caldwell sei der einzige Schriftsteller in Amerika, der etwas taugt«, erinnerte sich Walter schließlich.

»Bestimmt, weil er und Callingham sich ähnlich sind«, folgerte Corinne.

»Er hat gemeint, mit Amerika sei es sowieso vorbei«, fuhr Walter fort. »Er hat gesagt, seit *Three Soldiers* hätten wir im Grunde nichts hervorgebracht, was den Namen Literatur verdient. Er hat ständig wiederholt, mit Amerika sei es vorbei, vorbei, und Whisky pur getrunken. He, Corinne, warum betrinken wir uns nicht und ziehen für den Rest des Tags umher. Mary kommt heut abend heim, und wenn ich nüchtern bin, hab ich Gewissensbisse wegen Bee und halte das Ganze nicht durch.«

Corinne fand das eine gute Idee. Wenn sie den ganzen Tag mit Walter einen draufmachte, würde das Dennis zeigen, daß er ihrer Liebe nicht so sicher sein konnte. Bleib unnahbar, bleib immer souverän, laß ihn deiner Liebe niemals sicher sein. Corinne ging hinaus, um Dennis anzurufen und ihm zu beweisen, wie unnahbar und wie souverän sie war.

»Was ist los?« fragte er. »Ich arbeite. Willst du vorbeikommen?«

»Vorbeikommen? Sicher nicht«, sagte Corinne mit einem kurzen, hellen Lachen. »Ich wollte nur fragen, ob du wohl nächsten Monat am fünften zu uns zum Abendessen kommen kannst.«

Dennis war über eine so förmliche Mitteilung offenbar äußerst verblüfft.

»Um Gottes willen, nächsten Monat? Wie soll ich wissen, was ich nächsten Monat mache? Ich sag dir Bescheid, wenn's soweit ist. Was für ein Fest soll das denn werden, daß du mich jetzt schon fragen mußt – ein Maskenball?«

»Nein, nur mit dir. Kein Fest, bedaure«, antwortete Corinne steif.

»Gut, ich sag dir Bescheid, wenn wir uns sehen.«

Corinne ließ eine bedeutungsvolle Pause entstehen.

»Ich wollte es nur wissen, falls wir uns bis dahin nicht mehr sehen«, klärte sie ihn netterweise auf. »Es ist ein Mittwoch. Hast du Zeit?«

»Nein«, sagte er, maßlos empört, und knallte den Hörer auf die Gabel.

Corinne ging auf die Damentoilette und legte neues Make-up auf. Nach ein paar Pernods machte das Schminken immer ganz besonders Spaß, denn sie ließen das Gesicht so starr werden, daß man meinte, man male eine Statue an. Sie kehrte zurück in den Saal, der sich jetzt rasch mit geistreichen, großartigen Menschen füllte, und sie aßen und tranken wie alle anderen auch. Als sie an ihren Tisch kam, nahm Walter sich gerade den dritten Brandy vor. Walter war wirklich sehr süß. Und er verstand auch Dennis so gut, daß Dennis zu edel, zu anständig war, um sie zu bitten, um seiner geringen Einkünfte willen auf die Sicherheit, die Phil ihr bot, zu verzichten. Selbst wenn sein neues Buch ein Renner war, würde es ihm weniger einbringen, als Phil verdiente, und sie hing doch so an dem netten kleinen Haus in der Sixty-fourth Street mit dem kleinen Garten, und Dennis würde ihr das sicherlich nicht nehmen wollen, zumal sie doch gerade alles hergerichtet hatte. Walter wußte, was Dennis empfand. Das war das Netteste an Walter, daß er Dennis so gut verstand. Sie nahm den lieben Walter von hinten in den Arm und preßte ihren Mund an sein Ohr.

»Walter, ich kann leider nicht bleiben«, flüsterte sie ihm zu. »Ich muß sofort zu Dennis. Das verstehst du doch, Schatz.«

Dennoch hatte Walter eine Mordswut, als er die smarte kleine Gestalt mit dem Leopardenmantel und der grünen

Baskenmütze davontrippeln sah. Ehefrauen konnten einen ja im Stich lassen und die Geliebte auch – die hatten eine Entschuldigung –, aber Freunde... und das nach allem, was er für Corinne getan hatte, hundertmal hatte er Phil beruhigt, und er hatte sie sich bei ihm ausweinen lassen und ihr nicht erzählt, was er über Dennis und Mrs. Callingham so hatte reden hören. Nach allem, was er als ihr einziger wahrer Freund für sie getan hatte, konnte sie doch wenigstens mit ihm seine Rückkehr feiern. Was war sie eigentlich für eine Freundin?

Walter bestellte sich noch einen Brandy, diesmal einen mit Soda, und saß trübsinnig da, überlegend, was er alles für Corinne getan hatte und natürlich auch für Bee. Nach einer Weile ersparte ihm sein Kopf viel Mühe, indem er beide zu einer einzigen Person verschmelzen ließ, einem launenhaften, falschen, lügnerischen Flittchen. Er wünschte, er hätte Bee nicht diesen Hut gekauft, und wünschte doch zugleich, sie hätte Brillanten haben wollen, um sie der blanken Gewinnsucht bezichtigen zu können. In Krisen wie dieser – wenn er mittags allein gelassen in einem Café saß mit dem ganzen leeren Tag vor sich – brach Walters Michigan-Moral plötzlich mit voller Kraft durch und stärkte ihm den Rücken, und er wollte zu Mary und ihr danken, daß sie so eine gute Frau war. Ein Mensch, an den man glauben kann, das ist es, was man im Leben braucht, jemand, dem man vertrauen kann –

... Mrs. Callingham auf der Couch ...

– Jemand wie Effie Callingham, die noch niemals einen Menschen angelogen hatte, niemanden betrogen, die in ihrem ganzen Leben keine Missetat begangen hatte, bis auf die der großen Geste der Entsagung, doch wie in so vielen Fällen von Entsagung war ihr damals nicht ganz klargewesen, wie umfassend und wie endgültig diese dann war.

Effie legte sich auf die schwarze Satincouch, ein Eau-de-Cologne-getränktes Gästehandtuch auf den Augen, als hälfe das gegen die Schmerzen, die ihren ganzen Körper durchzuckten, und erinnerte sich, wie sie es Andy damals gesagt, wie sie den Satz gesagt hatte. Erneut lief jene Szene in dem privaten Kino ihres Geistes ab, als könnte sie durch ein wiederholtes Ansehen feststellen, wo der Fehler lag, wie sie sich hätte verhalten sollen. Da standen sie, der junge Held, die blonde Heldin, auf Andys Boot und fuhren hinaus. Die alte Barkasse, Andys Stolz und Marotte, hatte ihnen, seit sie sich kannten, als Zuflucht gedient, als Zuflucht vor den Glaenzers, vor Andys immer hartnäckiger werdenden Lesern, und schließlich war sie zu einem Mittel geworden, in Krisen die erste Zeit ihrer Liebe heraufzubeschwören, doch nach drei Jahren waren die stillen Buchten, die einst den Hintergrund gebildet hatten zu ihrer Idylle, von ihren Differenzen vergiftet gewesen, von den langen ruhigen Gesprächen, jenen ruhigen, zivilisierten Gesprächen, die – wenn man's nur wüßte – das Ende der Liebe sind.

Aus dieser Rolle, die die Aufschrift »Das letzte Wochenende« trug und die sie stets nur mit Kopfschmerzen ansah, ließ sich, so fand Effie jetzt, letztendlich nur eine Lehre ziehen: Sie hätte nie versuchen sollen, so modern, nie versuchen sollen, großzügig zu sein. Ihr instinktives Entsetzen über Andys Seitensprünge hätte einen natürlichen Ausdruck finden sollen – Wut oder Flucht statt der toleranten, philosophischen Fassade, die ihr völlig fremd war. Als Marian damals auftauchte, war sie nicht mehr gewesen als ein Dutzend anderer kleiner Affären, die er gehabt hatte, es war nicht nötig gewesen, sich so großmütig zurückzuziehen. Aber schließlich war sie es nach drei Jahren leid gewesen, war es leid gewesen, ihre hübschen Rivalinnen zu unterhalten, leid, Ehemänner in Gespräche zu verwickeln, damit sie Andys Bewunderung für ihre Frauen nicht bemerkten, war erschrocken über den unmerklichen Wandel ihres Verhältnisses von Liebenden zu guten Freunden, war ihr eigenes steifes Lächeln leid. Irgend etwas mußte damals zweifellos geschehen, das war Effie jetzt klar. Doch es hätte nicht die Trennung sein müssen. Und auf keinen Fall hätte sie über alles reden müssen. Sie hätte nicht sagen sollen, daß sie wisse, was er für Marian empfand. Sie hätte auf dezente Art begriffsstutzig sein sollen. Sie wußte, daß er es nicht ertrug, sich schuldig oder egoistisch vorzukommen, und er haßte es, Treue zu geloben, wenn ihm keineswegs danach zumute war. Es war also ihre Schuld. Bei ihrem gemeinsamen kleinen Wochenende hätte sie dafür sorgen sollen, daß es ihnen gehörte, ihnen allein, anstatt zuzulassen, daß sich Marians Name zwischen sie schob.

Sie erinnerte sich, wie neblig es war, als sie langsam aus Cold Spring Harbour hinausfuhren, an das Tuten der Nebelhörner in der Ferne, an das Läuten der Glockenbojen und die winzigen Lichter des Dorfes, die sich über den Hügel hinzogen. Sie standen zusammen am Steuer, im Pullover, denn der Nebel war kühl. Krank vor Liebe und zutiefst verzweifelt über seine unnahbare Art, schob Effie einmal ihre Hand in seine, zog sie jedoch gleich wieder zurück, als er die Berührung nicht einmal bemerkte. Kurz darauf drehte er sich um und tätschelte ihr die Schulter, und auch das, dachte Effie, zeigt das Ende der Liebe an.

Spät am Abend ankerten sie in der Nähe von Port Jefferson, denn in dieser Ecke kannten sie sich aus, und am Tage konnten sie dort mit dem Schlauchboot ans Ufer fahren und durch Wälder und Strandlandschaften streifen. Andy schlief rasch ein, aber Effie konnte nicht schlafen, weil sie sich den Kopf zerbrach über diese andere Frau, ob er sie wirklich liebte und, wenn ja, wie sie es ertragen könnte. Ein feuchter, schneidend kalter Wind pfiff durch die Bullaugen und ließ die Fliegentür der Kajüte quietschen, sie konnte die Möwen über den Fischen kreischen hören, konnte die Sümpfe riechen. Sie richtete sich in ihrer Koje auf und starrte hinaus zu den wenigen blassen Sternen, mit denen der Schleier der Nacht festgesteckt war. Kurz vor Einbruch der Dämmerung sah sie Wolken, die der Wind zerriß, graue Fetzen, die wild über die Schwärze dahintrieben, zu riesigen schauerlichen Formen zusammengeballt und wieder zerteilt wurden. Ein Seetaucher schrie am kieferngesäumten Ufer, und immer wieder heulten Nebelhörner auf. Sie klammerte sich an diese Laute und an das gleichmäßige Schlagen der Wellen als das einzige, was ihr gehörte, denn der schlafende Andy war der Feind, der Fremde, ihr Ruf konnte ihn nicht erreichen, so nah sein Gesicht ihr auch war. Tief atmete sie die salzige Nachtluft ein, jede Sekunde dieser Nacht mußte ihr im Gedächtnis haftenbleiben, diese Nacht mußte Jahre aufwiegen. Sie ergriff seine Hand und drückte verzweifelt die Lippen darauf, doch noch während sie sie in den Fingern hielt, war der Moment bereits vorbei; in der Liebe gibt es keine Gegenwart, nur Vergangenheit und Zukunft, und während sie ihn küßte, war sie weit von ihm entfernt und sehnte sich.

Den ganzen nächsten Morgen lang fiel über Marian kein Wort. Sie ruderten im Schlauchboot aus dem Hafen, in Richtung Setauket und Conscience Bay. Sie ließen sich in eine kleine Bucht treiben, in der der Meeresboden plötzlich mit fremdartigen tropischen Gewächsen überzogen war und von scharlachroten Schwämmen glitzerte und blühte. Königskrabben trudelten dahin, schleppten unbeholfen ihren häßlichen Panzer wie große falsche Köpfe beim Karneval in Venedig; linkisch marschierten sie in geschlossenen Reihen vorbei, sich ein wenig ihres lächerlichen Aufzugs schämend; einmal maskiert, wußten sie nichts Besseres zu tun, als sich ihren Leidensgenossen anzuschließen, schabten über Kieselsteine und Bewuchs dahin, genossen die Anonymität in der Menge. Weiter draußen saßen ein paar Fischer in ihren Ruderbooten, und ein Segelschiff, das mit orangefarbenen Segeln prangte, flatterte am Horizont hin und her.

Andy und Effie nahmen die Thermoskanne und den Whisky mit an den steinigen Strand vor dem Leuchtturm. Sie lehnten sich auf den Sonntagszeitungen zurück, Effie in ihrem blauen Badeanzug, den Sonnenhut ins Gesicht gezogen, Andy in Shorts, den braunen Körper lang ausgestreckt, das Gesicht mit einem Arm bedeckend. Effies Augen ruhten auf dem Rücken seiner Hand, eine große starke Hand mit weit gespreizten Fingern, wie ein Spachtel. Sie berührte sie sanft.

»Schau«, sagte sie, »die Haare auf deiner Hand werden rot, mein Schatz.«

Andy mußte plötzlich kichern.

»Ich weiß«, sagte er. »Marian glaubt felsenfest, es sei ein Toupet.«

Da war sie also, Marian. Einen Augenblick lang schwiegen sie, jetzt, wo der Name gefallen war. Dann sagte Effie langsam: »Du bist verrückt nach Marian, nicht wahr?«

Andy blieb reglos liegen. Sein Arm bewegte sich kein Stück von seinen Augen.

»Ich glaube, ja, Effie«, sagte er.

Effie zog sich den Hut tiefer ins Gesicht, drehte sich weg von ihm, hörte sich sagen: »Warum probierst du es nicht einfach aus? Vielleicht ist das die Chance deines Lebens.«

Andy rührte sich noch immer nicht.

»Meinst du das ernst, Effie?«

»Klar. Warum gehst du nicht ein Weilchen mit ihr fort? Schaust, was ihr füreinander empfindet...«

Andy nahm die Hand von den Augen und sah sie neugierig an. Sie lächelte ihm ermutigend zu.

»Dann werde ich das vielleicht tun«, sagte er nachdenklich und griff plötzlich nach ihrer Hand und drückte sie. »Effie, du bist ein wunderbarer Mensch. Viel zu gut für mich.«

Ein wunderbarer Mensch. Worte, an die sie denken konnte, als er in der nächsten Woche packte, Worte, denen sie nachhängen konnte, als er ihr Wochen später telegraphierte, daß Marian und er sich entschlossen hätten, ein Jahr in Europa zu bleiben. Worte, an die sie sich jahrelang hatte klammern können, einen mageren Balsam pressend aus dem hohlen Lob, Worte, die man prüfen konnte, wenn man mit vor Schmerz zerspringendem Kopf und von dumpfer Einsamkeit gequältem Herzen dalag. Ja, dachte Effie, es war besser, selbstsüchtig zu sein, rücksichtslos, böse und eitel, besser für das eigene Glück. Laß jemand anderen der wunderbare Mensch sein, halte du nur an deinem Glück fest. Marian hatte das getan. Und es war sogar etwas Tapferes, Heldenmütiges daran, wenn man selbstsüchtig um seine Liebe kämpfte. Es zeugte von einem feurigen Mut, der Männer mehr anzog als der Geist der Aufopferung. Aber wenn einem dieses Feuer fehlte, wenn das Anstandsgefühl in einem stärker war als die Leidenschaft, wenn die Liebe nur auf das Glück des Geliebten zielte – Man tut eben, was man kann, dachte Effie. Man tut, was zu tun einem gegeben ist, und dann wartet man. Doch worauf? Im Geiste blätterte sie in Dennis' Buch... »immer darauf wartend, daß er wiederkommt« – »der Jäger wird endlich heimkehren und sehen, was für eine zärtliche und weise Ehefrau in der langen Zeit allein aus ihr geworden ist«.

Eine Welle echter Wut auf Dennis überschwemmte sie. Er hatte kein Recht, so in ihr Herz zu sehen, nicht ein geheimer Gedanke war mehr vor ihm sicher, selbst jetzt in diesem Moment konnte sein gemeines Objektiv auf sie gerichtet sein und zynisch ihre Gedanken analysieren. Es gab keine privaten Jalousien mehr gegen die Außenwelt, der liebste Freund wird als Spion zum Feind. Aber wen hatte sie denn noch, der ihr jetzt als Freund zur Seite stand, wen außer Dennis, ihren Gegner? Sie beide, der Missetäter und das Opfer, mußten der Welt allein entgegentreten, mußten sich zusammen sehen lassen und zusammenhalten, er, um zu zeigen, daß sein Buch nicht boshaft war, sie, um zu zeigen, daß sie es nicht übelnahm.

Sie stand auf und schüttete sich kaltes Wasser ins Gesicht, starrte in den Spiegel, wie stets erstaunt, daß die müde wirkenden Falten noch da waren, sich gegen die Einsicht wehrend, daß sie nicht nur eine vorübergehende Erscheinung waren. Sie war bei den Glaenzers zum

Abendessen eingeladen und hatte Belle versprochen, etwas früher zu kommen, um ihr bei ihrer Post zu helfen. Plötzlich schlug sie die Hände vors Gesicht, angewidert beim Gedanken an die Glaenzers, angewidert von dem Schein, den sie dort stets bewahren mußte, angewidert von ihrem eigenen alternden Spiegelbild.

Als es an der Haustür schellte, dachte sie, es könnte Dennis sein, und sie ließ es lange klingeln, während sie sich schminkte, mit viel Rouge, als würde die verwegene Farbe ihr Mut injizieren. Doch es war ein Bote mit einer Nachricht. Sie hatte die absurde Vorstellung, die Nachricht sei bestimmt von Andy, die Zeit des Wartens sei vielleicht endlich vorbei. Sie war sich so sicher, daß sie kaum der Versuchung widerstehen konnte, den Brief ungelesen zu zerreißen, falls ihr Instinkt sie doch trog. Doch so leicht entgeht man der Enttäuschung nicht; sie verfolgt uns in unseren Träumen, über Wiesen und durch volle Straßen, uns beim Namen rufend. Man kann ihr nicht entgehen, indem man sie hinausschiebt. Effie riß den Umschlag auf.

Sehr geehrte Mrs. Callingham,
falls Sie irgendwie mit Mrs. Andrew Callingham verwandt sind, die zur Zeit wegen einer Krebserkrankung bei uns auf Station liegt, würden wir es sehr begrüßen, wenn Sie sich bei der Patientin melden. Ihr Zustand ist ernst, und sie hat hier in der Stadt keine Freunde. Sie würden ihr einen großen Dienst erweisen, wenn Sie sie einmal besuchten oder uns gegebenenfalls Bescheid geben würden, welchen Zweig ihrer Familie wir im Fall einer kritischen Verschlechterung verständigen sollen.

Mit freundlichen Grüßen

A. Waring
Sekretär von Dr. Bulger, St.-Ursula-Krankenhaus

... die Presse ...

Andy Callingham (*Kleine Wagnisse*), wohnhaft in Paris und Cannes, wird diesem Artikel entnehmen, daß seine Frau Marian schwerkrank in einem New Yorker Krankenhaus liegt.

Evening Journal, New York

Das berühmte Liebespaar Andrew und Marian Callingham hat sich vor mehr als vier Monaten in Paris verkracht. Marian hat sich verabschiedet und die Schlüssel einer Garbo aus Schweden überlassen. Nach Auskunft von Freunden in Paris hält Marian sich in New York versteckt.

Daily News

Ein Hoch auf Dennis Orphen für sein demnächst erscheinendes Buch, in dem wir die Wahrheit über einen gewissen berühmten Schriftsteller erfahren.

Daily Mirror

... ein Hoch auf Mr. Orphen ...

Corinne schnitt es aus und klebte es ihm an den Spiegel.

»Du bist wirklich komisch«, beklagte sie sich wehleidig. »Mal sagst du, ich würde mich nicht genug für deine Arbeit interessieren, und im nächsten Moment lachst du mich aus, weil ich etwas über dich aus der Zeitung ausschneide. Ich weiß nicht, Dennis, was du von mir erwartest, wirklich nicht.«

Dennis aschte auf den Boden. Er lag auf der Couch und betrachtete einen dunklen Fleck an der Decke, der jetzt aussah wie ein Gibson-Mädchen im Profil, mit Stirnrolle und allem Drum und Dran. Er stellte fest, daß er vor einer heiklen Frage stand: Sollte er sich bei dem kleinen Kommunisten dort oben wegen des undichten Rohrs beschweren und sich um dieses hübsche Kunstwerk bringen, oder sollte er den Dingen ihren Lauf lassen und zusehen, wie aus dem Mädchen nach und nach ein Elefant oder ein Adler wurde? Und wer würde dann am Ende, im Augenblick des Triumphs, wenn kleine Wassertropfen die ganze Decke in ein Schlachtfeld à la Winslow Homer oder in ein Wandgemälde aus dem Industriezeitalter verwandelt haben würden – wer würde dann anderes in einer Wolke von Pamphleten durch den Putz brechen als der kleine Kommunist persönlich, gefolgt von seinem gesamten Mobiliar?

»Schau«, sagte Dennis, auf das Gibson-Mädchen zeigend.

»Dummkopf.«

Corinne machte sich mit einem Staubwedel zu schaffen, wobei ihre rundlichen weißen Ärmchen anmutig aus blauen Schürzenärmeln hervorsahen. Sie lief bei ihm gern in der Schürze herum, machte gern gründlich sauber, auch wenn sie alles andere als gründlich war und sich stets ein paar Wollmäuse unter seinem Bett versteckten oder arglos in Schrankecken gefegt wurden. Aber wenn sie diese kleine Arbeit auch nur halb tat, so erfüllte sie Corinne doch mit einem angenehmen Besitzerstolz.

»Wirklich, Dennis, was willst du, was soll ich tun? Erst nennst du mich ein dummes Ding – das hast du tatsächlich gesagt –, und dann bemühe ich mich, schlau zu sein.«

»Sei einfach du selbst, mein Herz«, sagte Dennis. »Bleib so süß, wie du bist, da da da da, und wirf diese Zeitungsausschnitte weg. Der Verlag hat schon jetzt Angst vor einem Prozeß. Ich möchte nicht daran erinnert werden, verstehst du?«

»Was soll ich verstehen, Dennis?«

»Deinen Schatz, Liebling.«

Corinne setzte sich auf die blaue Lederottomane, die sie ihm letztes Jahr zu Weihnachten bei Bloomingdale's gekauft hatte. Sie stützte das Kinn in die Hände und sah ihm fest ins Gesicht.

»Es wäre mir lieber, du würdest dir die Kosenamen sparen, wenn du dich nur lustig machst«, sagte sie ernst. »Ich wollte schon lange einmal mit dir darüber reden. Auch die Art, wie du mich küßt und mit mir schläfst, als würde das gar nichts bedeuten. Das gefällt mir nicht. Geh doch weg, wenn es für dich nicht mehr ist als das – etwas, worüber man lachen kann.«

Dennis stützte sich auf einen Ellbogen auf und sah sie mit hochgezogenen Brauen an.

»Nein, Dennis, ich scherze nicht«, wiederholte sie gewichtig. »Du mußt die Sache wirklich ernster nehmen. Das verletzt mich.«

In Corinne hatte er sich noch nie hineinversetzen können. Sie machte immer scheinbar banale Bemerkungen, doch in Wirklichkeit waren es undurchdringliche Schleier, hinter denen sich ihre komplexe kleine weibliche Natur verbarg. Hinzu kam, daß niemand auf der ganzen Welt so aussah wie Corinne. Vielleicht, dachte er sich manchmal, war das einzig wirklich Geheimnisvolle an ihr ihr Aussehen. Sie hatte glattes, seidiges, rotblondes Haar, das von den Schläfen weg in einer klaren Linie geschnitten war, reine weiße Haut, vorstehende Wangenknochen, ziemlich hübsche, braune, weit auseinander stehende Augen, eine spitze kleine Nase mit hochgewölbten Nasenlöchern, einen kleinen Mund und volle rote Lippen, sogar kleine weiße Zähne – auf seine eigene, drollige Art war es ein reizendes, schmollendes Gesichtchen, ein Gesicht, das immer kurz vorm Losheulen schien, so daß selbst Fremde sich gedrängt fühlten, ihr eine Schulter anzubieten – »Hier, mein Mädchen, wein dich aus« –, auch wenn sie ahnten, daß eine Schulter wohl nicht reichen würde, sie würde sich an ihrem Hals, in ihren Armbeugen, unter ihrer Haut vergraben wie ein putziges kleines Tier. Dennis entschloß sich, sie diesmal ernst zu nehmen. Sie hatte ihm schon seit Tagen keine Szene mehr gemacht, und es bedurfte nur einer kleinen Widerrede seinerseits, oder an diesem Tag einer leichtfertigen kleinen Bemerkung, um eine solche auszulösen.

»Weißt du, Corinne, ich mache mir wirklich Sorgen wegen dieses verdammten Buchs. Ich will davon nichts mehr hören. Ich wünschte, ich hätte es nicht geschrieben. Es macht meiner Freundin Mrs. Callingham viel Kummer. Sie hat sehr viel Pech gehabt im Leben, und jetzt das –«

»Es sieht so aus, als würde ihr Mann zu ihr zurückkommen«, warf Corinne hier überraschend ein. »Er ist jetzt frei. Seine zweite Frau hat ihn verlassen. Wer weiß. Ich wette, er kehrt zu seiner ersten Frau zurück.«

Widerstrebend konfrontierte Dennis sich mit diesem Gedanken. Auf die Idee war er nie gekommen. Es ärgerte ihn, daß Corinne sie geäußert hatte, er konnte nicht sagen, warum. Schließlich entbehrte es nicht ganz der Logik. Wahrscheinlich hielt auch Effie es für möglich. Vielleicht hatte Andy nach ihr geschickt. Es war nicht anzunehmen, daß die erwähnte Garbo mehr als nur eine vorübergehende Erscheinung war. Das mußte die schwedische Tänzerin sein, von der Tony Glaenzer gesprochen hatte.

»Na, ich weiß nicht«, dachte er laut.

Er verspürte in sich den unwiderstehlichen Drang, Effie auf der Stelle aufzusuchen, um herauszufinden, was dahintersteckte, ob sie wirklich etwas damit zu tun hatte. Womöglich hatte sie sich jetzt, wo ihre Nachfolgerin weg war, in den Kopf gesetzt, einfach von sich aus zu Andy zu fahren. So waren die Frauen. Dennis stand abrupt auf und zog Corinne hoch.

»Du mußt dich beeilen, mein – äh – Corinne. Du darfst nicht immer so ein Risiko eingehen. Was wirst du Phil sagen, wenn er fragt, wo du gewesen bist?«

»Ich sag einfach, daß ich bei Olive war«, meinte Corinne seelenruhig. Sie streifte die Schürze ab und puderte sich die Nase. Sie hatte eine Puderdose und eine Hautcreme in Dennis' Kommode liegen, und als sie sie eines Tages an einer anderen Stelle fand, machte sie ihm eine fürchterliche Szene, weil sie scharfsinnig schloß, es sei kürzlich eine andere bei ihm gewesen. »Ich sag *immer*, daß ich bei Olive war.«

Dennis lächelte ein wenig schief.

»Das hast du gestern auch gesagt, als du gemeint hast, du könntest nicht kommen«, bemerkte er.

»Ja«, sagte Corinne und kicherte leicht. »Ich geh ziemlich oft zu Olive.«

Dennis sprang plötzlich auf sie zu und schüttelte sie wütend an den Schultern. Seine Anfälle von Eifersucht waren so unerklärlich, daß selbst er sich ihrer immer erst bewußt war, wenn er dastand und brüllte oder Corinne fast erwürgte. Corinne lachte sich halb tot. Letztlich war es doch Dennis, der keinen Humor hatte, der die Liebe ernst nahm. Ein harmloser kleiner Witz genügte, und schon war er fuchsteufelswild, hätte sie umbringen können.

»Auf Wiedersehen, Süßer.« Leicht errötend, aber immer noch amüsiert, warf sie ihm von der Tür aus eine Kußhand zu.

Als sie fort war, setzte Dennis sich hin, sich ärgernd, daß es ihr gelungen war, ihn aus der Reserve zu locken. Seine Nerven waren einfach angegriffen. Er hatte hauptsächlich Angst wegen des Buchs, Angst vor allem, was damit verbunden war, als hätte er damit Feuer an eine Dynamitladung gelegt und nun sei es zu spät, das Streichholz wegzuziehen. Wenn Effie zu Andy zurückgekehrt war – und das war sehr gut möglich in dieser unmöglichen Zeit –, dann war das Buch daran schuld. Nun, er mußte sie ganz einfach sehen. Er mußte herausbekommen, wie sie über einen Andy dachte, der wieder frei war, wieder frei für sie. Er ertrug es nicht, auf ein Taxi zu warten, brauchte das Gefühl der Eile in den eigenen Beinen, weshalb er rasch in Richtung Westen ging, quer über den Union Square, den Broadway hinauf bis zur Twenty-second Street und dann hinüber zur Sixth, Seventh, Eigth

Avenue. Natürlich würde sie nicht so dumm sein, zu Andy zurückzukehren, nur weil seine zweite Ehe geplatzt war. Was hatte Corinne von solchen Dingen schon für eine Ahnung? Doch kaum dachte er darüber nach, fielen ihm auch schon ein Dutzend solcher Fälle von Versöhnung ein, einer Rückkehr zu der ersten Liebe. Wegen der Spannungen zwischen ihnen hatte Dennis sich seit zwei, drei Tagen nicht bei Effie gemeldet, doch jetzt wünschte er, er hätte es getan. Dann wären ihm diese albernen Befürchtungen erspart geblieben. Er wurde wütend auf Corinne, daß sie ihm diesen Floh ins Ohr gesetzt hatte.

Vor der Haustür hielt er einen Augenblick lang inne, um sich zu beruhigen, hörte Effie schon leise über seine Hirngespinste lachen. Dann drückte er den Klingelknopf. Er klingelte dreimal, ohne daß irgend jemand reagierte. Er rief den Hausmeister heraus. Mrs. Callingham – oder Miss Thorne, wie sie jetzt genannt zu werden wünschte – sei ausgegangen, erklärte der Hausmeister in bestimmtem Ton. Tatsächlich, fügte er hinzu, sei Miss Thorne – oder, wenn Sie wollen, Mrs. Callingham – seit vorgestern abend fort.

»Aber wohin kann sie gegangen sein? Sie muß zu Hause sein«, beharrte Dennis in lächerlichem Widerstand, denn ihre Abwesenheit schien eindeutig von endgültiger Art und nicht nur eine anderswo verbrachte Nacht zu sein, wie der Hausmeister wohl sagen wollte. Bestimmt war Effie oben wie immer, oder vielleicht hatte der Hausmeister den Namen falsch verstanden, oder vielleicht träumten sie beide, es war ein Traum, ja, so mußte es sein, das Ganze war nur ein Traum –

... der Traum ...

Ich wünschte, ich würde wieder zu mir finden, dachte Effie in der schummrigen Ecke des Zimmers im St.-Ursula-Krankenhaus, es ist nicht wahr, daß ich hier neben Marian sitze und sie atmen höre, das kann doch nicht ich gewesen sein, die Andy gerade telegraphiert hat, er solle herkommen zu ihr, das kann doch nicht ich sein, die ihr immer, wenn sie die Augen aufschlägt, zuflüstert, natürlich liebe er sie, natürlich komme er zu ihr zurück, natürlich werde er sie nicht sterben lassen, natürlich liebe er sie, ganz bestimmt, das kann doch nicht ich sein, die das zu ihr sagt, genausowenig, wie dieser dünne, abgezehrte Körper auf dem Bett Marian sein kann, die heitere, tanzende Kolumbine mit Halskrause und spitzem Hut auf dem Maskenball, das erwartungsvolle, verliebte kleine Geschöpf, das sich endlos lang an Andys Anblick weiden konnte, das vor langer Zeit an seinen Lippen hing, während ich gelächelt habe. Das kann doch nicht wahr sein, sagte Effie, das kann doch nicht wahr sein; und die schweren Atemzüge der Frau auf dem Bett übertönten ihre Gedanken, kaum daß sie geboren waren, so wie die Trommeln von Santerre die letzten Worte Ludwigs XVI.

Ich wünschte, ich würde wieder zu mir finden, aber vergeblich suche ich in meinem Innern hinter jeder Tür nach einer vertrauten Spur, und nirgends ist etwas von mir zu sehen, nicht das Geringste. Ich habe gar kein Innenleben, nichts außer taktilen Wahrnehmungen – das gerade Gegenwärtige ist noch erträglich, seine Abwesenheit schmerzt, aber warum, kann ich nicht sagen. Es ist, als sei ein Flammenwerfer durch mich durchgegangen und habe mich nach außen hin zwar nicht verändert, innerlich aber ausgebrannt bis auf eine Angst, eine kleine Angst, die zurückgeblieben ist wie ein ausgesetztes Tier, eine unsäglich feige, tödliche Angst, noch mehr verletzt zu werden, doch selbst das ist keine menschliche Reaktion, sondern bloß eine mechanische, eine elektrostatische Spannung in der leeren Höhle des Körpers, und die Hohlheit schmerzt mehr, als lebende, zitternde Eingeweide es täten. Alles Leben, ja, selbst die Verwunderung über das Leben, ist aus mir gewichen, mein Hirn ist in tausend Stücke zersprungen wie ein altes Hochzeitsgeschenk – nur ein paar davon kann ich noch wieder zusammenfügen zu dem Anagramm meines Leids. Ein immer wiederholter Schmerz hebt sich irgendwann selbst auf, so daß sich auf eine beziehungsreiche Äußerung oder Handlung hin statt Details und Fakten, die sich aneinanderreihen, nur noch Leere einstellt, und diese Leere, diese Maske, ist in ihrer kalten Undurchdringlichkeit schrecklicher als jedes klare Bild; doch sie rastet immer wieder ein wie das »Kein Verkauf«-Zeichen einer defekten Kasse, die, obwohl man weiß, man hat etwas verkauft, das unheilvolle Zeichen geistlos, endlos wiederholt.

Das hier muß Marian sein, dies hier in meiner Hand muß der Brief sein, das muß mein eigenes Herz sein, das bei dem Gedanken schneller schlägt, daß Andy wieder meinen Lebensbereich streift... Was in Menschen wie mir passiert, die auf bestimmte Probleme gefaßt sind und dann ein wenig verwöhnt werden, so daß der Deich wegen mangelnder Beanspruchung verfällt, ist, daß der Sturm, das Meer hereinbricht und wir nichts haben als unser blankes Entsetzen, keine emotionale Ausrüstung, um damit umzugehen, nichts, so daß die Blitze über unserem nackten Herzen zucken, der Flammenwerfer uns so ausbrennt, daß kein Schmerz mehr übrigbleibt, nichts als die benommenen Nerven, der gebrochene Wille, der gebrochene Stolz.

Dann ist man kein Mensch mehr, sondern ein kranker Hund, der mit jedem schwachen Winseln sich selbst und seiner eigenen Heilung entgegenwirkt. Es macht mir Angst, wenn ich aufwache und nicht mehr da bin, nichts mehr von mir übrig ist – wo bin ich? Ist dies hier in dem Sessel Effie Thorne, oder liegt Effie Thorne dort auf dem Bett und hat nur noch ein paar Stunden zu leben? Hier, meine Hand, die Adern treten ganz deutlich hervor, der Türkisring am Verlobungsfinger, mein Ring, meine Hand, doch wie seltsam weit fort, und mein Körper, selbst der Sessel, auf dem ich warte, diese drückende aseptische Luft, das alles gehört zum Leben einer anderen, nicht zu dem meinen, denn ich bin gar nicht echt, es ist, als sei ich durch das Wiedersehen mit Marian zu einer Pflanze geworden und könnte jetzt nichts anderes mehr wahrnehmen als Sonnenschein und Licht und Schatten.

Marians Körper zuckte nervös, und Effie wappnete sich mit einem Lächeln für ihr Erwachen, einem funkelnden, unzerbrechlichen Lächeln, das durch die Dämmerung und das Leid hindurchdringen sollte.

»Effie.«

»Ja, Marian.«

»Du weißt doch, ich wollte nie – ich meine – ich mochte dich, Effie, wirklich. Ich wollte mich damals durchaus nicht bei euch einschleichen – ich meine – es war nur so, daß Andy und ich –«

»Ich weiß, Marian.«

»Als vor ein paar Monaten diese Neue ankam, diese Tänzerin, hab ich's zum erstenmal kapiert. Ich hab begriffen, wie es dir damals gegangen sein muß. Ich hab sie gehaßt – so wie du mich gehaßt hast –«

Effie zwang sich, die trockene, matte Stimme zu unterbrechen.

»Ich habe dich nie gehaßt, Marian.«

»Na ja – ich hielt es nicht aus, wenn sie sich ansahen und lachten. Verstehst du das? Ich meine, wirklich? Ich konnte nicht ertragen, wenn sich bei einem Witz plötzlich ihre Blicke trafen. Es klingt albern, irgendwas hat mich gepackt – krank war ich auch –, und da – na ja, da habe ich mir ein Ticket nach Amerika gekauft. Ich wollte es ihm zeigen. Dann bin ich gleich nach meiner Ankunft krank geworden, und ich wollte nicht, daß er davon erfährt. Ich dachte, ich werde ganz einfach aus Rache sterben, aber ach, Effie – ich –«

»Ich versteh schon.« Wie gut sie es verstand!

»Sie hat ihm nie etwas bedeutet, nicht so wie ich. Weißt du, er hat mir gesagt, er habe eigentlich gar nicht richtig schreiben können, bevor er mir begegnet ist. Er hat gesagt, er brauche mich. Kaum hatten wir beide uns niedergelassen, hat er mit seiner Trilogie angefangen – sein bestes Werk –«

Was ist nur mit meinem Mund, er geht nicht auf, warum kann ich dazu nichts sagen, warum kann ich nicht sagen, das ist schön, das ist ja toll? fragte Effie sich. Die Krankenschwester kam herein, eine klar umrissene weiße Form in dem Grau des Raumes. Sie schaltete das Licht ein und rückte die Kissen zurecht.

»Ist es nicht schön, daß wir Ihre Freundin gefunden haben?« murmelte sie. »Jetzt müssen wir nur noch Ihren Mann aufspüren und ihm sagen, daß er schleunigst herkommen soll.«

»Ja«, sagte Effie.

»Dieses ungezogene kleine Mädchen hat uns wochenlang niemandem verraten lassen, daß sie hier ist. Sie hat gemeint, sie wolle nicht, daß irgend jemand sich Sorgen macht, also mußten wir schließlich Detektiv spielen. Und jetzt ist sie froh, nicht wahr, meine Liebe?«

»Wahnsinnig froh.«

Die Schwester nahm den Wasserkrug und ging.

Marian hat sich nicht sehr verändert, dachte Effie. So dünn und ausgemergelt sie auch war – ihr Körper war nicht viel mehr als eine Falte in der Bettdecke –, in ihrem Gesicht lag noch derselbe erwartungsvolle Hunger wie in dem der Dreiundzwanzigjährigen, das schwere dunkle Haar und die dichten Wimpern waren noch dieselben, derselbe hübsche kleine Mund.

»*Was* hast du ihm telegraphiert, Effie? Wiederhol es mir bitte noch mal. Du hast auch bestimmt nicht geschrieben, ich sei schrecklich – krank, du hast auch bestimmt nicht gesagt, er solle aus Mitleid kommen?«

»›Marian krank‹, habe ich geschrieben«, sagte Effie, »und den Namen des Krankenhauses.«

»Und du glaubst, daß er kommt?«

»Ja, ja.«

Marian lächelte einen Augenblick lang still in sich hinein.

»Ich weiß, daß er kommt«, sagte sie dann. »Ich weiß, er würde für mich bis ans Ende der Welt gehen. Ich bin die einzige, die er je geliebt hat. Das hat er mir gesagt. Selbst als diese andere schon da war. Ich bin die einzige. Er wird also zu mir kommen.«

Effie stand auf und sah durch das Fenster in die hereinbrechende Nacht hinaus – gegenüber eine Kirche mit doppeltem Turm und der doppelten Narrenkappe der angestrahlten Spitzen, ein Wolkenkratzer, in dem niemand mehr arbeitete, mit einer einzelnen Kette von Flurlichtern, und in der Ferne der flammend rote Himmel über dem Broadway. Plötzlich verschmolz das, was draußen war, auf der Fensterscheibe mit einem schattenhaften Spiegelbild von ihr: sie selbst mit den Kirchtürmen, dem Wolkenkratzer und dem roten Himmel über der geisterhaften Silhouette ihres Kopfes.

»Ja«, sagte sie fast unhörbar, »ja, Marian.«

... die Effie der Glaenzers ...

Zwei Augen starrten Effie aus dem Schaufenster heraus an. Die Augen – schwarz und eng beieinanderliegend über einer semitischen Nase und einem feinen höflichen Schnurrbart – blickten fragend von Effies Gesicht zu einem Paar brauner Schnürschuhe, die mit »Flott« beschriftet waren, wieder zu Effie hoch und auf ein Paar grüner Antilopenpumps namens »Schick« hinab, hoffnungsvoll wieder zu Effie auf und dann hinüber zu silbernen Sandalen namens »Elegant« – alle drei durch einen verspiegelten Boden verdoppelt, der mit grünem Samt eingefaßt und locker mit silbernen Sternen bestreut war. Die sie beharrlich ermunternden Augen weckten Effie aus ihrer Betäubung. Sie wußte nicht, wie lange sie schon dort gestanden und Schuhe angestarrt hatte, die sie nicht sah. Sie mußte, nachdem sie das Krankenhaus verlassen hatte, endlos lang gelaufen sein, denn sie befand sich offenbar irgendwo in den Sixties, bei der Third oder Second Avenue. Unter dem herausfordernden Blick der schwarzen Augen raffte sie entschlossen ihren Mantel zusammen, überquerte die Straße und ging dann rasch weiter, dicht neben einem großen Mann in grauem Anzug mit einer Papiertüte in der Hand. Sie hatte Angst davor, allein zu sein, und der große Mann störte sich nicht daran, daß sie eilig neben ihm herlief, er riß sie so unsanft vor einem herankommenden Lastwagen zurück, daß ihr der Arm weh tat. »Danke«, murmelte sie. Gleich würde der Nebel in ihrem Kopf sich auflösen, sie würde wieder wissen, wohin sie ging, warum, und dieses Jahr, die Gegenwart würde die allzu lebendige Vergangenheit verdrängen. Sie würde sich an Marian erinnern. Doch Marian würde ihr nicht als die schwache Frau im Krankenhaus erscheinen, sondern als die Marian von einst, und mit ihr kehrte auch der Rest wieder zurück. Schon ergriffen die vertrauten schrecklichen Gestalten von ihrem Geist Besitz, standen die Mitwirkenden der endlosen Komödie darauf wartend auf der Bühne, daß ihr schmerzendes Gedächtnis ihnen ihren Text soufflierte. Doch für diese ein, zwei Stunden seliger Erinnerungslosigkeit dankte Effie den Göttern.

Angesichts der trüben blauen Lampe eines Eckcafés fiel ihr ein, daß sie in den zwei Tagen mit Marian kaum etwas gegessen hatte. Sie hatte auf einem Feldbett in Marians Zimmer geschlafen. »Ich habe solche Angst, allein – wirklich«, hatte Marian die Schwester angefleht. Als würde Effie jetzt, wo sie sich gegenseitig ihre Hälften des Zauberrings geschenkt hatten, nicht dieselbe verzweifelte Angst vor einer Trennung empfinden. Wie lautete noch gleich diese Seemannsregel für ein gerammtes Schiff – man soll den Bug in dem zerborstenen Rumpf stecken lassen, ihn zu entfernen ist gleichbedeutend mit dem Untergang... Behalte den Schmerz also bei dir, bleibe bei ihm, leb mit ihm, bis alles andere in dieser akuten Not verschwunden ist, Kopf und Herz betäubt... Der Arzt hatte ihr befohlen, diese Nacht fortzugehen. Aber wohin? Sollte sie denn aus der Vergangenheit in das Chaos der Gegenwart hinüberwechseln, die Bruchstücke zusammenklauben, aus denen die diesjährige Effie Thorne bestand, um der Welt, der Lexington Avenue, dem großen Mann im grauen Anzug mit der Orangentüte, um diese zusammengestückte Gestalt der Welt ohne Andy zu präsentieren? Der Welt ohne Andy. Aber Andy kam doch zurück, kam zurück, ließ hübsche junge Schwedinnen um Marians willen stehen, der einzigen Frau, die er liebte. Während sie am Tresen Kaffee trank und ein Stück trockenen Früchtekuchen in der Zellophanfolie zerbröselte, erschrak sie über den Anblick ihres Gesichts in dem Spiegel zwischen der funkelnden Kaffeemaschine und der riesigen grünen Ginger-Ale-Flasche. Ihr Filzhut war über dem abgespannten Gesicht nach hinten gerutscht, und Tränen rannen ihr ziellos über die gepuderten Wangen, als würde in ihr jemand weinen und weinen, während sie selbst nur ihre schmerzende Wirbelsäule spürte, als wäre jedes Knöchelchen ein kleiner heißer Ball, eine kleine Preiselbeere, dachte sie, genau, eine kleine harte Preiselbeere.

Angenommen, Andy käme wirklich zurück, wie Marian so felsenfest glaubte... Effie erschrak über die dumpfen Regungen von Eifersucht nach all den ruhigen Jahren; sie erschrak, als sie die rachsüchtige, hämische Hoffnung in sich entdeckte, Andy würde Marian jetzt im Stich lassen, wie damals sie. Sollte Marian doch ruhig erfahren, wie ein gebrochenes Herz sich anfühlt – danach würden ihre Schmerzen ihr willkommen sein! Verzweifelt stürzte Effie sich auf diesen rebellischen Wunsch und erstickte ihn. Arme Marian, arme, arme Marian, sagte sie sich vor, niemals könnte sie ertragen, was ich ausgehalten habe.

Sie zahlte und ging Richtung Westen weiter. Sie würde die Glaenzers besuchen. Wenn Andy zurückkam, würden die Glaenzers es wissen, er würde sicherlich sofort zu ihnen gehen. Außerdem wollte sie sie gerne sehen, sie sehnte sich nach der düsteren Sicherheit des dunklen alten Hauses, so wie sie sich einst nach ihm gesehnt hatte, nur weil Andy es so oft beehrte und hier die waren, die sich noch erinnerten. Hier waren Menschen, die sagen konnten: »Ja, so war es, er hat wirklich hier um dich geworben, er ist dir tatsächlich nachgelaufen, er hat dich geliebt, wir haben es gesehen, wir können es bezeugen.« Während sie in diesen alten Gedankenkäfig eintrat, löste die Gegenwart sich ab wie ein toter Panzer, der den lebenden Organismus schützte, die Vergangenheit. Andy, der zurückkommen würde, nicht zu ihr, sondern zu ihrer Rivalin, aber trotzdem Andy, Andy, Andy, stieg als das einzig Wirkliche vor ihr auf und schwoll an, bis er jede Proportion verloren hatte wie ein Heldenstandbild, das man von zu nahem betrachtet. Vergeblich versuchte sie, sein Bild konstant zu halten, es verwandelte sich unaufhörlich wie die Zerrspiegel auf Coney Island – breit, dünn, lang, dick –, alles, was sie noch erkennen konnte, war, daß ihr seine bloße Gegenwart im Raum die Knie zittern ließ. Über die Jahre hinweg war sein Bild zerfallen in all die Fremden, die sie für ihn gehalten hatte, ein Mann an einem vorbeifahrenden Schlafwagenfenster, ein Kellner, Hausmeister, Schauspieler, ein kleiner Junge auf einem Dreirad im Prospect Park, all die Menschen, bei denen sie noch einmal hingesehen hatte, weil irgend etwas an ihnen sie an Andy erinnerte. So hatte sie sein Bild in dem Versuch, es zu bewahren, verloren, und dieses Versagen ihres Gedächtnisses brachte sie so auf, daß sie in ihren Träumen zuweilen echte Tränen vergoß. Echte Tränen, während sie doch längst schon wußte, daß kein Mensch es sich leisten konnte zu weinen, nichts auf der Welt das wert war; und wenn es doch etwas gab, warum sollte man dann, wenn man einmal angefangen hatte, jemals wieder aufhören?

Sie sah auf die Uhr. Zehn. Hoffentlich war Belle allein,

denn Tonys leicht sarkastische Art könnte sie heute nicht ertragen. Manchmal konnte sie es ignorieren, dieses schiefe Lächeln, mit dem er sie ansah, siehst du, sagte es, siehst du, wie es den Frauen ergeht, die ihr Schlafzimmer vor mir verschließen, *mich* aus ihren Armen stoßen, siehst du, ihre Liebhaber verlassen sie, sie werden alt und arm, sie müssen dafür bezahlen, daß sie mich in ihrer kurzen Jugend abgewiesen haben. Siehst du, du glücklich Verliebte, sagte sein Lächeln, jetzt suchst du bei uns Trost, nur wir allein, deine Feinde, sind dir geblieben...

Belles ehrwürdiges Brownstone-Haus trat resolut aus dem Schatten der benachbarten Penthouse-Apartments hervor, so wie auch ihre Limousine ihren Körper hochmütig ein paar Zentimeter über die Gosse hob, statt dakkelartig dahinzugleiten wie die neueren Modelle der Penthouse-Bewohner. Ein hohes Eisengitter trennte dieses Heim ehrbarer Leute von den unwürdigen Passanten. Die Haustür aus massivem Mahagoni, die feinen Spitzenvorhänge, die straff vor die schmalen Fenster links und rechts gezogen waren, und die gewissenhaft glänzenden Messingknäufe strahlten irgend etwas aus, was die gelegentlichen weiblichen Gäste sich den Lippenstift abwischen und den Rock ein Stück weiter nach unten ziehen ließ.

Effie blieb am Eingangstor stehen und sammelte sich, um ganz locker zu sein. Die Effie der Glaenzers war noch die Effie von einst, naiv, schüchtern, schamhaft, Zielscheibe des Spotts, kleinlaut, an Geist, Schönheit und Intelligenz allen unterlegen, ein leichtes Opfer für die bewundernden Einfälle Callinghams wie für die beißende Kritik Belles. Draußen, wo sie die frühere Frau von Mr. Callingham war, Mrs. Callingham, eine Dame von Welt, wohnhaft Garden Apartments, West Twenty-second Street, war das anders. Außerhalb des schmiedeeisernen Tors in der East Seventy-first war sie gewachsen, zu einer wichtigen Figur in einer kleinen Bohemewelt geworden, in der sie ein ruhiges Leben führte, aber stets die Bewunderung einiger sensibler junger Männer genoß, meist ernsthafte Künstlertypen, die voll Begeisterung von Andrew sprachen. Der abwesende Andrew bildete den Mittelpunkt dieses bescheidenen Salons, doch als Dennis Orphen in ihr Leben trat, hatte diese kleine Gruppe sich stillschweigend zurückgezogen. Eine Zeitlang sann Effie darüber nach, denn der kleine Kreis von Bewunderern war doch besser als nichts gewesen. Aber dann hatte sie an Dennis genug; egoistisch, hitzig, loyal, brachte er ihr den besten Teil der tätigen Welt ins Haus, wie ein Rotkehlchenpapa, der von der Beute nur die Rosinen mit heimbringt. An Dennis hatte sie genug. Sie wußte, sie hatte sich unter seinem Einfluß verändert, war heiterer, glücklicher, ausgeglichener geworden, doch ihr Glaenzer-Ich war immer noch dasselbe, unsicher, schüchtern, mädchenhaft.

Jetzt merkte sie, wie sie mechanisch ihren Hut zurechtrückte, als würde diese nutzlose Geste sie wie ein Zauberstab aus einer vom Schicksal geschlagenen Frau in das nette unberührte Mädchen verwandeln, das die Glaenzers sehen wollten.

»Ich muß ihr sagen, daß Marian hier ist und daß Andy kommt, und ich darf nicht so nervös sein«, dachte sie. »Ich sollte mich ihnen in diesem Zustand nicht zeigen, aber ich muß mit irgend jemandem reden.«

Irgend jemandem – außer Dennis. Nicht nach diesem Buch. Vor Dennis mußte sie noch mehr den Schein bewahren als vor den Glaenzers. Den Schein bewahren vor Jedermann, dem Feind. Ein spezielles mit einem Lächeln geschmücktes Gesicht für die Öffentlichkeit, ein spezielles Verhalten. Als sie versuchsweise ein Lächeln probierte, sah sie neben sich einen Mann durch das Eisentor schlüpfen. Es war Dennis, und in der plötzlichen Freude, ihn zu sehen, vergaß sie einen Moment lang fast, daß er der Feind war.

»Ich habe überall nach dir gesucht«, sagte er, ziemlich verärgert. »Was fällt dir ein, mir solche Angst einzujagen. Ich muß doch arbeiten, verdammt, ich kann nicht alle Leichenschauhäuser und Polizeireviere abklappern, nur um dich zu finden. Es ist einfach kindisch, so wegzulaufen und mir kein Wort zu sagen – nicht einmal eine Nachricht! Wie hätte ich wissen sollen, daß du hierher zu den Glaenzers gehst? Ich bin nur auf gut Glück los, und kaum war ich hier, hab ich mich gefragt, was ich wohl sagen soll – wo ist Effie? Und sie würden entgegnen: Wer zum Teufel sind Sie, und was geht das Sie an?«

Sein zerbeulter Hut saß ihm napoleonartig quer auf dem zerzausten Haar, die Krawatte war ihm nach hinten gerutscht, seine Weste war falsch geknöpft, seine Augen funkelten wild, und er roch penetrant nach Whisky.

»Ich habe mir Sorgen gemacht.« Seine Entrüstung fiel schnell in sich zusammen. »Was ist passiert? Du warst plötzlich verschwunden. Ich konnte mir nicht vorstellen, was passiert war.«

»Willst du das für dein nächstes Buch wissen?« fragte Effie matt. Erschöpft, wie sie war, ließ sein müder hysterischer Anfall sie kalt.

Dennis war schwer getroffen.

»Auch ich habe Gefühle«, sagte er. »Ich bin zwar Schriftsteller, aber noch nicht ganz gefühllos. Laß mich hier bei dir bleiben – ich halte die Vorstellung nicht aus, daß du alleine vor dich hin leidest. Ich hatte Angst, es sei alles nur wegen des Buchs, und bin fast gestorben vor schlechtem Gewissen.«

Er folgte ihr die Stufen hinauf und ergriff in der dunklen Vorhalle drängend ihren Arm.

»Na gut, komm mit rein«, sagte Effie sich geschlagen gebend.

Sie klingelte. Jetzt würden die Dennis-Welt und die Glaenzer-Welt eins werden, und nie mehr würde sie von nun an in der einen vor der anderen Zuflucht finden. Ihre beiden kleinen Lebenskreise würden sich gegen die zwei Effies verbünden, um sie auszulachen, ihr Gebaren unter die Lupe zu nehmen; die Glaenzers würden die stolze Effie, die Dennis kannte, belächeln, und Dennis würde die zögerliche, kleinlaute Effie der Glaenzers verachten. Zusammen würden sie ihr nichts mehr übriglassen. Sie hatte das Gefühl, daß ihr seit ein paar Tagen erbarmungslos und konsequent jeder Schutzschild geraubt, alle Fluchtwege abgeschnitten wurden, kein Geheimnis ließ man ihr um des Stolzes willen, es gab niemanden, der ihre Geschichte und ihre armselige Lebenslüge nicht kannte. Laß sie doch sterben, flehte sie, laß sie diejenige sein statt Marian. Sie war zu erschöpft, um für sich zu kämpfen.

Dennis für seinen Teil war erleichtert, seit sein Zorn über seine lächerlichen Sorgen um Effie sich Luft gemacht hatte, doch nun hatte er das peinliche Gefühl, von einer unerwarteten Emotion überrumpelt worden zu sein, und als seine Eitelkeit zurückkehrte, wollte er ihre verdammten Glaenzers nicht sehen, wenn sie es waren, an die sie sich in der Not wandte, und nicht er. Außerdem kannte er sie ja, kannte sie nur zu gut aus dem, was er über sie geschrieben hatte, ohne ihnen jemals begegnet zu sein; er wollte doch nicht seinen eigenen Roman noch einmal erleben. Widerstrebend trat er also hinter Effie in die Halle, voller Angst, daß seine Darstellung der »Glasers«, wie er sie genannt hatte, dem Urbild gegenüber allzu blaß erscheinen würde. Er hatte das widerliche Gefühl, durch den Spiegel zu treten, die Wahrheit zu träumen, und als er drinnen war, nun gleich schreckliche, okkulte Dinge zu erleben. Da war sogar der mürrische alte Zwerg als Butler, den er aus Effies Anekdoten abgekupfert hatte, auch wenn er sich erst gestern beim Blättern in dem ersten gedruckten Exemplar zur Erfindung dieser Figur beglückwünscht hatte. Ihm war, als beträte er eine lebendige materielle Welt, die sein eigener Geist erschaffen hatte; dies war die von ihm beschriebene dunkle, gruftartige Halle mit dem kleinen runden Buntglasfenster über der Treppe. Rechts, durch die geöffneten geschnitzten Eichentüren, sah er über dem alabasternen Kaminsims des Empfangszimmers eng verschlungene, Kandelaber tragende Bronzefaune, an der Wand das verschwommene schmollende Gesicht eines Vorfahren in Öl, das mächtige blaue Brokatsofa, die düsteren elektrischen Scheite im Kamin. Das alles stand im neunten Kapitel seines Romans, und Dennis überlief ein leichter Schauer: So perfekt hatte sein literarischer Schatten also recherchiert, oder schlimmer noch, sein sogenannter Schöpfungsakt war reines Gedächtnistraining , die sorgfältige Aufzeichnung von anderer Leute Gesprächen. Verstohlen wanderte sein Blick zu der Nische am oberen Ende der Treppe, denn er wagte nicht zu glauben, daß dort wirklich eine Terracotta-Madonna stand. Er seufzte erleichtert auf, als er anstelle des Vermuteten eine große, häßliche chinesische Vase mit schwermütigen Lilien erblickte.

»Belle mag Lilien besonders gern«, meinte Effie. »Es riecht hier im Haus immer so. Wie auf einer Beerdigung.«

Sie folgten dem alten Zwerg nach oben.

Die Reichen, die soliden guten alten Reichen, leben doch in einer trostlosen Umgebung, dachte Dennis. Diese plumpen alten Mausoleen mit Gefängnisfenstern, feuchten Wänden, dunklen hohen Gängen, schweren dunklen Kommoden oder reichverzierten Holzstühlen, die in jeder Ecke hockten wie rheumatische alte Wachhunde, bereit, sich auf jeden Eindringling zu stürzen, und schweren Teppichen auf den Böden: das waren Häuser zum Spuken, nicht zum Bewohnen oder Besuchen. Der arme Tony Glaenzer, dachte Dennis, das arme Schwein, hätte er doch eine lustige, unreelle reiche Frau gewählt, eine Neureiche mit Penthouse, eine protzige Ölerbin und Markasit-Frau mit einem guten Schuß schlechtem Blut; das hieße sich auf heitere, gewöhnliche Weise prostituieren, aber auf keinen Fall eine von dieser grundsoliden, waschechten Bank-von-England-Sorte.

Die obere Halle war groß und rechteckig und mit zwei üppigen kristallenen Wandleuchtern versehen, die ein mattes Licht auf ein riesiges venezianisches Gemälde warfen mit einem beängstigend massiven, für die Ewigkeit gemachten Rahmen. Drei dunkle Mahagonitüren versperrten ehern die Sicht, doch weiter hinten stand eine Doppeltür offen, und man hörte Stimmen. Durch diese Tür verschwand der Zwerg, und die Teppiche waren so dick, die Wände so stumm, daß man seine alten Knie beim Gehen knacken hörte und selbst, als man ihn gar nicht mehr sah, immer noch sein asthmatisches Schnaufen vernahm. Effie ging weiter, ohne auf Dennis' Zögern zu achten. Er stand reglos mit fest geschlossenen Augen in der Halle, erneut voller Angst, daß die undeutlichen Stimmen, die von dort zu ihm herausklangen, jenen Geschöpfen gehören würden, deren Geschichte er so schlau erzählt hatte, beziehungsweise, korrigierte er sich selbst, erfunden, nur aus den paar Steinchen einiger zufälliger Bemerkungen aufgebaut, denn jetzt erschienen ihm Effies Anekdoten nicht mehr als das Fundament seines Romans, sondern nur noch als das Sprungbrett für seine eigene schöpferische Phantasie. Wenn dann die Wirklichkeit hier und da der Phantasie entsprach, um so schmeichelhafter für die letztere – der Künstler hat Gottes Plan durchschaut. Natürlich, gab Dennis widerstrebend zu, wenn eine Geschichte in den verborgenen Gewölben des Geistes beginnt, schleichen sich automatisch tausend diebische Atome davon und plündern die Geständnisse, die Leiden, Lieben und Wünsche von Freunden, um das Gebäude hochzuziehen und auszustatten, das der Künstler – nach Streichung aller anderen Quellen und Namen, nach Löschung aller Schulden – für sein eigenes grandioses Wunderwerk hält. Wie erschreckend, wenn man feststellen muß, daß der Bau Stein für Stein aus Tatsachen besteht, die durch den Schlaf oder die Erinnerung geschickt gefiltert wurden. Es ist leider keine Zauberei dabei, das Ganze ist lediglich eine Geschichte, die von unzähligen Spiegeln wieder und wieder reflektiert worden ist, und die Schatten und Lücken sind mit Vermutungen gefüllt, ja, selbst das Prophetische daran unterliegt einem geheimen statistischen Mechanismus. Da stand nun also Dennis Orphen, im neunten Kapitel eines von ihm selbst geschriebenen Romans, ganz verstört angesichts der wachsenden Überzeugung, daß sein Genie nichts Wundersameres war als ein alter Aktenordner. Er hatte hier ohnehin nichts zu suchen, dachte er, schließlich kam in seinem Buch kein Dennis Orphen vor; er hatte kein Recht, seiner Heldin so schamlos durch ihre eigene intime Geschichte zu folgen. Wells würde das niemals tun. Auch Proust hätte das nie getan. Kein anständiger Autor würde sich so keck, so kühn in sein eigenes Buch hineinbegeben. Vor der Tür zum Salon zögerte er erneut, hörte jemanden asthmatisch seinen Namen krächzen und danach ein ausgesprochen unhöfliches »Wer? Wer, Milton? Oh, hallo Effie«. Jetzt gab es kein Zurück mehr. Er würde Salz über die linke Schulter werfen und leise eine Zauberformel murmeln, bevor er weitere Geisterbeschwörungen über sich ergehen ließ.

...Salz über die linke Schulter...

In einem riesigen schwarzen Plüschsessel, in einem Kreis von schaurig bläulichem Licht, das von einem großen silbernen Lampenschirm ausging, saß Belle Glaenzer, ein gewaltiger, teiggesichtiger, unförmiger Buddha in schwarzem Samt, der über den Sessel hinausfloß und seine tintigen Falten in die Dubarry-Rosen des dicken Teppichs ergoß. Eigentlich müßte sie auf der Stirn einen Smaragd haben, dachte Dennis, und einen großen funkelnden Rubin in ihrem längst unauffindbaren Nabel, die wie ein automatischer Verkehrspolizist rot-grün-rot blinken würden. Gott sei Dank: So einen riesigen Klumpen weiblichen Fleisches hätte er nie erfinden können, dachte Dennis, seine eigene Schöpfung zu einem Vergleich danebenstellend, der letzterer durchaus schmeichelte. Hinter diesem Thron wirkte der Raum erstaunlich klein und inadäquat, ein Eindruck, der sich jedoch auf den zweiten Blick als falsch erwies. Die Decke war so hoch, daß die Rokokopracht des umlaufenden Frieses, der die grün bespannten Wände von dem Cupido-Aufgebot an der Decke trennte, sich im Dunkel verlor. An den Wänden hingen weitere wuchtig gerahmte Venedig-Ansichten von Canaletto, und über dem Kamin watete, sehr passend, eine sanftmütige Aelbert-Cuyp-Kuh durch einen idyllischen Bach, um sich eine Elfenbeinminiatur der zwanzigjährigen Belle neidisch näher anzusehen. Ein riesiges Löwenfell reichte von Belles einem großen, in einer Sandale steckenden Fuß bis zu dem Divan vor dem Kamin. Das große Maul des Tiers war selbstzufrieden zu einem sanftmütigen Grinsen geschlossen, aber nicht etwa, weil ein offener Schlund mit Reißzähnen die Gäste hätte erschrecken können, sondern weil das Ausstopfen der Zunge, wie Effie Dennis irgendwann erklärt hatte, noch fünfzehn Dollar mehr gekostet hätte und Belle nicht wollte, daß Andy – von dem das Geschenk stammte – sich dermaßen dafür verausgabte. Dieses reglos daliegende Tier war das einzige, was Dennis aus Effies unzähligen Anekdoten kannte – ansonsten wirkte der Raum furchtbar deprimierend auf ihn, weckte in ihm das Bedürfnis wegzurennen, bevor sie ihn fingen, so wie Effie in diesem Leben gefangen war. Schrecklich, dachte er, einfach grauenvoll, und sein Wunsch, nun, da er sie wiedergefunden hatte, bei Effie zu bleiben, zerrann vor seinem rebellischen Widerwillen gegen fertig eingerichtete Häuser, festgenagelte Teppiche, Mauern, gegen alle nach Beständigkeit riechenden Geldanlagen, gegen das Loblied aufs traute Heim, den Lobgesang auf den Besitz, auf dieses Geschwür einer hochangesehenen Menage, o du spießiger, stickiger, auf ewig widerlich fest verankerter, selbstzufriedener, glücklicher, von der Kirche gesegneter Besitz.

Ich muß gleich morgen aus meinem Zimmer ausziehen, dachte Dennis, bevor die Falle zuschnappt. Laß mich bloß nie dem Fetisch der Beständigkeit verfallen, dem Wie-die-Made-im-Speck-Kult. Für Besitztümer braucht man Kampferkugeln, und irgendwann geht der muffige Geruch dann auch vom Besitzer selber aus, sein

Geist riecht wie die Kellergewölbe von Banken. Und bewahre mich auch vor dem Fett, betete Dennis, angewidert von diesem Denkmal für Sauce hollandaise in dem schwarzen Plüschsessel, obwohl, fiel ihm ein, fette Leute nie verrückt werden. Tatsächlich waren die Verrückten immer magere Bettler, dicke gab es nicht – oder doch?... Ein riesengroßer Teigkloß, dachte Dennis, keine Frau – ihre ungeheuren Brüste waren so geschlechtslos wie die Erde selbst. Zwischen käsigen Fleischwülsten gefangen, schossen ihre schwarzen Äuglein unruhig hin und her, lebhafte kleine Eichhörnchenaugen, eingesperrt in lauter Fett.

»Effie«, sagte Belle, ohne sich zu rühren. Ihre Stimme war ein Schock, eine tiefe, rauhe, maskuline Stimme, die von etwas auszugehen schien, das mit den Eichhörnchenaugen oder dem Körper in keiner Verbindung stand, irgend etwas hinter ihr. Vielleicht stand hinter den Samtvorhängen in ihrem Rücken ein Priester, der für das Orakel sprach. Effie beugte sich zu Belle hinab und küßte sie auf ihre weiße, reglose Wange, ging dann eifrig auf den Divan zu, wo ein beleibter, kahlköpfiger kleiner Mann saß. Als Effie zu ihm kam, knallte er eine Sherry-Karaffe auf den Couchtisch und faßte sie an beiden Händen.

»Nein – meine kleine Effie«, rief er. »Doch nicht meine liebe, liebe kleine Effie. Es ist fünfzehn – nein, Sir, sicherlich schon zwanzig Jahre her.«

Effie setzte sich mit plötzlich strahlendem, erleichtertem Gesicht neben ihn.

»Ich mußte mit jemandem reden«, sagte sie. »Ich weiß nicht, Dr. MacGregor, warum ich nicht gleich auf Sie gekommen bin.«

Der ist neu, dachte Dennis, den hat sie nie erwähnt, aber ich wußte, daß es ihn geben mußte, darum habe ich den Jesuitenpater eingeführt. Den habe ich jedenfalls erfunden... Während er zusah, wie Effie sich in diesem

Raum verwandelte, verglich er die Gruppe und den Hintergrund mit seiner eigenen gedruckten Beschreibung.

Die Atmosphäre, die Stimmung war bei mir die gleiche, dachte er voll selbstgefälligem Stolz, obwohl ich sie mit ganz anderen Gegenständen erzeugt habe. Ich habe die Stimmung hier, dieses Mottenkugelhafte und Mumifizierte, so perfekt getroffen, als wäre ich schon einmal hiergewesen. Ja, ich besitze doch eine übersinnliche Begabung, mehr als nur ein journalistisches Gedächtnis…

In seine Beobachtungen vertieft, vergaß Dennis wie immer, daß er nicht unsichtbar war. Belles ihn offen und feindlich musternder Blick brachte ihn wieder zu sich selbst zurück – dem Menschen statt dem neugierigen schreibenden Herumtreiber.

»Wer ist dieser Mann, Effie? Du kannst ihn da doch nicht einfach abstellen wie eine Wachsfigur, bloß weil du MacGregor wiedersiehst«, donnerte sie. »Und du hast gar nicht gefragt, ob du jemanden mitbringen darfst. Du hättest schließlich ein Wort sagen können.«

Effie, die ihre Hände immer noch in MacGregors warmen Fäusten ruhen ließ und aus der Berührung mit dem alten Mann Zuneigung und Schutz und Kraft sog, fuhr auf diesen Tadel hin zurück, stellte ihren Begleiter vor.

»Dennis Orphen«, sagte sie. »Er wohnt bei mir in der Nähe.«

»In Chelsea?« fragte Belle.

»Nein, nein – nicht weit vom Union Square«, stammelte Effie und wurde rot, als handle es sich, wie Belle argwöhnte, tatsächlich um eine zweifelhafte Bekanntschaft.

»Union Square?« wiederholte Belle, Dennis' nicht allzu imposantes Äußeres kritisch musternd. Ihm war, als hüpfe seine ewig verrutschte Krawatte unter ihrem feindseligen Blick frech noch ein Stück weiter nach hinten. Ein Schriftsteller durfte die Welt ja prüfend ansehen, aber es war verdammt ungerecht, wenn die Welt mit dem Schriftsteller dasselbe tat. Dennis starrte Belle finster an. Er wünschte, er würde sich trauen, eine Grimasse zu schneiden. »Der Union Square war noch nie eine Empfehlung, junge Dame. Ist er etwa so ein Radikaler?«

»Nein«, antwortete Dennis keck. »Nicht einmal ein Sympathisant. Nur ein Voyeur, wie wir bei der Partei sagen.«

»Letzte Woche haben wir da im Vorbeifahren so eine Demonstration gesehen«, meinte Belle. »Einfach widerlich.«

»Dennis ist völlig ungefährlich, Belle«, sagte Effie und lächelte Dennis an, ihn als einen Fremden sehend, der in diesem Teil ihres Lebens plump wirkte und fehl am Platz. Dies hier war ihr Andy-Leben, und in diesem war er ein Feind, ein Spion.

»Setzen Sie sich«, sagte Belle.

Dennis setzte sich hin.

»Das ist doch kein Stuhl zum Sitzen«, wetterte Belle. »Das ist ein sehr altes, sehr wertvolles venezianisches Stück. Knapp fünfhundert Dollar habe ich dafür bezahlt. Vier achtundvierzig. Setzen Sie sich da drüben hin.«

Dennis beeilte sich, ihr zu gehorchen, und ließ sich vorsichtig auf die ihm zugewiesene Ottomane fallen.

»Fünfhundert für einen Stuhl und keinen Penny für mein Kinderkrankenhaus«, sagte MacGregor finster. Er appellierte an Dennis. »Mrs. Glaenzer ist die gemeinste, geizigste alte Frau in ganz New York. Außerdem wird sie sich irgendwann zu Tode fressen. Das ist heute abend schon ihre zweite Schachtel Pralinen, Effie. Die hast du ihr wenigstens weggenommen, als du noch hier warst.«

»Dafür hat sie dann den ganzen Würfelzucker aufgeknabbert«, erinnerte sich Effie. »Wo ist Tony?«

»Tony ist bei einem Hauskonzert bei Caroline Meigs«,

sagte Belle. »Es hieß, sie würden Haydn spielen. Ich hasse Haydn.«

»Ja, ich entsinne mich«, meinte Effie.

»Effie hat sich ziemlich verändert, nicht wahr, MacGregor?« sagte Belle, während ihre fetten weißen Finger in dem silbernen Konfekt auf der Armlehne des Sessels stöberten. »Alt geworden. Ich sehe jünger aus als Effie, obwohl ich über fünfzig bin.«

»Das will ich wohl meinen, daß Sie über fünfzig sind«, sagte der Doktor nachsichtig. »Sie wissen genau, daß Sie die Sechzig nie mehr wiedersehen, und wenn Sie glauben, Sie würden durch dieses ganze Lifting nicht einfach schaurig aussehen, dann schauen Sie doch mal in einen gut beleuchteten Spiegel.«

»Ich hab da eine neue Creme, Effie«, vertraute Belle ihr unbeeindruckt an. »Aus Stachelschweinleber oder so. Fünfunddreißg Dollar. Du solltest sie dir kaufen – etwas gegen dein abgespanntes Gesicht tun.«

»Dieses abgespannte Gesicht bekommen wir, wenn wir uns abmühen, fünfunddreißig Dollar zu verdienen, stimmt's, Effie?« meinte MacGregor trocken. Seine wachsamen kleinen Augen schnellten immer wieder neugierig zu Dennis, aber Dennis vereitelte diesen Beobachtungsversuch, indem er den anderen dreist fixierte. »Tja, Effie, was hast du denn die ganze Zeit gemacht? Und was hörst du so von Andy? Weißt du, daß Belle mich heut zum erstenmal empfängt, seit sie mich damals hinausgeworfen hat? Wart mal – das war gleich, nachdem du und Andy euch getrennt habt.«

Dennis sah, in welch trostlosen Zustand Effie bei der Erwähnung dieses Namens versank. Ihre schmalen Schultern fielen nach vorn, ihr Gesicht und ihr Körper drückten grenzenlose Müdigkeit aus. Von Mitleid und Liebe ergriffen, blickte Dennis verlegen fort, versuchte, sich auf Belles spitze Finger zu konzentrieren, die so liebevoll zwischen den Pralinen hin und her wanderten, sich ganz langsam, ganz bedächtig ihren Liebling wählten, als dränge sie keine Gier zur Eile, ja, als würde es ihr eigentlich gar nichts bedeuten, dieses ekstatische Gefühl auf ihrer Zungenspitze, wenn diese mit Zucker in Berührung kam. Unwillig zog sich die diebische Hand mit einem einzelnen Schatz zurück, doch mit diesem im Mund ließ Belle ihre Augen wieder flammend über die anderen wachen. Freuet euch, kleines Mandelnougat und kleiner Kokosball, bald wird Belles bewundernde Zunge auch euch würdigen, jedes zu seiner Zeit.

»Effie hört nie was von Andy«, sagte Belle barsch. »Er schickt ihr nicht mal seine Bücher, während Tony sie immer bekommt. Effie muß sie sich kaufen gehen.«

Effie reagierte zunächst nicht, hielt MacGregors Hand umklammert. Sieh mich an, Effie, bettelte Dennis stumm, du hast doch mich. Ich bin hier. Verlaß dich nicht auf diese jämmerlichen Mumien.

»Andy kann jeden Moment kommen«, sagte Effie, um einen gelassenen Ton bemüht. »Marian ist nämlich hier, krank, Krebs, sagen sie, im St.-Ursula-Krankenhaus. Ich habe Andy verständigt.«

»Marian hier! Wo ist Tony? Das sollte Tony hören. Das kann doch nicht wahr sein, Effie.«

Dennis sah hinüber zu Effies herabhängenden Schultern, ihrem zu Boden blickenden Gesicht. Andy kam also zurück. Corinne hatte in gewisser Weise recht gehabt. Doch warum war Effie nicht zu ihm gekommen, war er ihr in den drei Jahren nicht ein treuer Freund gewesen, eine feste Stütze, warum war sie nur mit ihren Neuigkeiten nicht zu ihm gekommen? Sie brauchte doch wirklich nicht zu diesen selbstzufriedenen, niederdrückenden Leuten zu gehen. Es ärgerte ihn, daß sie sich an die breite Schulter des kleinen Arztes lehnte – ah, hier, hier, schien ihr trauriger Körper zu sagen, hier finde ich Schutz und

Freundlichkeit, endlich neutrales Gebiet zwischen Belles seelenruhiger Brutalität und Dennis' allzu heftigem, allzu neugierigem Mitleid.

»Wenn er kommt«, meinte MacGregor, »wenn.«

»Ich bezweifle es«, sagte Belle. Wenn ich auch nur im geringsten schüchtern wäre, dachte Dennis, würde diese grauenvolle alte Frau mich umhauen. Sie könnte mir wenigstens ein Schlückchen von dem Sherry ihres alten Herrn anbieten. Sicher kalifornisch. Ich kenn doch diese alten Connaisseure. Hat in ihrem Zimmer eine Flasche Importierten stehen, aber draußen für Gäste den für neunzig Cent. Natürlich kenn ich diese Frau, hab ich sie nicht erfunden?

»Er wird nicht kommen«, sagte Belle mit so heiserer, krächzender Stimme, als würden die Worte aus einem ausgetrockneten alten Brunnen gepumpt. Das macht sie extra, dachte Dennis schaudernd, wie ein böses, verzogenes kleines Kind. Man hätte ihr dafür im Kindergarten eine runterhauen sollen, aber fette, reiche kleine Mädchen bekamen ja statt Ohrfeigen eine Analyse. Er sah sich einen Moment lang vor sich, wie er als Fünfjähriger – zu klein für sein Alter, ein rotblonder Knirps, Sommersprossen, keine Augenbrauen, zwei Zahnlücken vorn statt der Schneidezähne – mit einem rot-weiß-blau umwickelten Griffel laut kratzend über eine Schiefertafel mit roter Borte fuhr... wie Miss Hough ihn für den nervtötenden Lärm mit einer tüchtigen Ohrfeige bestrafte und er empört zu der ganzen Klasse hin brüllte: »Aber ich hab doch bloß einen Tannenbaum gemalt!« Belle Glaenzers Kehlkopf kratzte jedesmal, wenn sie den Mund auftat, einen Tannenbaum auf die Tafel, aber es gab keine Miss Hough, um ihr dafür eine zu kleben.

Dennis hörte, wie sie Effie in aller Ruhe einen Tannenbaum vorkratzte: »Nein, ich bezweifle, daß Andy Callingham noch mal nach Amerika kommt. Er mag uns nicht – er ist in Europa berühmt geworden, und das wird er uns nie verzeihen.«

»Aber wenn Marian hier ist und schwer krank…« hielt MacGregor ihr vor, immer noch Effies Hand tätschelnd. Wie konnte ihr so ein bißchen lahmes Getätschle nur helfen? fragte sich Dennis verstimmt. Bald wird es sie noch aufmuntern, wenn man ihr sagt, es würde alles wieder gut werden und von jetzt an könne es nur aufwärts gehen.

»Andrew kann Szenen nicht ausstehen«, donnerte Belle, sich endlich das Kokosbällchen in die Backe schiebend. »Sterbebetten und so. Andy ist absolut nicht sentimental. Er würde für keine Frau auf der Welt irgendwohin kommen, sei sie tot oder lebendig, wenn es dann Tränen gibt – zumindest nicht, wie ich ihn kenne.«

»Er kommt«, hörte Dennis Effie bestimmt erklären. »Er *wird* kommen, Belle, du wirst schon sehen.«

Effie sah Dennis hochmütig an. Auch du, du wirst schon sehen. Ihre eigenen Worte hatten sie so überzeugt, ihr so viel Sicherheit gegeben, daß sie von MacGregors freundlichem Arm wegrückte und sich aufrecht hinsetzte, mit hoch erhobenem Kinn, wobei sie die Augen ruhig von Belle zu Dennis wandern ließ. Diese Worte hatten ihr klargemacht, was ihr bis dahin nicht bewußt gewesen war: daß sie wollte, daß Andy kam, daß er, wenn er um Marians willen kam, auch ihretwegen kam, aus Liebe. Marian und sie waren untrennbar verbunden in dem Warten darauf, daß er um die halbe Welt zu ihnen kam, auf einen Beweis dafür, daß er etwas empfand, daß er wirklich liebte – welche Frau, war jetzt nicht das Problem. Es ging jetzt um ein Zeichen, daß die Liebe in ihm stärker als der Ehrgeiz war oder seine momentanen Begierden. Marian, die im Sterben lag, und Effie, die so lang daran geglaubt hatte, brauchten den Beweis, daß es einen Mann gab, der es wert war, zu sterben und auf ewig treu zu sein. Noch vor einer knappen Stunde war Effie über einen Anfall von wilder Eifersucht auf Marian erschrokken; jetzt wurde sie von der plötzlichen Erkenntnis überrascht, daß sie und Marian eins waren, daß ihre Schicksale miteinander verflochten waren, daß Marians letzter Wunsch auch ihrer war...

Sie sah an Belles dunklem, schattenhaftem Körper vorbei zu der Nische, wo die französischen Fenster zu dem kleinen Steingarten hinunterführten; undeutlich sah sie sich selbst in diesem Garten, auf dem Boden im Lampenlicht das Muster des eisernen Balkongitters, hörte, wie Andy sie anflehte, ihn doch zu lieben.

»Aber wie kann ich behaupten, daß dies Liebe ist?« hatte sie ihn ruhig gefragt. »Wie soll ich das wissen? Woher weiß man das? Wenn Liebe etwas ist, das einen völlig ausfüllt, was keinen Raum für irgendwelche anderen Gedanken läßt, etwas, das einen überrollt wie – wie eine Maschine, so daß gar nichts mehr von einem übrigbleibt, kein Wunsch, kein bißchen Verstand, dann ist dies tatsächlich Liebe, aber es macht mich nicht glücklich, es ist wie ein Verhängnis, wie aufzugehen in der Ewigkeit, und ich will mich nicht verlieren – das möchte ich nicht, Andy, nein. Woher weiß ich, daß dies Liebe ist? Das kann doch nicht Liebe sein, Schatz, wenn ich mich dabei so verloren fühle, so einsam, so blind und taub. Ich kann den Kirchturm von St. Thomas nicht mehr sehen – sehe den Himmel nicht mehr und die Bäume im Park – ich kann nicht lesen – ich kann Tony nicht mehr Klavier spielen hören, weil da immer du bist, überall um mich herum. Ist das Liebe? Gibt es denn keine Art zu lieben, bei der man man selbst bleibt? Ich mag mich nicht so verloren fühlen, so untergehen – nein, Schatz, wenn das Liebe ist, dann will ich sie nicht, dann mag ich sie nicht, ich habe Angst.«

Verloren...

»Wenn er kommt« – Belles Stimme kratzte der geplagten Miss Hough noch einen Tannenbaum vor – »wenn er kommt, kann er hier bei uns wohnen. Du weißt ja, wie sehr er Tony mag. Sie haben sich immer so gut verstanden. Tony, der Böse, hat euch geholfen, mir Sand in die Augen zu streuen, als ich euch gesagt hatte, daß ihr einen Fehler macht. Und ich hatte recht, nicht wahr, MacGregor?«

Sand, dachte Effie, und wie. Sie hatten Tony von Anfang an eingeweiht, zum einen, um sich seine Hilfe zu sichern gegen Belles Störmanöver, zum anderen, weil Tony damals ein einsamer, unglücklicher junger Gigolo-Gatte war, dem gerade klarwurde, was für einen schlechten Handel er mit seiner Heirat eingegangen war. Nacht für Nacht klopfte er an Effies Schlafzimmertür. »Wenn du mich nicht reinläßt, sage ich es Belle, dann erzähl ich ihr von gestern abend und daß du mit Andy auf dem Boot geblieben bist. Laß mich rein, oder ich sag Andy, daß du einmal mir gehört hast – bitte, Effie, bitte, laß mich rein.«... Sie schob jeden Abend die Kommode vor die Tür, weil sie dem Schloß nicht traute, monatelang, bis zu dem Tag, an dem sie mit Andy entfloh. Sand in die Augen, und wie, dachte Effie jetzt, als hätte Belle es jemals anders haben wollen.

»Andy schuldet Tony fast viertausend Dollar«, sagte Belle, sich endlich höflich an Dennis wendend, als hätte er ein Recht, in diese Art Geplauder mit einbezogen zu werden. »Und er hat inzwischen ja genug verdient. Ich werde ihm wohl mal die Meinung sagen. Wo jetzt die Aktien fallen und unser Haus auf Long Island uns mehr kostet denn je, können wir uns solche Ausstände nicht leisten. Was meinen Sie dazu, junger Mann?«

»Ich finde, das ist wirklich schrecklich«, sagte Dennis, plötzlich aufspringend. Er haßte es, wenn reiche Leute über ihre Armut klagten, und da ihre Gespräche zum größten Teil darin bestanden, konnte er auch gleich der Tatsache ins Auge sehen, daß diese Klasse Gift für ihn war – allein beim Gedanken an Belle Glaenzer würde ihm jetzt eine Woche lang schlecht werden. Wie hielt Effie das nur aus!... Endlich blickte sie ihn an, mit aufgerissenen Augen, als hätte seine Stimme sie aus einem Traum geweckt. Ich bin Flip für sie, und sie ist Little Nemo, dachte er bitter; ich wecke sie aus ihrem Traum, aber sie möchte gar nicht geweckt werden.

»Effie«, stieß er hervor – jetzt hatte er endlich das Wort, nachdem diese unsägliche Frau Präsidentin, nach Luft schnappend, den Hammer hatte fallen lassen – »komm – laß dich nach Hause bringen – du bist müde...«

Effie erhob sich stumm.

Der rotgesichtige kleine Doktor stand auf und sah Dennis neugierig hinterher, der, ohne auch nur auf Wiedersehen zu sagen, zur Tür stolzierte. Ich sehe sicher aus wie so ein kleiner Widerling aus Greenwich Village, dachte Dennis wütend, so ein armseliger kleiner Dichter aus Stewart's Schnellimbiß, sie denken bestimmt, was ist bloß aus Effie geworden, daß sie mit so einem Winzling ohne einem Haar auf der Brust herumläuft, ohne Hotelaufkleber aus dem Ausland auf dem Hintern, und er sieht nicht einmal aus wie Max Eastman, das wäre doch wenigstens was.

»Komm«, brummte er grimmig und wies mit zuckendem Daumen in Richtung Tür.

»Wenn du mich sehen willst, kannst du mich jederzeit im Hotel anrufen, Kind«, hörte er MacGregor sagen, »jederzeit. Wenn Marian mich braucht, wenn du über irgend etwas reden willst, wie früher – egal, was –«

»Ja, ja, ja!« Lauter Tannenbäume auf der Schiefertafel mit der roten Borte, kratz, kratz, kratz, der dunkle Vorfahre in Öl, der sie im Erdgeschoß von der Wand herab mit finsterem Blick entließ, die knorrige Hand des buckligen alten Butlers auf der Eingangstür. Dann waren sie draußen – frei.

Dennis behielt sie untergehakt, während sie zur Fifth Avenue gingen. Ein Unwetter kündigte sich an. Papier flog die Straße entlang, vor den Kellerwohnungen rollten Mülltonnen hin und her und schlugen scheppernd gegen die Mauern, die wenigen mitternächtlichen Passanten eilten, ihre Hüte festhaltend, an einen sicheren Ort. Der Himmel war ein Panzer – das helle graue Zwielicht, das einem nächtlichen Unwetter vorausgeht. Taxis mit stählernen Fühlern suchten in der Stadt nach Beute, wirkten merkwürdig durchsichtig in dem falschen Licht. Ein paar große Regentropfen fielen herab, und eine alte Zeitung flog, vom Wind getrieben, verzweifelt gegen Effies Rock. Dennis legte Effie seinen Mantel um und hob die Hand nach einem Taxi.

»Danke, daß du gekommen bist«, sagte Effie leise, an ihn gepreßt. »Ich wußte gar nicht, wie sehr ich dich brauche.«

Es fing an zu schütten. Ein Taxi hielt schlitternd am Straßenrand, und Dennis schob Effie hinein, bevor ein anderes Paar, das hinter ihnen angelaufen kam, es ihnen wegschnappen konnte. Jemand rief seinen Namen.

»He, das ist ja Dennis. Hallo!«

Dennis sprang in den Wagen, knallte die Tür hinter sich zu. Als sie losfuhren, sah er, wie Corinne und Phil Barrow ihm völlig perplex nachsahen.

»Sie hat dich gekannt«, sagte Effie überrascht. »Was für eine hübsche Frau. Dennis – wer war das? *Dennis*!«

»Ein Mißverständnis«, sagte Dennis kurz. »In die West Twenty-third, und halten Sie bitte an der Ecke Eighth Avenue, bei dem Getränkeladen. Was wir brauchen, meine liebe Mrs. Callingham, ist ein kräftiger Schluck Johnnie Walker.«

Der Regen nahm ihnen die Sicht, trieb schräg herablaufende Tränen über die Fensterscheiben.

»Habe ich dir mal erzählt, wie ich Schlittschuhlaufen gelernt habe?« fragte Dennis. »Ich war bei meiner Tante in Vincennes, es war an Weihnachten.«

Unförmig in seinen Mantel gehüllt, ließ Effie den Kopf auf seine Schulter sinken und schlief ein.

II

... leben Sie wohl, Mr. Orphen ...

Laß uns also Schluß machen und froh sein, daß wir wußten, wann wir aufhören mußten.‹« Dennis las laut aus einem cremefarbenen Brief vor. »›Ich hoffe, dir ist klar, daß das Ganze mir nicht mehr bedeutet hat als dir und mir jetzt ebensowenig das Herz brechen wird. Also dann, leb wohl‹« – an dieser Stelle rang Dennis nach Atem, und er wedelte mit dem Brief in der Luft herum, riß seinen Pyjamakragen auf und schlug sich theatralisch auf die Brust – »›leb wohl.‹ Hier hätte ich lieber ›adieu‹ gehabt – es wimmelt in dem Absatz sowieso von Wiederholungen. Und es kommt noch mehr davon – du meine Güte! ... ›Also dann, leb wohl. Dir hat ja nie irgendwas etwas bedeutet außer deiner Arbeit und anscheinend dieser Mrs. Callingham, wenn man danach geht, wie du dich an dem Abend, an dem du mich hast stehenlassen, an sie geklammert hast. Was mich betrifft‹ – sie redet immer nur von sich – ›so bin ich ja glücklich verheiratet. Ich liebe Phil sehr und hätte mich nie mit dir einlassen sollen. Verdammt.‹ Na, na, wir verlieren ein wenig den Kopf. ›Wie dem auch sei, leb wohl, es ist vorbei. P.S. Meine Hautcreme, die Schürze und mein Négligé kannst du behalten, aber mein

Buch, *Der Wind in den Weiden*, möchte ich doch zurückhaben – es ist nämlich ein Geschenk von Phil.‹«

Dennis richtete sich im Bett auf, und der Brief entglitt seinen kraftlosen Fingern.

»Ich habe sie verloren«, rief er. »Ich hab mein Mäuschen verloren, meine süße kleine Maus.«

Corinne lehnte sich quer übers Bett und versetzte ihm einen kräftigen Klaps auf den Mund.

»Hörst du wohl auf, dich lustig zu machen!« rief sie empört. »Gib mir den Brief. Außerdem hab ich es ernst gemeint, jedes Wort.«

Dennis kniff sie in die Nase.

»Ich bitte um Verzeihung, daß ich vor anderen Leuten meine Post lese. Steh auf, mein Engel, und hol mir eine Zigarette.«

Corinne rührte sich nicht. Sie lag da, die Arme unter dem zerzausten Kopf verschränkt, und starrte schmollend auf das Gibson-Mädchen an der Decke, das der undichte Abfluß des kleinen Kommunisten so raffiniert ersonnen hatte. Um das berühmte Gesicht herum zeigten sich jetzt schon lepröse Flecken, und die Stirnrolle bröckelte ab, hin und wieder schneiten Gipsflocken aufs Bett, und das eine Auge breitete sich in Gestalt eines Krokodils zwanglos in Richtung Fenster aus. Eines Tages, dachte Corinne, werde ich hinaufsehen, und das Krokodil wird das Gibson-Mädchen verschlungen und sich höchstwahrscheinlich in ein Nilpferd verwandelt haben.

»Ist es nicht komisch, Dennis, wie widersprüchlich ich bin?« sinnierte Corinne. »Sobald ich etwas ausspreche, meine ich genau das Gegenteil. Ich ergreife praktisch gegen mich selbst Partei. Ich kann gar nichts dagegen tun. Wahrscheinlich bin ich einfach so.«

»Faszinierend.«

»Bist du glücklich, Dennis – ich meine, wirklich glücklich?«

»Wahnsinnig glücklich, mein Herz.« Dennis stand auf und suchte auf dem Tisch nach Zigaretten, kam zurück, setzte sich ans Fußende des Betts und dachte, daß er äußerlich gesehen eigentlich wirklich glücklich war. Es gab nichts auf der Welt, was er sich wünschte, keinen anderen Ort, wo er sein wollte, als hier. Der glückliche, glückliche Orphen, er ist durch himmelblaues Zellophan vor Elend, Schmerz und Angst geschützt; nichts, nein, Sir, nichts kann dieses Glück zerstören, diesen völlig idiotischen, ekstatischen Frieden. Mochte der kleine Kommunist sich wegen der Not der kleinen Farmpächter zerfleischen, mochte Okie über seine Unfähigkeit jammern, eine Frau zu finden – eine Frau, wohlgemerkt, nicht etwa eine nette Geliebte –, er, Dennis Orphen, war zufrieden.

»Warum?« fragte Corinne ermunternd. »Meinetwegen?«

Dennis blies einen glücklichen kleinen Ring aus Rauch in die glückliche Luft. Er streckte die nackten Füße von sich – hübscher Spann, stellte er befriedigt fest und hakte seine wunderbar symmetrischen Zehen an der unteren Querstrebe des Stuhles ein.

»Deinetwegen, weil du so unerschütterlich an mich und meine Arbeit glaubst.«

»Das habe ich nie gesagt«, meinte Corinne. »Ich kann deine Bücher nicht einmal zu Ende lesen. Irgendwie fesseln sie mich nicht, mein Schatz.«

»Reizend von dir! Du verwöhnst mich. Tja, dann muß ich wohl glücklich sein, weil ich jung, schön und reich bin, der Liebling von ganz New York, der meistgefeierte Mann von Paris, weil jetzt gleich in einer Million und zwei Haushalten auf der ganzen Welt ein Leser *Die Frau des Jägers* aufschlagen wird –«

»Siehst du«, sagte Corinne vorwurfsvoll. »An mich denkst du nicht einmal. Immer nur an deine Arbeit. Ich weiß nicht, was dir daran so gefällt. Und warum, Schatz, hast du Mrs. Callingham am Dienstagabend auf der Sixty-fourth so an dich gedrückt? Warum wolltest du nicht mit uns reden?«

»Ich denke durchaus an dich«, sagte Dennis, diese Fragen sorgsam übergehend. »Jeden Tag denke ich: Warum ist Corinne nur so hoffnungslos in mich verliebt? Warum ich? Bin ich denn so toll? Wahrscheinlich.«

Corinne rümpfte die Nase.

»Tja, ich bin auch glücklich«, sagte sie. Sie griff nach seiner Zigarette, stahl ihm einen Zug und hielt sie ihm wieder hin. »Ich habe einen netten Ehemann, der mich liebt – und ich liebe ihn auch. Ich liebe Phil wirklich, Dennis. Das verstehst du nicht, aber es ist so.«

Sie umschlang ihre nackten Knie und zog sie ans Kinn, starrte melancholisch ins Leere. Dennis schüttelte den Kopf.

»Ich kann mir nicht vorstellen, wie du glücklich sein kannst, Corinne«, gestand er ihr offen. »Du bist verrückt nach mir – nein, Schatz, dein Leben ist völlig verpfuscht.«

»Ich hatte eine sehr glückliche Ehe«, wiederholte Corinne und begann auf einmal ein wenig zu weinen, wobei sie sich mit einem Zipfel des Lakens die Tränen trocknete. »Ich sollte nicht hier sein. Wirklich nicht. Du liebst mich nicht. Und dabei mag ich dich nicht mal als Freund – wie sollte ich auch? – du hast nichts, was eine Frau bewundern könnte. Das sagt mir zumindest mein Verstand.«

»Du mußt lernen, zwischen deinem Verstand und deinem Gewissen zu unterscheiden«, erklärte Dennis ihr ruhig. »Nein, Corinne, du bist eine sehr, sehr unglückliche Frau. Dein Leben ist völlig verfahren. Ich habe etwas für dich getan. Du warst in meiner Wohnung Ehrengast und durftest die ganze Schönheit meiner Person genießen. Aber das reicht nicht, so seltsam es klingt. Ich mache mir Sorgen um dich.«

»Phil liebt mich. Wir sind sehr glücklich zusammen. Du brauchst dir um mich keine Sorgen zu machen, du Lügner«, sagte Corinne mit zitternder Stimme. »Phil und ich fahren im Sommer jeden Sonntag nach Long Beach. Wir gehen schwimmen – er tanzt immer noch lieber mit mir als mit irgendeiner anderen Frau, die er kennt. Wir haben herrliche Zeiten gehabt und uns nie gestritten. Ich sage dir, ich habe Glück.«

Dennis sah sie nachdenklich an. Dies schien doch nicht ganz der rechte Ort dafür zu sein, daß eine glückliche kleine Ehefrau ihr Schicksal pries. Aus dem cremefarbenen Brief, der unter den Falten der zerwühlten Steppdecke hervorsah, sprach zwar die vernünftige Stimme der treuen kleinen Mrs. Barrow, aber die fleischigen, nackten, elfenbeinfarbenen kleinen Schultern und die Arme über der Decke waren eindeutig die von Dennis' süßer kleiner Maus.

»Als Phil dich gesehen hat, hat er gesagt: ›Das ist also Orphens Freundin, oder – diese Mrs. Callingham?‹ Weil du uns nicht gegrüßt hast und es so aussah, als wolltest du schnell weg. Ach, Liebling, als er das gesagt hat, dachte ich, mir bricht das Herz. Ich habe geweint. Phil mußte mich die ganze Nacht im Arm halten.«

»Ach ja?«

Dennis sprang aus dem Bett und begann rasch, sich anzuziehen. Derjenige, der das Bett zuerst verließ, bewies Charakter, zeigte zumindest, daß er oder sie über den bloßen sinnlichen Genuß erhaben war. Das war immer ein wenig beleidigend, und Corinne zog demgemäß die Mundwinkel herab.

»Okay, du bist also glücklich verheiratet! Dein Mann hält dich die ganze Nacht im Arm, hm?« knurrte er. »Und was, wenn *mir* nun eines Tages mein kleines Herz bricht? Mitten bei einem Familienabend bei den Barrows, mitten beim Salat, diesem verdammten wunderbaren Salat von deinem wunderbaren Gatten ... ›*Oooh, die Salatsoße macht Phil grundsätzlich selbst!*‹ Tatsächlich, Mrs. Barrow, ist das wahr, sie ist wirklich *köst*lich. Wie machen Sie das nur, Mr. Barrow? ... ›*Eigentlich möchten wir das nicht so gern verraten*‹« – er ahmte die Frauenstimme nach – »›*es ist unser kleines Geheimnis. Es ist kein gewöhnlicher Weinessig drin, sondern einer mit Estragon!*‹ Nein, Mrs. Barrow, mit Estragon! Nein, Mrs. Barrow, das ist nicht Ihr Ernst! ... ›*Und ein klein wenig Rrockforr und Sesamöl –*‹ oh – oh – oh, Mr. und Mrs. Barrow, was für ein Geheimnis, was für eine Überraschung, was für ein Salat, was für ein glückliches, glückliches Paar. Ja, Mr. Barrow, wenn Sie nur ein Tröpfchen Täubchenöl dazugeben würden, aber wirklich nur ein kleines Tröpfchen, derweil ich unter dem Tisch Ihrer lieben kleinen Frau ein nettes kleines Küßchen gebe ...«

»Hör auf!« schrie Corinne, unter der Decke hervorspringend. »Hör auf!«

Dennis verstummte. Er studierte eingehend seine Gürtelschnalle.

»Um ganz ehrlich zu sein«, sagte er leise, »ich hab wirklich keine Ahnung, warum ich euch an diesem Abend nicht gegrüßt habe. Ich weiß nicht, warum ich dies oder das tu – bei anderen Leuten weiß ich's, aber bei mir selber nicht. Schauen wir mal, nehmen wir an, ich wär der Held in einem Buch von mir ... Es war wohl die Art, wie Effie gesagt hatte: ›Eine schöne Frau!‹, als ob alle anderen und ich selbst mit meinem Buch sie so fertiggemacht hätten, daß sie nicht erstaunt gewesen wäre, hätte ich sie dort im Regen stehengelassen, wie es Callingham wegen jeder hübschen jüngeren Frau getan hätte. Darum – nun, ich bekam einfach den Mund nicht auf – darum hab ich nicht gesagt: ›Guten Abend, Freunde.‹ Ich bin einfach stumm geblieben. Tja.«

»Tja«, sagte Corinne. Sie zwängte sich in ihren Hüfthalter. »Reich mir doch bitte mal mein Kleid.«

Wenn sie schwieg, konnte man sich mit Corinne verschwören. Noch ein bißchen vorsichtig küßte Dennis sie in den Nacken. Als sie nicht gleich herumfuhr und die Arme um ihn schlang, als sie statt dessen unmerklich mit dem Kopf zur Seite wich, wußte er, daß wieder etwas nicht stimmte. Sie hakte ihre Strapse ein und blickte entschlossen zu Boden.

»Kannst du das verstehen, Corinne? Wahrscheinlich, bei deiner Intuition«, sagte er listig. »Du weißt mehr über mich als irgend jemand sonst, stimmt's, Liebchen?«

Corinne sah ihn merkwürdig nachdenklich an.

»Zwischen dir und dieser Mrs. Callingham ist doch etwas«, sagte sie. »Das merkt man daran, daß du mir zum erstenmal etwas erklärst. Wenn ich dich sonst frage, wo du gewesen bist, wer es war oder was du gemacht hast, ziehst du mich immer auf und sagst: ›Denk nicht so viel drüber nach!‹ Diesmal hast du es mir erklärt. Das heißt, daß es ziemlich ernst ist.«

Dennis fiel der Unterkiefer herunter.

»Sie ist ja an berühmte Männer gewöhnt«, meinte Corinne. »Vielleicht weiß sie besser, wie man mit dir reden muß, als ich. Ich meine, du bist zwar noch nicht berühmt, aber du wirst es werden. Das sagt sogar Phil. Und sie weiß wahrscheinlich, was man in dem Fall so sagt.«

Sie band sich den orangefarbenen Schal um, machte ihn mit der Kristallschließe, in die ein winzig kleiner Hundekopf eingeschlossen war, an ihrem blauen Wollkleid fest. Dennis sah ihr zu, hätte gern noch mehr gehört, hatte jedoch Angst, sie zu fragen. Sie würde darin sicher gleich wieder einen Grund zur Eifersucht sehen.

»So ein Quark«, sagte er.

»Wahrscheinlich weißt du selbst nicht genau, was es ist«, meinte Corinne und schüttelte sorgfältig ihren Rock aus. »Nur für mich würdest du das alles nicht so lang erklären. Du tust es wohl mehr für dich selbst. Stimmt es, daß das Buch von ihr handelt?«

»Mehr oder weniger, ja«, gab Dennis zu. »Ich habe wohl ein bißchen übertrieben – eine richtige Heldin aus ihr gemacht – nicht ganz ohne Bosheit, hat man mir gesagt.«

»Du hast sie als Heldin benutzt und dich dann in deine Heldin verliebt«, sagte Corinne. »Du benimmst dich, als wärest du mit ihr verheiratet, als würde sie vorgehen, weil sie und deine Arbeit eins sind. Du stellst dich schlimmer an, als ich es je meiner Ehe wegen getan habe.«

Sie griff plötzlich nach dem kleinen weißen Brief, der sich in der Bettdecke eingenistet hatte wie ein kleiner weißer Vogel, und las ihn noch einmal durch.

»Ist er nicht traurig, Schatz?« sagte sie betrübt. »Und ich habe es wirklich ernst gemeint. Ich liebe meinen Mann tatsächlich – er ist so nett zu mir, und du bist so gemein. Warum tue ich ihm das nur an – warum komm ich überhaupt hierher – oh, verdammt, verdammt, verdammt!«

Sie lief zur Tür hinaus, ein Taschentuch an die Augen gepreßt, und der Brief flatterte hinter ihr zu Boden, sagte Lebwohl. Dennis folgte ihr auf den Treppenabsatz.

»He!«

Er hörte, wie sich die Haustür, in den Angeln quietschend, schloß. Sie würde gleich wieder dasein. Er blieb an der Wohnungstür stehen und wartete, um den automatischen Türöffner für sie zu drücken, stand ein paar Minuten da, doch sie kam nicht mehr. Schließlich schloß er die Tür und hob den Brief vom Boden auf. »Ich hoffe, dir ist klar, daß das Ganze mir nicht mehr bedeutet hat als dir.« Ohne Corinne neben sich fand er den Satz gar nicht mehr lustig.

Ich hätte nicht darüber lachen sollen, dachte Dennis beklommen. Ich hätte wirklich nicht lachen sollen.

Das Telephon klingelte, und erleichtert nahm er den Hörer ab. Das war bestimmt Corinne, die ihm sagen wollte, wie albern sie gewesen sei – sollten sie nicht noch zusammen etwas trinken gehen. Doch es war nur der Pressemann vom Verlag, der wissen wollte, ob ihm morgen vormittag als Termin für ein Interview und den Photographen recht sei. Könne Orphen ihm wohl sagen, wo sie diese Mrs. Callingham erreichen konnten, um sie dazu zu bringen, jede Verbindung zwischen ihr und dem Buch abzustreiten?

»Nein«, brüllte Dennis und legte auf.

...zwischen Brust und Bruchband...

Der Umschlag von Dennis' neuem Buch sei wirklich lausig, sagte MacTweed zu seinem jungen Partner Und Co. Ja, schlimmer noch, er sei einfach unpassend. Und er würde sogar noch einen Schritt weiter gehen und behaupten, er sei nichts Besonderes. Dieser letztere dezente Ausdruck war Und Co. und seinen Werbetext gewohnten Ohren nicht vertraut, und so erschien er ihm als die vernichtendste Kritik, die man sich wünschen konnte. Seine Augen drückten schlecht verhohlene Bewunderung aus.

»Ehrlich gesagt«, rief MacTweed, mit der Faust auf den Schreibtisch schlagend, den ihm der alte Pat Negley vermacht hatte, dieser »vielgeliebte« Nestor der Verleger, dessen Namen Tausende von Autoren jahrelang benutzt hatten, um ihren Kindern angst zu machen, »ehrlich gesagt«, rief MacTweed lauter, und schlug so heftig auf den Tisch, daß der Kinderbuchlektorin in dem kleinen roh verputzten Raum nebenan die rote Tinte quer über die Fahnen der *Liebesgrüße von A bis Z* spritzte – »ehrlich gesagt habe ich bei dem Buch überhaupt meine Zweifel.«

»Sie meinen, ob es sich gut verkauft«, sagte Und Co.

und zwinkerte ihm zu, denn eine der Quellen des stillen Vergnügens in diesem Tempel der Kunst war des alten MacTweeds altmodisches Interesse an Verkaufszahlen. »Daß es ein gutes Buch ist, ist ja nicht zu bezweifeln.«

»Warum nicht?« parierte MacTweed, die grauen furchterregenden Piratenbrauen mit Hilfe von speziell dafür trainierten Muskeln hochziehend – mit normalen Stirnmuskeln hätte man eine derartige Leistung sicher nicht so oft vollbringen können. »Warum nicht? Ich bezweifle, daß Walter Scott wirklich gut ist. Ich bezweifle, daß H. G. Wells wirklich gut ist. Ich bezweifle, daß es irgendeinen wirklich guten Autor gibt. Ehrlich gesagt, Johnson, freue ich mich auf den Tag, an dem unsere Bücher alle von den Klappentextautoren geschrieben werden.«

»Ha«, sagte Und Co. gehorsam, denn er war weder lange genug im Verlag, daß er hierauf nur hätte zu lächeln brauchen, noch so neu, daß er sich vor Lachen krümmen mußte, also sagte er bloß taktvoll und gemessen: »Ha.« Der letzte Und Co. hatte sich entschlossen, sein Kapital zurückzuziehen und eine sicherere Laufbahn einzuschlagen, wie etwa in Musicals zu investieren, aber irgendwie schien sein Geld in MacTweeds reichhaltigem Frühjahrsprogramm Wurzeln geschlagen zu haben, so daß es sich jetzt nicht mehr herausziehen ließ, ohne daß ein Haufen von Verfahren und anderer Verpflichtungen mit daran hing. Daher hatte der aussteigende Partner eine Menge Papiere überreicht bekommen, alle unterschrieben, notariell beglaubigt und nicht übertragbar, und er hatte eingewilligt, daß man seinen Anteil einem vielversprechenden jungen Mann verkaufte, welcher Johnson war.

MacTweed hatte das Gesicht seiner jungen Partner so oft wechseln sehen, daß er, um dem Büro wenigstens den Anschein von Stabilität zu geben, seit vierzig Jahren jede Änderung seines Kleidungsstils verweigerte: Er trug immer noch Koteletten, einen gepflegten langen Schnurrbart, Geschäftsanzüge in Pfeffer und Salz im Gutsherrnstil, einen Elfenbeinstock mit Hundeknauf und knöchelhohe schwarze Walk-Over-Schuhe (für Senkfüße). Manchmal gingen ihm die wechselnden Gesichter auf die Nerven, doch die solide alte Firma konnte »frisches Blut« gebrauchen (Verlegerjargon für neue Investoren). Johnson besaß mehr Ehrgeiz als alle seine Vorgänger, denn er stieg mit sehr viel weniger Rückhalt ein. Schon jetzt stand er im Ruf, einer der begabtesten jungen Verleger zu sein. Er hatte bereits mehr proletarische junge Schriftsteller entdeckt, als MacTweed mit dem Stock in der Hand hätte drohen können. Er war so begabt, daß er voraussagen konnte, daß 1934/35 und im Jahr darauf ein Buch, das mit den folgenden Worten begann, als Meisterwerk gefeiert würde:

> Der Güterwagen rollte aus dem Rangierbahnhof. Pip wälzte sich im Stroh. Er kratzte sich dort, wo das Stroh ihn stach.

Johnson wartete sehnsüchtig auf den Tag, an dem aus »Und Co.« endlich »Johnson« würde. Und Co. war ihm zutiefst verhaßt. Oft sah er sich im Sportverein von Travers Island um und erblickte all die anderen Und Co.s. Sie schienen für immer den Stempel »Und Co.« zu tragen, denn sie sahen alle gleich aus. Doch mein Gott, er selbst ja auch! Lauter eifrige, große, langgesichtige junge Männer mit glattem mausbraunem Haar, großem Mund und kräftigen weißen Zähnen, die wie geschaffen waren zum Abnagen von Rinde oder Kokosnüssen, sich jedoch zweifellos vorwiegend an Miesmuscheln oder höchstens noch an Täubchen versuchten, mit freundlichen kurzsichtigen Augen hinter rahmenlosen, manchmal bifokalen Brillen, großen, wie gute Antennen vom Kopf abstehenden Ohren, großen, gepflegten, etwas schwachen Händen und einer angenehmen tiefen Stimme noch von der Zeit im Gesangverein her. Was die Kleidung betraf, so trugen sie solide, bequeme englische Anzüge, bei denen die Hosen manchmal, wie bei Johnson, fast bis unter die Achseln reichten – über den Bundfalten eine bescheidene Brust – und der schicke lange Schlitz taktvoll und dezent mit einem Reißverschluß verschlossen war. Diese Und Co.s, von denen viele im Verlagswesen beschäftigt waren und einige mit den dunklen Geschäften des Onkels, waren alle sehr wohlerzogen und, wenn sie Juden waren, doch so taktvoll, blond zu sein und sogar ein bißchen dumm, um für die Gesellschaft genießbar zu werden. Doch sie sahen alle gleich aus und redeten alle gleich, und Johnson schnappte nach Luft. Er versuchte sich von dieser heimtückischen Kette loszueisen. Er heiratete eine Revuetänzerin statt einer Ex-Studentin aus Bryn Mawr, und zwar eine sehr hübsche aus *Face the Music*. Doch in jenem Jahr heirateten auch alle anderen Und Co.s Tänzerinnen aus diesem Stück, und sie alle waren wie Mrs. Johnson auf Privatschulen gewesen und verfaßten ab und zu für F. P. A. oder irgendeine Wochenzeitschrift ein Gedicht, das den merkwürdigen Einfluß der Natur auf sie beschrieb sowie das Gefühl der Einsamkeit, das sie hauptsächlich in ihnen weckte.

Johnson beschloß, seine Mitstreiter dadurch aus dem Feld zu schlagen, daß er im Vanderbilt oder 70 Park statt im Klub zu Mittag aß, doch sie kamen alle mit – ja, sie waren sogar alle vor ihm da, machten mit den wohlgeformten Mündern artige Baritonbemerkungen, die nie so persönlich, nie so geistreich waren, daß sie gegen den Geschmack verstießen. Im Sommer machte Johnson sich, anstatt nach Woods Hole zu fahren, eines Nachts mit seiner Frau und dem blonden Baby, das in dem Jahr alle hatten, heimlich auf nach Martha's Vineyard. Doch da saßen sie schon wieder alle auf der Fähre, starrten mit ihren bebrillten Augen eifrig in ihr Exemplar von *Männer mit gutem Willen*, pflichteten mit ihrer angenehmen tiefen Stimme höflich ihren braven, ungeschminkten kleinen Frauen bei. Um noch einen letzten individuellen Zug zu haben, begann Johnson Apfelbrandy anstatt Scotch zu trinken. Schon bestellten alle Apfelbrandy. Er sah sie auf dem Land im Sportverein, in der Stadt im Restaurant, sah sie in den Spiegeln über Tresen: Brillen tragende, anständige, irgendwie polypenhafte junge Männer, einer neben dem anderen, ihren Apfelbrandy in der Hand, den Hut alle gleich schräg auf dem Kopf, mit Augen, die nie richtig blau waren oder braun, sondern irgend etwas dazwischen – sie glichen einander alle aufs Haar, bis auf einen, der am Hals ein Furunkel hatte. Diesen Vorkämpfer, diesen Rebellen beneidete Johnson sehr. Da er selbst nicht mit Furunkeln gesegnet war, blieb ihm, meinte er, nichts anderes übrig, als sich intellektuell hervorzutun. Und so lief er zu kommunistischen Versammlungen, hörte sich Vorlesungen im John-Reed-Klub an, nahm an einem Abendessen für John Strachey teil – doch da saßen sie schon alle, die *New Masses* in der Tasche. Er entdeckte Forsythe. Prompt entdeckten alle Forsythe. Johnson wurde langsam verrückt. »Bin ich der Geist der Masse?« fragte er sich. »Wenn ich irgendeinen Einfall habe oder einen Impuls – heißt das, daß in dem Moment zehn Millionen andere Männer aus meinem Milieu und mit meinem Bildungsstand ganz genau den gleichen haben? Kann ich mich denn nicht um ein Atom, ein kleines Hormon von den anderen unterscheiden, oder arbeiten unsere Stoffwechsel zusammen wie Cancan-Tänzerinnen?«

Als er eines Abends ziemlich spät aus dem Büro kam, faßte er durch einen schlichten kleinen Vorfall neuen Mut. Schon oft war er an einer orientalischen Großhandlung in der Fifth Avenue vorbeigegangen, die den Namen MOGI,

Monomoi & Co. trug. Der Name gefiel ihm. Er hatte sogar schon daran gedacht, ihn irgendwann als ein ideales Motto unter einem prunkvollen Wappenbild für Verlagszwecke heranzuziehen. Mogi (ich lebe), Monomoi (ich siege) und Co. (und bis in alle Ewigkeit). Die Übersetzung war zwar frei erfunden, doch er fand darin einen gewissen Trost. An diesem Abend waren in der Gegend, dem Viertel des Textilgroßhandels, alle Läden geschlossen, denn es war kurz vor acht, und er hatte die Fifth Avenue für sich, ein phantastisches Gefühl für einen Mann, der durch Herkunft und Instinkt sein Leben lang an Westchester gebunden blieb. Er war auf dem Weg ins Theater, um sich *Die Seeleute von Cattaro* anzusehen, denn die Mehrzahl der Und Co.s würde wohl an diesem Abend zum Beaux-Arts-Ball gehen, als ihm auffiel, daß die Eingangstür des Orienthauses geöffnet war und zwei kleine Japaner herauskamen. Sie blieben auf dem Gehsteig stehen, wo sie schweigend warteten. Kein Zweifel, das waren Mogi und Monomoi persönlich! Ein dritter sperrte zu. Johnson wartete gespannt. Nachdem er abgeschlossen hatte, gesellte Nummer drei sich zu den anderen; das war eindeutig Und Co. persönlich, doch er sah ganz anders aus als sämtliche Und Co.s, die Johnson je begegnet waren! Er war kleiner als seine Partner und trug einen Schnurrbart. Johnson hatte noch nie einen Japsen mit Schnurrbart gesehen, doch vor allem begeisterte ihn daran die Kühnheit, die Dreistigkeit eines Und Co.s mit Schnurrbart. Gleich am nächsten Tag sparte sein elektrischer Rasierapparat – ein Weihnachtsgeschenk – in einem gewandten Bogen die Oberlippe aus. Knapp drei Monate darauf prunkte dort bereits ein Schnurrbart von der Größe einer Anschovis, dessen Winzigkeit jedoch durch seine kräftige, tiefschwarze Farbe wettgemacht wurde – zumal Johnsons Haar sonst einfach haarfarben war. Es war ein schicker, eleganter Schnurrbart, und niemand außer Johnson wußte, daß die aus seinen Follikeln sprießenden farblosen rotblonden Stoppeln Tag für Tag mit dem Augenbrauenstift seiner Frau betont wurden. Und dieses sichtbare Emblem einer eigenen, besonderen Persönlichkeit gab ihm jetzt den Mut, seinem Gebieter MacTweed zu widersprechen und zu behaupten, daß Dennis Orphens Buch doch genau das sei, worauf Gannett, Isabel Paterson und Hansen ihr Leben lang gewartet hatten.

»Um die Wahrheit zu sagen«, entgegnete MacTweed, und wenn MacTweed seinen Bemerkungen die Wörter »Wahrheit« oder »ehrlich« voranschickte, befürchtete Johnson immer das Schlimmste, weshalb er jetzt diskret seine Fingernägel anstarrte, »ich habe etwas gegen die Vorstellung, daß ein Autor über einen anderen eine Satire schreibt. Es wäre schlicht verleumderisch, dieses Buch, wenn Callingham so dumm wäre, ihn zu verklagen. Aber er wird natürlich nicht noch mehr die Aufmerksamkeit darauf lenken wollen, wo es ihn auf so brutale Weise lächerlich macht. Trotzdem: Die Frage ist, ob es richtig, ob es mit unserem Ethos vereinbar ist.«

Das Wort »Ethos« war ein Meisterstück. Es traf Johnson mitten ins Herz. Das klang, wie wenn all die anständigen Und Co.s mit ihren tiefen, gedämpften Stimmen ihrer efeubewachsenen Alma Mater Loyalität schworen. Es war ein Wort für Ex-Studenten, geheiligt durch Barett und Talar. Ethos. Selbst jetzt, umrahmt von den tabakgelben Reißzähnen in MacTweeds großem Mund, schien dieses Wort zu sagen: Ja, es gehört noch mehr zum Leben, Jungs, als Saufen, Sprücheklopfen und Huren; es gibt gewisse Ehrbegriffe. Es gibt so etwas wie eine Ethik. Ethik, die weiße Flagge, die man hißte, wenn man sah, daß man geschlagen war, Ethik, dieses Regelwerk für andere Leute, Ethik, die große Unbekannte des Herrn. In dem plötzlich aufstrahlenden Glanz von MacTweeds

Ethos sah Johnson unter dem kleinen Diskuswerfer aus Chrom ein Telegramm liegen. Ein dunkler Verdacht stieg in ihm auf.

»Ja, Johnson«, sagte MacTweed. »Sie halten mich für einen knallharten Geschäftsmann, für einen alten Scrooge. Aber wissen Sie, auch ich habe so etwas wie ein Berufsethos, und ich weiß bei Gott nicht, wie Orphen mit seinen Enthüllungen über einen Riesen, einen Giganten wie Andrew Callingham davonkommen soll.«

»Von Callinghams letztem Buch wurden fast hunderttausend verkauft«, pflichtete Johnson ihm bei.

»Ja«, sagte MacTweed mit einem Blick auf eine vor ihm liegende Aktennotiz, »einhundertvierzehntausend. Und das jetzt in sieben Sprachen. Sollten wir jemals in der Lage sein, Callingham herauszubringen – er verlangt einen astronomischen Vorschuß –, wie sieht es dann aus, wenn wir erst mal eine Satire über sein Liebesleben bringen? Was meinen Sie? Es ist einfach eine Frage der Verlagsmoral.«

Johnson befiel tiefe Mutlosigkeit. Er zupfte nervös an seinem Schnurrbart. Er sah aus dem Fenster über die Dächer der Fourth Avenue hinweg, sah, wie die Schlepper auf dem East River rußige Rauchwölkchen pafften, wie sie, ihren kleinen ethischen Auftrag erfüllend, dahintuckerten, der darin bestand, Öl oder Kohle oder Dosenbohnen irgendwohin zu bringen. Es war ein Jammer. Er, Johnson, war doch der geistige Vater von Dennis Orphen, er war stolz auf seine Entdeckung, hatte er ihn doch gleichsam aus der Gosse geholt und Literatur aus ihm gemacht. Seinen ersten Orphen hatte er acht Jahre zuvor in einem Groschenblatt entdeckt: einen ganzen Kurzroman, eingeklemmt zwischen Anzeigen für Brustpolster für Mauerblümchen und Entwürfe für ein elegantes Bruchband. Ja, hatte Johnson sich damals gesagt, während er die Zeilen zwischen Brust und Bruchband verschlang, das ist es, das ist Literatur. Denn der Anfang lautete:

> Kurz vor dem Rangierbahnhof wird der Güterzug langsamer. Als er ruckelnd um die Kurve beim Turm biegt, gibt Spud Butch einen Schubs, und plumps fallen sie durch die Schiebetür in den Kies. Verdammt, Mann, sagt Butch, spinnste jetzt ganz? Willste uns umbringen?

Er hatte sich Orphen herangezogen. Alle Und Co.s zogen sich ihre vielversprechenden Jungs und Mädels heran, und so dachte Johnson sich, er könne ebensogut ein Talent großziehen wie den erstbesten. Das Problem bei dieser Talentförderung war, daß dabei eine Menge Geld draufging, und nicht einmal das des Verlags. Orphen hatte sich zum Beispiel nie recht gefördert gefühlt, wenn er nicht ein halbes Dutzend Manhattans bekam und ein Mittagessen dazu, und zwar ein gutes. Bald, nach gebührender Zeit, war das erste Romanmanuskript fertig. Johnson las es und mußte zu seinem Kummer feststellen, daß er Orphen wohl zu sehr verwöhnt hatte. Kaum reichte man ihm den kleinen Finger, sprang Orphen vom Güterwagen seiner Groschenblattzeit ab und landete beim Imperfekt und bei der Diktion von Lederausgaben. Johnson war zutiefst beunruhigt, nicht nur um dieses einen Autors, sondern um aller zukünftigen Schützlinge willen. Es war die Zeit des Präsens, des Hafenarbeiterstils. Damit ihre Werke diesen kraftvollen, kruden Ton bekamen, zerrissen die Autoren die zweite, dritte und zehnte Version, um statt dessen den ersten ungekünstelten Entwurf zu publizieren, nackt und ungeschminkt, in seiner ganzen kindlichen Keckheit und Schwäche. Die älteren Autoren, die ihr Handwerk in zwanzig Jahren mühevoll erlernt hatten, befanden sich in einer grauenvollen

Lage, erkannten sie doch – leider zu spät –, daß Pater, Proust und Flaubert sie betrogen hatten und sie bessere moderne Prosa schreiben würden, wenn sie einzig von Gewerkschaftsberichten gezehrt hätten.

Im Geiste sah Johnson schon vor sich, wie künftige Schützlinge, ähnlich wie Orphen, aus ihren heimatlichen Goldminen in die unfruchtbaren Ebenen der schöngeistigen Literatur gelockt würden. Gut, sagte er sich, ich werde meinerseits daraus lernen und in Zukunft kraftvolle junge Schriftsteller entmutigen, bis sie aus reiner Verbitterung hart und härter und dann unbestechlich werden. Doch für Orphen war es zu spät. Aus dem scheinbar waschechten ganzen Kerl war in Johnsons Kinderstube ein Muttersöhnchen geworden, ein Phrasendrescher, ein Metaphoriker, ein Meister der Synekdoche. Er war mit Huxley und Tschechow verglichen worden, und Louis Bromfield hatte sich nach Südfrankreich zurückgezogen, um ein werbewirksames Zitat zur *Frau des Jägers* zu schreiben. »Großartig«, lautete es, und Johnson setzte es eigenhändig hinten auf den Umschlag zwischen Hugh Walpoles Kommentar und die weiblichen Stimmen aus England zu Orphens letztem Buch in *Time and Tide* und diejenigen aus Amerika in *Books*.

MacTweed fand Orphens Wandlung durchaus positiv, war er doch, was das Ablehnen von Manuskripten betraf, deren erste Seite nach Unbildung roch, noch ganz von der alten Schule. Seine Jury – er selbst und sein Chrom-Diskuswerfer, der sich hinter fünf anderen berühmten Namen verbarg – hatte Orphen den MacTweed Preis des Jahres 1933 verliehen. Orphen wurde eine kleine Kapitalanlage. Aber jetzt roch MacTweed offenbar einen größeren Braten. Nachdenklich an einer seiner fetten Augenbrauen zupfend, gab er es endlich zu.

»Ich will offen sein, Johnson«, sagte MacTweed, »wir *werden* Callingham herausbringen. Foster hat ihn in

Saint-Cloud besucht und ihn immer wieder kontaktiert. Wie's scheint, hat er ihn bis zum Umfallen kontaktiert, mehr als Harcourt und Macmillan und Doubleday zusammen. Wirklich gründliche Arbeit. Foster gefällt mir.« MacTweed lachte in sich hinein und bot Johnson eine Players' Club aus seinem Eidechsenlederetui an, einem Geschenk von seiner Frau, das peinlicherweise mit den Initialen Y. M. versehen war, so daß jedem klar sein mußte, daß er den unglückseligen Vornamen Yuremiah trug.

»Haben Sie schon etwas ausgemacht?« fragte Johnson beklommen. Er sah schlimme Wochen auf sich zukommen, in denen er Dennis erklären mußte, warum so wenig für sein Buch geworben wurde, und verzweifelt nach einem Ausweg suchend, beschloß er, ihm zu sagen, die Kirche habe sich beschwert – oder würde der Amerikanische Jagdverband beeindruckender klingen? Aber, ah, welche Ehre, welche Auszeichnung gegenüber all den anderen Und Co.s, der Verleger Callinghams zu sein. Seine Miene hellte sich ein wenig auf.

»Foster und er kommen gerade mit der *Bremen* rüber.« MacTweed strahlte. Großherzig gab er Johnson Feuer. »Wir haben den Vertrag praktisch in der Tasche.«

»Callingham kommt her?« Johnson fuhr auf. »Wo doch morgen *Die Frau des Jägers* erscheint und alles davon redet, daß es Callinghams Geschichte ist – wenn die Reporter ihn am Schiff empfangen und ihn abstreiten lassen, daß es in dem Buch um ihn geht – was für eine Werbung!«

MacTweed schloß unter seinen angegrauten Brauen halb die Augen. Er spielte mit dem Diskuswerfer. Seine Hände waren gelb vom Nikotin und schwielig, die Nägel eingerissen und erschreckend ungepflegt – weitgehend eine Folge seiner Leidenschaft für die Gartenarbeit in seinem Eigenheim am Hudson. Taktvoll nahm Johnson seine eigenen gepflegten, großen weißen Und-Co.-Hände vom Schreibtisch.

»Da ist was dran«, murmelte MacTweed und lächelte anerkennend. Ein hübsches moralisches Problem. Mit seinem Skandalstoff würde sich das Buch wohl genauso gut verkaufen wie Callinghams letzter Roman. Es würde nicht nur dessen Fans, sondern auch noch dessen Gegner anziehen. Und würde es das Interesse an Callinghams nächstem Werk nicht noch steigern? Würde es nicht eine längere Debatte pro und contra mit günstiger Auswirkung auf die Verkaufszahlen entfachen? So konnte man die Sache Callingham darstellen. Es ließ sich alles regeln. Foster würde das schon regeln. Plötzlich schlug MacTweed mit der Faust auf den Tisch, und erneut mußte die Kinderbuchlektorin nebenan nach dem schwankenden Narzissenstrauß greifen und das sturmgeschüttelte Tintenfaß beruhigen.

»Wir machen diesen jungen Orphen noch berühmt«, sagte MacTweed. »Johnson, er ist eine echte Investition. Wir werden ihn bei diesem Buch unterstützen. Wir werden Caroline Meigs dazu bringen, eine Gartenparty für ihn zu geben. Machen wir das klar, bevor die *Bremen* anlegt.«

Er kippte die vorderen Beine seines Stuhls, die während der Besprechung geduldig in der Luft gehangen hatten, auf den Boden und streckte Johnson die Hand hin, der sie ihm begierig schüttelte. Das war ein echter Fortschritt.

»Herzlichen Glückwunsch, Sir, daß sie Callingham bekommen haben«, sagte er.

MacTweed erhob sich und sah das Bild des alten Pat Negley an, auf dem dieser, die Angelrute in der Hand, in einem Forellenbach stand. In die rechte untere Ecke hatte er quer über das grasbewachsene Ufer die Widmung geschrieben: »Für Mac, auf ewig, Pat.«

»Wir werden größere Verleger, als du es jemals warst, du alter Schweinehund«, sagte MacTweed. »Teufel noch mal.«

Er klopfte Johnson auf den Rücken. Es war alles sehr nett und freundlich, echtes Gemeinschaftsgefühl. Johnson sah fast greifbar vor sich, wie aus dem Und Co. ein Johnson wurde.

»Montag kommt übrigens ein neuer junger Mann zu uns, um das Handwerk zu lernen«, merkte MacTweed beiläufig an. »Frisch aus Harvard – mütterlicherseits mit den Morgans verwandt. Scheint ein mordsanständiger Kerl zu sein. Möchte bei uns lernen, wie man's macht, haha.«

»Ha«, sagte Johnson mit sinkendem Mut.

»Bei unserer derzeitigen Expansion können wir jeden Tropfen frisches Blut gebrauchen«, sagte MacTweed.

»Frisches Blut, genau«, sagte Johnson.

MacTweed trat einen Schritt zurück und sah sich besorgt das Gesicht seines Juniorpartners an.

»Sie sehen ein wenig kränklich aus, Johnson. Ich würde Ihnen ja am liebsten eine Heudiät verordnen. Alle Proteine, sehr viel Stärke – verdammt, Sie sehen ja an mir, wie gut das tut.«

»Ja«, sagte Johnson und ging ziemlich finster zurück in sein von Aktenschränken verdunkeltes Zimmer.

... Ankündigung in Publishers Weekly ...

AM DONNERSTAG, DEM 11. APRIL ERSCHEINT:
DIE FRAU DES JÄGERS
von Dennis Orphen

Erste Reaktionen:

»Großartig ...« Louis Bromfield
»Bedeutend ...« Hugh Walpole
»Hochaktuell ...« J. B. Priestley

Erklärung auf der ersten Seite von
Die Frau des Jägers:

»Alle Gestalten in diesem Roman sind frei erfunden«

... aus einem Brief an MacTweed und Co. ...

Insofern eine Klage seinerseits die Öffentlichkeit nur in dem Glauben bestärken würde, daß es sich wirklich um Callinghams Geschichte handelt, geht der Verlag mit der Veröffentlichung der *Frau des Jägers* meiner Ansicht nach keinerlei Risiko ein. Einiges in diesem Buch stimmt mit gewissen Begebenheiten in Callinghams Leben überein, doch wir können Punkt für Punkt beweisen, daß dasselbe noch für acht andere berühmte Schriftsteller gilt, namentlich Dreiser, Lewis, Hardy, Wells, Zola, Hawthorne, Galsworthy und Ford. Mit einer Klage oder einstweiligen Verfügung würde Callingham sich vorsätzlich zum Narren machen. Ich würde empfehlen, mit der früheren Mrs. Callingham Kontakt aufzunehmen, um ihren Zorn im voraus zu besänftigen. Von dieser Seite her könnte es Probleme geben, zumal die Darstellung in diesem Punkt unverkennbar dem Gerücht entspricht, obwohl wir auch hier ein Dutzend berühmter Schriftstellerfrauen anführen können, auf die dieses satirische Porträt paßt.

Mit freundlichen Grüßen,

John Lambert
Anwaltsbüro Lambert, Arrnst und Bing

... ich weiß noch genau ...

Ich weiß noch genau, wie ich Andy zum erstenmal begegnet bin«, sagte Marian, auf der linken Seite liegend, wo es nicht so weh tat, »es war bei Caroline Meigs, die nach dem Erscheinen seines ersten Buchs eine Nachmittagseinladung für ihn gab. Sie hatte ein kleines Haus am Hudson River mit großem Garten. Es standen Bäume darin, und wir waren alle sehr überrascht über so viel Grünzeug in einem New Yorker Hinterhof. Es gab einen Tisch mit Sandwiches und Früchtebowle. Es war kurz vor unserem Eintritt in den Krieg.«

»Andy mochte gar nicht hingehen«, sagte Effie.

»Ich war furchtbar aufgeregt, daß ich ihn sehen würde. Ich war seit einem Jahr in New York auf dem College und hatte noch niemand Berühmten getroffen. Andy war damals natürlich noch nicht so bekannt, aber zumindest war er schon veröffentlicht«, sagte Marian. »Er saß auf einer dieser rustikalen Bänke und sah alle finster an. Sein Haar – er hatte so dichtes Haar, und sein großer Kopf hatte so etwas Edles –«

»Das haben immer alle gesagt«, warf Effie ein. »Die Bildhauer wollten ihn immer als Modell haben.«

»Er hatte das dreckigste blaue Hemd an, das ich je gesehen habe, trug keine Krawatte und war sturzbetrunken«, sagte Marian.

»Er hat angefangen, als in der *Times* dieser Verriß erschien, und dann weitergemacht, weil er Caroline Meigs nicht ausstehen konnte«, sagte Effie.

»Ich war ganz wild darauf, ihn kennenzulernen«, sagte Marian. »Ich hatte mir einen neuen Hut gekauft, einen roten, von dem Geld, das meine Mutter mir fürs College schickte, und einen roten Seidenjersey-Mantel. Doch als ich dich sah, dachte ich, o Gott, wenn seine Frau sich so unaufdringlich kleidet, muß er das wohl mögen, und habe schnell die blaue Seite des Mantels nach außen gedreht – er war wendbar, aber auf der blauen Seite waren keine Knöpfe – es sah sicher komisch aus. Du standest mit einer großen dicken Frau und einem hübschen blutjungen Mann in einer Ecke – er hatte ein unglaublich weißes Gesicht und kohlschwarze Augen –«

»Die Glaenzers«, warf Effie ein. »Er war damals kaum über zwanzig.«

»Ich habe sie später kennengelernt«, sagte Marian. »Da standest du, und alle sagten: ›Ist diese Mrs. Callingham nicht eine elegante Frau?‹, und du hast keinen Blick von Andy gewandt, obwohl er Meter weit weg saß. Niemand stellte mich ihm vor – ich war wohl nicht wichtig genug, nur die Freundin einer Freundin einer Freundin. Irgendwann hielt ich es nicht mehr aus und ging hin. ›Soll ich Ihnen vielleicht ein Sandwich holen?‹ habe ich ihn gefragt. Er hatte so merkwürdig graue Augen, meeresgrau. Er musterte mich äußerst mürrisch – heute sagt er, er habe nur gerätselt, ob mein Busen tatsächlich so schön sei, wie es schien. ›Nein, ich mag keins dieser verdammten Sandwiches mehr und nichts mehr von diesem Gesöff‹, sagte er. Ich war völlig verdutzt. Caroline konnte ihn hören. Sie stand direkt neben uns.«

»So was hat ihn nie gestört«, meinte Effie. »Er war immer sehr ehrlich.«

»Ich setzte mich neben ihn. Ohne daß er mich dazu aufgefordert hatte – es war ziemlich kühn«, sagte Marian, »und auf einmal hörte ich mich sagen: ›Ach, Schriftsteller zu sein muß herrlich sein.‹ Ich sagte ihm, wie sehr ich sein Buch bewunderte, fragte ihn, ob er nachts schreibe oder am Tag und nach dem wirklichen Leben oder frei aus der Phantasie. Wirklich, das hab ich alles gesagt. Und er hielt die Armlehne umklammert, als würde er gleich etwas an die Wand knallen, doch alles, was er sagte, war: ›Genau.‹ ›Genau‹, hat er gesagt. Ich war begeistert. Ich fand ihn brillant. Und er mich übrigens auch. Schließlich hat er gemeint: ›Gott sei Dank, gibt es hier wenigstens *eine* intelligente Frau, was halten Sie davon, wenn wir einfach abhauen und irgendwohin gehen, wo's nett ist?‹ Unglaublich, nicht wahr?«

»Komisch, daß du mir an dem Tag nicht aufgefallen bist«, sagte Effie. »Ich habe mich nur gefragt, ob er wohl irgendwann mit dieser großen Blondine abziehen würde und was ich tun könnte, damit das ganz normal aussah und es dann kein Gerede gab. Das tat ich immer.«

»In jenem Sommer war ich dann später oft bei einer Freundin aus dem College zu Besuch, die in Cold Spring Harbour wohnte, wo sein Boot lag«, sagte Marian. »Ich habe ihn manchmal am Bahnhof gesehen oder draußen auf dem Wasser beim Segeln. Er wirkte immer wie ein Landstreicher, mit Bart und dreckigen Arbeitshosen und manchmal auch einem zerbeulten alten Sonnenhut mit abgerissenem Deckel, meistens Erdnüsse knackend und sie im Gehen essend, wobei er die Schalen auf die Straße warf, in der Jackentasche einen Kriminalroman. Ich fand ihn phantastisch. Am Sonntagmorgen sah ich dich, wenn wir vorbeisegelten, manchmal an Deck der Barkasse. Du hast dir die Haare gewaschen oder lagst einfach in der

Sonne. Du hattest so schönes Haar, Effie. Immer wenn ich dich da draußen sah mit deinem blonden wehenden Haar, fuhr ich mit dem festen Vorsatz in die Stadt zurück, mir die Haare färben oder eine Dauerwelle machen zu lassen. Es ist auch jetzt noch schön – nein, bitte setz noch nicht den Hut auf. Andy redet immer noch von deinem Haar. Er fand es wunderbar.«

»Ich weiß«, sagte Effie.

»Weißt du, ich erinnere mich noch so genau an den Andy aus der Zeit, bevor wir Freunde wurden – ist das nicht komisch? Ich meine, ich erinnere mich viel genauer daran, wie sehr ich mir wünschte, ihn kennenzulernen, wie sehr ich hoffte, ihm zufällig zu begegnen, wie ich überlegte, was ich zu ihm sagen würde und er wohl zu mir, wenn wir uns das nächstemal sahen – viel genauer als an das, was dann geschah...« sagte Marian. »Ist das nicht komisch? Bald darauf sind dann du und er und ich zusammen ausgegangen und haben Sonntag abend, wieder in der Stadt, im Mouquin gegessen, wo wir zwei über jede Bemerkung von Andy gelacht haben und ich den Kellner Dubois gezeichnet habe und immer versuchte, mitzubekommen, worüber die Pennells am Nachbartisch sprachen. Andy hatte immer einen Lieblingskellner – nicht Dubois, sondern – ich hab seinen Namen vergessen –«

»Ernest«, sagte Effie.

»Du warst immer die Ernste von uns dreien«, sagte Marian. »Du hast nicht verstanden, wie wir so albern sein konnten mit dem Krieg vor der Tür. Andy war ein fanatischer Pazifist. Anfangs war ich schockiert, aber später habe ich ihn natürlich dafür geachtet, daß er sich das traute. Manchmal frage ich mich, wie es ihm wohl ergangen wäre, wenn wir bis zur Kriegserklärung in Amerika geblieben wären. Man hätte ihn wohl festgenommen oder umgebracht. Und ich hätte in seinem Leben keine Rolle gespielt. Es war ein Glück, daß wir nach China gegangen sind statt nach Europa, wie anfangs geplant. Du warst die ganze Zeit bis zum Waffenstillstand in New York, nicht wahr, Effie?«

»Ja«, sagte Effie. »Was hätte ich sonst tun sollen.«

»Weißt du noch, Effie, wie wir drei damals am 4. Juli in Coney Island waren? Die Astrologin... wie sie unsere idealen Partner beschrieb... Andys und meiner paßten zusammen«, sagte Marian, »und ich fand das wahnsinnig aufregend, bis ich dich ansah...«

»Das hatte ich gar nicht bemerkt«, sagte Effie. »Ich habe das damals nicht weiter wichtig genommen.«

»Aber ich hatte so ein schlechtes Gewissen, weil ich es aufregend fand, und plötzlich haßte ich Andy dafür, daß er so phantastisch war und zwei so fabelhafte Frauen dazu zwang, sich seinetwegen zu streiten und zu leiden, so daß ich den ganzen Tag an deiner Seite blieb und mich weigerte, mit ihm zu tanzen oder die Liebesschaukel zu besteigen oder sonst etwas von dem zu tun, was ich mir am meisten wünschte. Weißt du noch: Er wurde böse und ging fort, und als wir später im Feltman aßen, kam er mit zwei grauenvollen kleinen Flittchen und einem Matrosen an, die er auf der Promenade aufgegabelt hatte. Sie fuhren alle mit uns in die Stadt, und wir wurden sie gar nicht mehr los.«

»So was machte Andy dauernd«, sagte Effie.

»Aber wir hatten es auch schön zusammen«, sagte Marian und schloß die Augen. »Egal, wo wir waren, wir hatten immer viel Spaß. Ich wußte nie, wen Andy mit hinaufbringen würde in unser Zimmer in Tokio oder Shanghai –« erzählte sie und ließ Effie allein in New York, nahm Andy für immer weit, weit mit sich fort, »einen britischen Earl oder eine Tänzerin aus Wien. Am Anfang war er ständig deprimiert, weil er dachte, daß es dir so allein vielleicht schlechtging, und du hast nie geschrieben –«

»Es gab nichts zu sagen«, warf Effie ein, »und ich kam ganz gut zurecht. Es ging mir bestens.«

»Das hab ich ihm auch gesagt. Ich an deiner Stelle«, sagte Marian, »wäre gestorben. Ich hätte mich umgebracht, wäre aus dem Fenster gesprungen. Es hätte mir schier das Herz gebrochen, aber du, Effie, du warst so gelassen, so vernünftig, so phantastisch, du warst so ein wunderbarer Mensch – das haben wir immer gesagt, Effie, beide. Du hattest ihm gesagt, er solle tun, was er für richtig halte, solle gehen, wenn er nicht anders könne. Das hätte ich niemals sagen können. Und ich konnte es auch letzten Herbst nicht, als diese neue Frau erschien – keine Sekunde konnte ich es ertragen, ach, ich hielt's nicht aus, es hat mich umgebracht, wirklich, ich bin fast gestorben. Ich mußte weglaufen, als ich sah, wie sie sich quer durchs Zimmer zulachten oder herumalberten, wie wir einst im Mouquin – es machte mich rasend. Und ich litt so – es tat mir so weh... Glaubst du, Effie, sie sind noch zusammen? Meinst du nicht, daß er, als ich fortlief, Angst bekam, mich wirklich zu verlieren, und sie weggeschickt hat? Ganz bestimmt hat er das. Ich darf gar nicht dran denken – aber er liebt mich doch – wir hatten es auch schön zusammen – wenn er hört, daß ich hier bin und krank, wird er kommen, und er wird mich auslachen, weil ich so dumm war wegzurennen. Du hast ihm doch telegraphiert?«

»Er wird kommen«, sagte Effie. »Mach dir keine Sorgen, Herzchen.«

»Ja, aber wann? Wo ist er jetzt?« Sie schwieg so lange, daß Effie schließlich zu ihr hinblickte und sah, wie ihre Wangen grau wurden, weshalb sie nach der Schwester klingelte.

»Sie ist wieder bewußtlos«, flüsterte sie.

Die Schwester schüttelte ernst den Kopf.

»Lange kann es nicht mehr dauern. Wenn ihr Mann es nur rechtzeitig schafft!«

... Ferngespräch ...

In dem Drugstore einen Block vom Krankenhaus entfernt stand Effie in der Telephonzelle und starrte auf die Wählscheibe, als könne sich etwas von deren stummer Unbekümmertheit auf sie übertragen. Es konnte doch nicht sein, daß sie nur zu wählen brauchte, um zwanzig Jahre in der Zeit zurückzugehen – eine Stimme würde sich auf dieselbe Weise melden wie einst. Angesichts dessen, wie unglaublich leicht die Verbindung mit einer anderen Epoche herzustellen war, fragte Effie sich, warum sie dieses Wunder nicht schon längst vollbracht hatte. Was für ein tröstliches Spiel wäre es gewesen, so zu tun, als wäre er nur für einen Tag, nur im Moment nicht da und nicht für immer. Nur ein kleiner Trick, wie die Zauberer sagen – Hallo, Bruster Company? Sind Sie es, Tom? Hier spricht Mrs. Callingham. Ist Andy wohl schon da? Bitten Sie ihn doch, wenn er kommt, in der Wohnung anzurufen. Vielen Dank.

Effie merkte, daß sie zitterte, wie bei solchen Wundern angebracht. Sie traute sich nicht recht, es zu versuchen. Dieselbe primitive Angst mußten die Wissenschaftler verspürt haben, bevor sie ihre Roboter in Gang setzten,

Angst vor der unbekannten Welt, die sie damit entfesselten. Hebe die rechte Hand, wähle zwei zwei eins. Ihr Geist bäumte sich auf vor Angst – sie schlug die Nummer nochmals im Telephonbuch nach. Es war ganz leicht. Agentur Bruster Company, Graybar Building. Ob Miss Hupfel wohl noch da sein würde, die tüchtige, nicht zu freundliche, später nicht zu gönnerhafte Miss Hupfel ... »Wir haben die Anweisung, die Lizenzhonorare für März auf ihr Konto beim Guaranty Trust zu überweisen ... Nein, Mrs. Callingham, den Termin für den neuen Roman hat er nicht eingehalten. Mr. Bruster hat gerade einen Brief von ihm bekommen. Sie sind jetzt in Singapur. Ja, Singapur. Es scheint ihnen großartig zu gehen. Nein, das letzte Buch hat sich nicht so gut verkauft ... Mr. Bruster meint, durch seine pazifistischen Artikel hätte er sehr viele Leser verloren, wo doch alle gerade auf den Wogen der Kriegsbegeisterung schwammen ...«

Effies Hand schnellte hoch, drehte mit Schwung die Scheibe, drehte sie ins Jahr 1916 zurück, hörte eine Stimme sich gelassen melden, so gelassen, als ob zwischen den beiden Enden der Leitung keineswegs neunzehn Jahre lägen. Ferngespräch, dachte Effie. Und eine Fernreise wäre es auch, wenn sie in den Zug stiege – durchaus möglich, warum nicht – und hinausführe nach Cold Spring Harbour, dort am Hafen spazierenginge, womöglich die *Violet II* am Steg liegen sähe – so ein Motorboot konnte durchaus zwanzig Jahre halten.

»Hier spricht Mrs. Andrew Callingham« – wie tapfer sie laut in den Hörer sprach, während nur die Wählscheibe sie höhnisch ansah – »und ich wollte fragen, ob sie wohl von Mr. Callingham gehört haben. Kommt er noch in diesem Monat nach Amerika?«

»Mr. Callingham trifft Samstag ein«, sagte die kühle Stimme. Nein, das konnte nicht Miss Hupfel sein, natürlich nicht. Motorboote konnten vielleicht so lang halten, doch Miss Hupfels nicht. »Wir haben ein Telegramm bekommen. Wenn es wichtig ist, können Sie ihn über uns erreichen. Wie war noch gleich der Name? Mrs. –?«

Gott sei Dank.

»Thorne, Miss Thorne.«

»Sagten Sie Thorne? Ich dachte –«

Der Hörer hing in der Gabel. Plötzlich nahm Effie ihn wieder ab und warf noch ein Fünfcentstück ein. Dennis. Sie mußte wieder zurückkommen ins Jetzt, in die kleine Gegenwart, die nicht wichtig war. Sie lauschte, wie das Klingeln sich mechanisch, rhythmisch wiederholte. Es nahm niemand ab. Kein Dennis. Niemand. Es war schwer zu glauben, daß man wirklich niemanden hatte. Doch auch Marian hatte niemanden. Aber nein, sie hatte ja ihren Glauben an Andy, und Andy kam ihretwegen zurück. Marian hatte ihren Andy. Sie, Effie, hatte niemanden. Sie blickte auf das Telephonbuch, blätterte verzweifelt darin herum. Sah sie so komisch aus, daß der Junge am Ausschank sie so anstarrte? Und was machte das schon? Sie hatte die Nummer gefunden.

»Ich würde gern Dr. MacGregor sprechen... Effie Thorne... Ach, Doktor, ich dachte, ich rufe Sie mal an, um zu hören, wie es Ihnen geht. Es war schön, Sie zu sehen. Wie ist es Ihnen ergangen – ach ja, Sie sagten ja, es gehe Ihnen prächtig. Andy kommt am Samstag an. Ich dachte, das würde Sie interessieren. Ja, ich habe gerade ein Telegramm bekommen. Ja, ich freue mich schon, ihn zu sehen – wir waren natürlich ständig in Kontakt. Er mochte Sie immer sehr gern. Ja... Wie bitte? Oh, mir geht es gut. Ja, sehr. Meine Stimme klingt seltsam? Komisch, denn mir geht es bestens. Nein, das ist alles, ich wollte mich nur mal melden. Nein, mir geht es gut. Auf Wiedersehen. Auf Wiedersehen, Dr. MacGregor. Und vielen Dank... Wie? Sie meinen, *wofür*?... Ich weiß auch nicht, es ist mir wohl nur so herausgerutscht. Auf Wiedersehen.«

Ohne jede Vorwarnung flossen ihr die Tränen über das Gesicht, sie lehnte die Stirn gegen das Telephon, öffnete mechanisch einen Spaltbreit die Tür, damit das Licht ausging und sie im Dunkeln war, blieb neben dem herabbaumelnden Hörer stehen, am ganzen Körper zitternd. Der Junge am Ausschank starrte zu ihr herüber. Die ondulierte Blondine am Helena-Rubinstein-Tisch starrte sie an. Die Kundin starrte zu ihr herüber. Sie konnten durch die zwei Glastüren hindurchsehen, mit Licht oder ohne. Sie konnten in die Ferne sehen bis in die Agentur Bruster Company, ins Hotel Rumsey zu Dr. MacGregor. Sie konnten durch alles hindurchsehen, aber Effie konnte nicht aufhören zu weinen. Sie griff nach ihrer Handtasche, ließ den Hörer baumeln – mir geht's gut, mir geht's gut, mir geht's gut – und lief hinaus in den strahlenden Sonnenschein.

... Familienabend ...

Auf das Buch!« sagte Phil Barrow und hob sein Glas, ein Drittel Gin, ein Drittel Wermut, ein Drittel kalter Tee *plus* ein kleiner Schuß Bitter, geschüttelt, und wenn Sie-eine-Gurke-im-Kühlschrank-haben-lege-ich-sie – natürlich geschält – für-etwa-eine-halbe-Stunde-in-den-kalten-Tee – »Auf das Buch!«

»Auf das Buch!« sagte Corinne und hob das ihre mit einem herausfordernden Blick zu Dennis: wage-ja-nicht-wenn-du-das-hier-probierst-das-Gesicht-zu-verziehen–wage-ja-nicht-zu-sagen-was-für-ein-Gebräu, untersteh-dich.

»Danke«, sagte Dennis und schluckte es höflich hinunter. »Es ist riesig nett von euch, so für mich zu feiern. Da haben Sie wirklich einen feinen Drink gemixt, wie haben Sie gesagt, Phil, haben Sie ihn gemacht?«

Corinne belohnte ihn mit einem dankbaren Lächeln, denn es war nicht fair, Phil zu verletzen, sie konnte es merkwürdigerweise nicht ertragen, wenn man Phil in einer seiner kleinen Eitelkeiten kränkte, wohingegen sie es beinah rachsüchtig genoß, wenn irgend jemand einen Pfeil in Richtung Dennis schoß. Aber niemand durfte

Phil mit seinen Rezepten aufziehen oder wegen seiner Anekdoten oder seiner eigenen Befriedigung über seinen praktischen Verstand, niemand durfte ihn zum Narren halten, niemand bis auf seine kleine Frau.

»Ich mache alle meine Cocktails auf der Grundlage von kaltem Tee«, sagte Phil, und die Augen hinter seiner Brille drückten ein klein wenig Verachtung aus hinsichtlich der Feinheit des Geschmackssinns seines Gastes. »Eistee und Apfelbrandy ergeben zum Beispiel einen verdammt guten Highball oder auch eine gute Grundlage für eine Bowle.«

»Dennis bringt nicht einen anständigen Cocktail zusammen«, sagte Corinne stolz und wandte sich Dennis zu – jetzt laß du dir was einfallen.

»Stimmt. Und auch keinen Salat, kein Soufflé und keinen Lebkuchenmann. Es ist eine Schande«, pflichtete ihr Dennis bereitwillig bei. Und schon war der Abend in Gang. Laßt uns gemeinsam Phils Loblied anstimmen. Was-für-ein-Koch – was-für-ein-Schwimmer – welch-ein-Finanzfachmann – was-für-ein-Denker – was-für-ein-Mann, dieser Phil!

»Nehmen Sie doch noch einen«, bot Phil ihm an. »Reich mir sein Glas rüber, Baby!«

»Hier, Baby«, sagte Dennis boshaft und reichte Corinne sein Glas. Sie trat ihn unterm Tisch gegens Schienbein. Über das Amaryllis-Bukett hinweg – ein ziemlich geil aussehender Strauß für einen Familienabend, dachte er – traf ihn Olives vielsagendes, sarkastisches halbes Lächeln. Er fragte sich, was wohl passieren würde, wenn er eines Tages seinem Haß auf Olive Luft machte, seinem Haß auf alle guten Freundinnen. Mußten denn alle Frauen auf der Welt eine andere Frau zur Freundin haben, die immer drohend im Hintergrund stand und Weisheiten kundtat, die die naiven Ohren der Geliebten verdarben, die ihr Ratschläge gab, Bericht erstattete und alles wußte, immer so viel mehr wußte als die Geliebte selbst? Olive, liebe treue Olive! Wären die Frauen zu ihren Freundinnen doch nur so falsch, wie die Männer hofften und immer behaupteten! Aber nein, wohin ein Mann auch ging, mußte er sich durch Geschlechtersolidarität ärgern und frustrieren lassen. Olive zum Beispiel wußte genauestens über Dennis Bescheid, denn Olive und Corinne waren zusammen auf Miss Romans Internat gewesen. Corinne erzählte Olive einfach *alles*, und Olive erzählte alles Corinne, vor allem all die kleinen Bagatellen, die sie hier und da über Dennis hörte, und an welchen Orten sie ihm zufällig begegnet war. In dieser Hinsicht war Olive ganz reizend. Jedesmal, wenn er über den Tisch hinweg in Olives glattes, ziemlich hübsches dunkles Gesicht sah, dachte er daran, wieviel sie über ihn wußte, und es überlief ihn kalt – wieviel mehr sie auch über Corinne wußte als er. Wahrscheinlich wußte sie von unzähligen kleinen Eskapaden, die Corinne nur ihr gebeichtet hatte, kleinen Seitensprüngen, die einen so zuverlässigen und treuen Liebhaber wie Dennis zu einer lächerlich romantischen Figur machten. Olive wußte alles, sie wußte – da half keine Verstellung – genau, wie Dennis im Bett war, wie er erst dies und dann das tat, wie er in Unterhosen aussah, sie kannte all seine Schwächen. Mit unendlich viel mehr Distanz als Corinne konnte sie das Gehörte nüchtern abwägen, eines prüfend neben das andere stellen und alles an ihrem düsteren Weltbild messen. Durch die Augen der Freundin der Freundin gesehen, konnte Dennis nur einer einfältigen Julia als Romeo erscheinen, nicht jedoch der schlauen Miss Olive Baker. Ihre klaren dunklen Augen warfen ihm sein Spiegelbild zurück, winzig und ausgesprochen auf den Kopf gestellt, und ihr stummes Lächeln sagte ihm, wie anständig es von ihr war, Phil nichts zu verraten, Corinne in ihren kleinen Krisen beizustehen und nie – höchstens durch ein leichtes

Grinsen – irgendeinem Menschen zu entdecken, was für ein treuloser Casanova Dennis in Wirklichkeit war. O du ehrliche, anständige Freundin meiner Freundin, grüßte er sie im Geiste über den Tisch hinweg, wie denkst du denn über den jüngsten Streit des Liebespaars, von dem du gerade oben gehört hast, und war diese kleine Episode mit meiner neuen himmelblauen Unterhose nicht sehr amüsant, und warum habe ich Corinne wohl deiner Ansicht nach mitten in der Imbißbar gebissen und geküßt – war das nicht süß und sehr spontan von mir?... Aber eines, Kumpel, ist gewiß: Du würdest es niemals wagen, mich wirklich scharf zu verurteilen, denn ich kenne schließlich diese tollen Leute, mit denen du so furchtbar gern bekannt wärst, denn du lernst sonst ja immer nur die Leute kennen, die die Barrows an dich weiterreichen, und die sind dir nicht heiß genug. Habe ich dir nicht schon vor langer Zeit versprochen, wir würden uns dann einmal Okie-Dokie schnappen, den großen Zeitungsmann, und eine kleine Party feiern, nur wir vier? Seit diesem Versprechen hatte Olive mit einer merkwürdigen Treue zu diesem zukünftigen Freund jede Ausgabe von Okies Magazin von hinten bis vorne durchgelesen. Sie hatte aus einer Boulevardzeitung sein Bild ausgeschnitten, in der er – neben vier anderen Männern – vom »Neugierigen Reporter« befragt worden war, und sie sprach von Okie stets mit einem sicheren, besitzergreifenden Lächeln. Dennis hatte keine Ahnung, warum er dieses Treffen niemals arrangiert oder eine elegante kleine Party angezettelt hatte, doch immer diese Aussicht anbieten zu können, stets den brillanten, unbekannten Okie in der Hinterhand zu haben, gab ihm eine gewisse Macht über sie, sehr viel mehr, als wenn er je mit dem echten, viel zu gewöhnlichen Okie herausgerückt wäre. Aber Olive, beteuerte Corinne immer wieder, schätze Dennis wirklich, sie bewundere sehr seinen Mut, daß er nach dem Verriß seines letzten Buchs im *Time Magazine* der Schriftstellerei weiterhin treu blieb, denn die meisten Leute, meinte Olive, hätten danach aufgegeben, und in einem bestimmten Licht gesehen, habe er ein recht hübsches Profil. Das alles wußte Dennis, weil Corinne es ihm oft gesagt hatte, so wie sie Olive erzählt hatte, wie gut sie Dennis gefiel und daß er nicht verstehen konnte, warum so eine charaktervolle junge Frau an so vielen Abenden frei war.

In dem Taxi, mit dem sie von den kleinen Abendessen bei den Barrows heimfuhren, waren Dennis und Olive allein, saßen schweigend nebeneinander, beide von Haß erfüllt, er bemüht, an sein hübsches Profil zu denken, sie, sich an ihrem Charakter hochzuziehen. Das waren schlimme Stunden, diese Fahrten durch die Nacht in von Liebesduft erfüllten Taxis. Einmal hatte Dennis die grausame Versuchung verspürt, nach ihren jungfräulichen Schenkeln zu greifen, nur um ihr triumphierendes Lächeln zu sehen – aha, Corinne, hab ich's nicht gleich gesagt, daß er so einer ist –, nur um zu sehen, was sie Corinne berichten würde. Doch die Angst, sie könnte ihn dann jeden Morgen anrufen statt Corinne das Ganze treu zu hinterbringen, ließ ihn von diesem psychologischen Experiment in Sachen weibliche Freundschaft abstehen.

»Und, Orphen, glaubt denn MacTweed, daß man so ein Buch verkaufen kann? Was sagt er überhaupt dazu?« erkundigte sich Phil, sich mit MacTweed verbrüdernd, zwei große Geschäftsmänner, die zusammenhielten gegen die Künstlerfreunde ihrer Frauen. Das Verständnis, das Phil für Dennis' Arbeit aufbringen konnte, erschöpfte sich in einem Interesse an MacTweeds Bilanz. Wachsam versuchte Dennis diesen Stolperstein, der ihm aus seinen Unterhaltungen mit Phil vertraut war, zu umgehen. Wenn er MacTweed kritisierte, würde Phil dem Autor Orphen prompt geduldig auseinandersetzen, welche Absichten MacTweed, sein Kollege im Finanzgeschäft, verfolgte. Mit einem gönnerhaften Lächeln zu dem nichtsnutzigen Autor Orphen würde er Olive und Corinne MacTweeds weitsichtige Weisheit darlegen, als wäre dieser, dachte Dennis aufgebracht, ein guter Freund von ihm, ein Schulkamerad, ein alter Kumpel, und nicht etwa ein Fremder, den er nur von Dennis' Beschreibung her kannte. Natürlich empfand Phil für jeden Unbekannten Sympathie, der so freundlich war, Dennis zu ärgern, das war klar, doch diese gravitätische Verbeugung, immer wenn jemand vom großen Geschäft sprach, hätte er sich schenken können.

»Corinne hat einen Teil des Buchs gelesen, Phil«, meinte Olive, die Diplomatin. »Sie sagt, es sei ganz interessant und es könnte unter Umständen Erfolg haben.«

»Stimmt das, Baby? Du hast es gelesen?« Eifrig unterwarf sich Phil Babys Verstand, als ob es gelesen zu haben weit mehr Geist bewies, als es geschrieben zu haben. »Interessant, hm? Wissen Sie, Orphen, Corinne liest alles, was die Kritiker empfehlen. Sie hebt sich die kleinen Listen mit den Lieblingsbüchern verschiedener Autoren aus der *Tribune* auf und geht sie alle durch.«

Ach ja? Ach *ja*?

»Und ich vertraue ihrem Urteil. Wenn sie sagt, etwas sei interessant, verlaß ich mich darauf, nicht wahr, Baby? Und außerdem sagt sie immer: Ach, sagt sie, ich wünschte, Dennis könnte etwas schreiben, was so viel Geld einbringt wie *Rote Rosen*.«

Ach ja? Ach *ja*?

»Hm«, sagte Dennis, sehr rot, sehr erbost, und starrte über die Amaryllis hinweg zu Mr. Barrows fremder Corinne, starrte sie an, als sähe sie nicht ungewöhnlich reizend aus in ihrem schlichten gelben Cocktailkleid mit Rüschen, die ihr sittsam über die hübschen Arme fielen, und dem Freundschaftsarmband – ausgerechnet –, das an ihrem Handgelenk mit silbernen Herzen klimperte.

»Ich finde es wirklich gut«, sagte sie, ohne seinen haßerfüllten prüfenden Blick zu bemerken. »Ich glaube, Baby, es vermittelt ein sehr lebendiges Bild. Es würde Ann Harding gefallen.«

»Ann Harding! Was du nicht sagst! Na, Orphen, herzlichen Glückwunsch, toll!«

Vergeblich bemühte sich Dennis, Corinnes Aufmerksamkeit zu erzwingen und sie seine Verachtung spüren zu lassen. *Baby!* Also nannte nicht nur ihr Gatte sie *Baby*, sondern sie ihn auch! Man sollte meinen, die Leute könnten auch auf etwas Neueres kommen, einen fulminanteren Ausdruck für ihre Gefühle. Warum nannten sie einander nicht zum Beispiel Butch? Gott, was machte er hier bloß bei diesen Babys! Und Olive, die blöde ihren Teller angrinste, die ganze unangenehme Situation genoß, da hatte man doch morgen etwas zu bereden, oder nein, Teufel, noch heut abend. Nach dem Kaffee würden die Frauen schnurstracks hinaufgehen ins Bad und stundenlang dort bleiben und tuscheln, während er, der Außenseiter, Fremde, mit Phil und einem Cognac, voll Abscheu gegen beide, im Wohnzimmer sitzen mußte und zu hören bekam, wie schlau Baby war, wie klug, wie intelligent!

»Und hätte ich nicht dazwischengefunkt und sie zur Heirat gedrängt, hätte sie sicher Karriere gemacht!« sagte Phil, denn auf einmal saßen sie beide allein im Wohnzimmer, die Brandy-Flasche auf dem kleinen Glastisch zwischen sich, während die Frauen im ersten Stock in dunklen Winkeln hitzig tuschelten. »Sie hat Texte für die Schulzeitung geschrieben und in Dramen mitgespielt. Ich bin schuld: Ich wollte sie ganz für mich haben.«

»Ich würde mir da nicht zu viele Vorwürfe machen«, sagte Dennis. Also gut, bauen wir ihn weiter auf. Das war der gerechte Zoll, den Junggesellen bezahlten; wo immer sie sich ihre Kirschen stahlen, hatten sie den rechtmäßigen Eigentümer psychisch aufzubauen. Im Geiste die letzten zehn Jahre durchgehend, konnte Dennis sich an keinen Ehemann erinnern, den er nicht durch seine schmeichlerischen Reden ein für allemal verdorben hatte: Viele strotzten danach so vor Stolz, daß sie sich fortan für zu gut hielten für jene Frauen, die Dennis gerade ausprobierte. »Bei Gott, Sie verstehen was von Brandy.«

»Marie Brizzard«, sagte Phil. »Noch einen? Fünfundsechzig Jahre alt. Ja, Brandy gehört zu den Dingen, bei denen man nicht sparen darf. Entweder er taugt was oder nicht.«

»Brandy und Krawatten«, sagte Dennis mit einem verzweifelten Blick zur Tür. Wo steckten die zwei Dämchen nur? »Ich kaufe nie eine Krawatte unter vier fünfzig.«

Er strich sanft über seine Krawatte von Woolworth, als handle es sich dabei um eine äußerst empfindliche Rarität.

»Das ist wahr«, sagte Phil und sah hinüber zur Treppe. »He, *Baby*, wir warten! Hat Corinne Ihnen schon von meiner Aufnahme in den University Club erzählt? Es ist mir ja etwas peinlich, denn der Chef der Firma ist nicht drin, deshalb bin ich natürlich ein wenig besorgt, wie er's aufnimmt. Hat Corinne Ihnen schon erzählt, daß wir dieses Jahr noch auf Weltreise gehen? Die Arme, das hat sie sich schon so lange gewünscht. Der größte Wunsch ihres Lebens.«

Corinne wünschte sich eine Weltreise?

»Eine Weltreise und einen Nerzmantel. Tja, ich habe ihr gesagt: das eine oder das andere, den Nerz dann vielleicht nächstes Jahr.«

Corinne wünschte sich einen Nerzmantel?

»Olive wird vielleicht mitfahren – das wäre für Corinne natürlich netter, mit einer zweiten Frau dabei. Noch einen Brandy? Nein, aber ich nehm mir noch einen. Corinne hat mir zum Geburtstag einen achtzigjährigen geschenkt. So etwas Samtiges haben Sie noch nicht getrunken. Übrigens, Orphen, zahlt MacTweed Ihnen eigentlich eine Gewinnbeteiligung oder ein Fixum? So ein Buch bringt nicht viel ein, nicht wahr?«

»Er zahlt gut«, sagte Dennis geheimnisvoll. »Viel zuviel.«

Phil war beeindruckt, blieb jedoch skeptisch.

»Ich habe selbst schon an eine Kreuzfahrt gedacht«, sagte Dennis verträumt. »Nicht so eine Massentour. Eher privat. Auf einer Jacht. Freunde von mir. Die Glaenzers. Anthony Glaenzer – sie war die Tochter von Cody, dem Stuyvesant-Cody – die anderen Kinder sind alle in der Heilanstalt, darum gehört alles ihr. Ja, wir haben sehr viel Spaß zusammen, die Glaenzers und ihre Freunde und ich, da wird immer viel gelacht und Unsinn gemacht.«

Hinter Corinnes Rücken konnten die Jungs nach Herzenslust raufen. Der liebe kleine Phil konnte angeben, und Dennis konnte lügen. Ich und die Glaenzers – wie komme ich nur auf die Idee?...

»Was erzählen sich Frauen bloß, das so wichtig ist?« beschwerte Phil sich mit Blick zur Tür. »Olive ist schon den ganzen Tag hier, und gestern waren sie den ganzen Abend zusammen aus, und trotzdem haben sie sich noch etwas zu erzählen. Wie im Internat.«

Dennis runzelte die Brauen. Sie erzählte also ihrem Mann, sie sei gestern mit Olive aus gewesen? Tja, Dennis hatte sie erzählt, sie sei mit ihrem Mann in die Radio City Music Hall gegangen. Das konnte nur eines heißen: Ein neuer Liebhaber stand vor der Tür. Wie dumm Phil war, daß er nichts ahnte. Und wie groß war die Verlockung, Phils Selbstzufriedenheit mit der einen oder anderen Andeutung, einem augenblicks gesäten Zweifel an Olive zu erschüttern. Damit Phil dann achtgab, diese kleinen Abende mit Olive sorgsam überwachte, seine Frau vor irgendwelchen Schurken schützte, auf daß sie Dennis treu erhalten blieb!

»Fanden Sie nicht, Orphen, daß Corinne heute ein bißchen durcheinander ist? Sie ist ja so ein feinfühliges kleines Ding. Selbst ein Film kann sie völlig durcheinanderbringen. Neulich hat sie einen mit Jean Harlow gesehen – *Reckless*, glaube ich – und sich die Augen ausgeweint. Furchtbar sensibel.«

Klar, sie weint sich die Augen aus wegen Jean Harlow, dachte Dennis, voller Abscheu gegen die Gattin dieses Manns, die sensible kleine Mrs. Barrow, die jetzt oben über den Kerl von gestern abend kicherte – ob es wohl Walter gewesen war, der Teekessel-Mann?... Klar, bei *Reckless* mußte sie weinen – Gefühlsmensch, der sie war. Theaterstücke oder Bücher über Hunger, Armut und Revolution nahm sie mit einem trockenen »Pech für sie« hin, als wäre für die Unterdrückten weiteres Unglück ganz normal und rühre sie nicht im geringsten. Doch wenn sie Herzen wirklich brechen sah, wie nur Herzen unter Hermelin es können, dann vergoß sie literweise Tränen, unsere Mrs. Baby Barrow, und ihr ganzes hauchzartes Nervenkostüm schwamm in läuterndem Mitgefühl mit dem brillantengeschmückten Leid der Harlow, Harlow, die standhaft ihren Zobel trug, vor den Dienstboten Haltung bewahrte, lächelnd der erbarmungslosen Hautevolee entgegentrat, indessen ihr auf dem Rücksitz eines Rolls Royce das tapfere kleine Herz brach. So etwas brachte Phils Baby ganz durcheinander, na schön, es umspannte die ganze Skala ihrer Gefühle, die sie Olive dann alle wispernd gestand.

Wie halte ich diese Leute bloß aus, fragte Dennis sich, wie kann ich diesem Mann nur die Ehre erweisen, mit seiner klugen, belesenen kleinen Frau zu schlafen? Wie ertrage ich diese Leute nur, und man kann sagen, was man will, eine Spur von dieser plumpen Ehrbarkeit muß auch sie haben, um sich in Gesellschaft dieses Mannes wohl zu fühlen, irgend etwas von der Art muß in ihr stecken... Ich darf nichts mehr von diesem Cognac trinken, dachte er, jedesmal, wenn ich mein Glas hinhalte, zieht es Phil die Mundwinkel ein Stück weiter herab, doch als der perfekte Gastgeber muß er mich immer wieder fragen, und wenn er dran erstickt. Außerdem könnte ich sonst noch überschnappen und ihm sagen, er solle dafür sorgen, daß sich Corinne bei ihrer momentanen Erkältung unten drunter wärmer anzieht, und er solle Ausschau halten nach dem kleinen Schuft, wenn sie sagt, sie geht mit Olive aus...

Hallo, da sind wir wieder, frisch und munter, wisperten die zurückgekehrten Frauen, Olive mit gesenkten Lidern, platzend vor Geheimnissen, die Dennis niemals würde lüften können.

»Habt ihr wieder getratscht, ihr zwei!« beschuldigte Phil sie nicht sehr heiter. »Wir sitzen hier schon Stunden.«

»Aber Baby!« murmelte Corinne.

»Wir haben nicht getratscht«, sagte Olive und schlug ein für eine Freundin sehr ansehnliches Bein elegant über das hübsche Knie. »Phil meint, Frauen hätten einander nichts zu sagen außer Klatsch. Wir haben auch so etwas wie Gedanken.«

Gedanken! Dennis sah mit äußerster Geringschätzung in Mrs. Barrows elfenbeinfarbenes Püppchengesicht. Gedanken! Pah, diesem Wesen sträubte sich doch jedes Haar, wenn es plötzlich auf so etwas Kaltes, Widerwärtiges wie einen Gedanken stieß. Ein Frosch in meinem Bett, würde sie schreien, eine kalter Frosch! Eine Statistik steckt ihre glitschige Nase in mein Gesicht! Geh weg! Du schmutziger, böser Gedanke!

»Wir haben über Captain Anthony Eden gesprochen, wenn es dich interessiert«, sagte Olive stolz. »Wir bewundern ihn nämlich beide sehr.«

»England hat ihm viel zu verdanken«, sagte Mr. Baby.

»Wir alle haben das«, sagte Dennis verdrießlich, »und Finnland auch. Captain Eden steht auf der ganzen Welt für Recht und Tugend, denn er steht für England.«

»Stimmt«, sagte Phil. »England ist England, und wenn irgendein Land hohe Ideale hat, dann ist es England.«

»Was für ein nettes Paar, England und Eden«, meinte Dennis nachdenklich. »Ich frage mich, ob sie einander Baby nennen.«

Ah, da brach der Groll also durch! Corinne blitzte ihn verletzt und befremdet an – also doch, du machst dich lustig über Phil! Olive lachte – juchu-juchu, eine Szene, es kommt zum Kampf. Phil fuhr beleidigt zurück, brachte ein säuerliches Lächeln zustande und zündete sich mit seinem hübschen Geburtstagsgeschenk umständlich eine Zigarette an.

»Sehr gut«, sagte er. »Sehr gelungen.«

Es ist seltsam, dachte Dennis, mein Inneres scheint so altmodisch zu sein wie ein Dampfschiff, wie modern das Äußere auch sein mag. Kann es sein, daß dieses alte Innenleben vor etwas so Schlichtem und Alltäglichem wie einer Dreiecksbeziehung zurückschreckt, kann es sein, daß ein zeitgemäßer Familienabend es erschaudern läßt? Na, hör mal, du komisches altes Innenleben, das von föderalen statt von lokalen Gesetzen regiert wird, so daß alle lokalen Aktionen durch diesen unsichtbaren FBI-Agenten aufgehoben werden.

»Ich würde sagen, *mein* Baby sieht verdammt hübsch aus in dem neuen Kleid, das ihr dieses Baby hier heute gekauft hat, ha ha ha ha!« sagte Phil.

»Ha ha ha ha!« antworteten Corinne und Olive dankbar. Tja, Orphen, ab in die Ecke!

Phil griff quer über Corinnes Schoß, legte ihr behaglich eine Hand aufs Knie. Dennis sah an die Decke, aus dem Fenster, die Treppe hinauf. Er starrte so finster die

Wände an, daß man hätte meinen können, die Hypothekenbriefe müßten vor Scham herausfallen.

Abscheuliche Babys! Gräßliche Olive! Grauenvolles Haus! Nackte, sengende Wut schäumte in ihm auf, ein kleines Abendessen zur Feier seines Buchs, ein kleiner Familienabend, zieh keinen Smoking an, bloß deine Rüstung, nur ein kleiner Familienabend. Die Wut verschwand, und er wurde traurig – und es war schlimmer, traurig zu sein, sich zu fragen, warum man die Liebe heute nur noch in Stücken bekam wie ein Puzzle, zu dem niemand alle Teile besaß, es gab nichts Ganzes mehr, und das war nicht Englands Schuld, noch konnte Captain Eden da helfen... Diese Traurigkeit, dieser Schmerz, diese Eifersucht, was immer es war, mußte das sein, was Effie Thorne andauernd mit sich herumtrug, so fühlte es sich also an, das empfand sie, wenn sie Marian sah, diese quälende, unerträgliche Verstörung. Effie, Effie, dachte er, jetzt verstehe ich, das ist es also, was dich nie verläßt, und keiner kann dir helfen, keiner. Nur du und ich wissen Bescheid, wir kennen das Gefühl.

... die Brautausstattung ...

Bitte kauf mir eine rosa Bettjacke«, hatte Marian sie angefleht. »Könntest du nicht jemanden finden, der mir Locken legt – aber wie soll ich nur den Kopf heben, wenn er so müde ist, so schwer? Kann man nicht irgend etwas mit dem Zimmer anstellen, Effie – nein, vergiß es, es ist kein Geld da, nicht wahr, und Andy holt mich hier sowieso heraus, sobald er da ist. Ach, ich hoffe ja, daß die Schmerzen dann aufhören. Wenn es so weh tut, gibt es wirklich nur noch den Schmerz, diesen Schmerz ... Eine rosa Bettjacke, Effie, nicht aus Wolle, sondern eine von denen mit Spitze.«

Doch die Schachteln, die jetzt in der Wohnung in Chelsea verstreut lagen, enthielten keine Bettjacken, soviel war selbst dem Hausmeister, Mr. Hickey, klar, als er sie eine nach der anderen vor der Tür aufstapelte. Effie konnte es sich selbst nicht erklären. Die Vernunft war vor diesem plötzlichen Drang davongestoben, Jahre der Zurückhaltung und Sparsamkeit waren in ein paar Stunden blindwütigen Einkaufens ausgelöscht worden. Ihr Stolz kam gar nicht zu Wort, oder die Angst vor Dennis schneidender Analyse. Effie schüttete die Einkäufe in ihrem Zimmer aus, legte die Kleider ausgebreitet auf die Couch, stapelte die feinen Wäschestücke – Preisschilder flatterten noch dezent an den Trägern – auf der Sitzbank am Fenster auf. Wie im Traum war sie durch die Geschäfte in der Fifth Avenue gezogen, hatte dies bestellt und das, ohne jemals nach dem Preis zu fragen, obwohl doch die seit langem ruhenden Kundenkonten, die Belle Glaenzer einst diskret für sie eingerichtet hatte, solcher Beanspruchung sicher nicht sehr lange ohne Überprüfung standhielten. Diese neue Garderobe trug sie schon seit längerem wie einen Schatz mit sich herum, sie war im Halbschlaf in den langen einsamen Nächten entstanden. Sie hatte nichts mit Effies momentanen Bedürfnissen oder Vorlieben zu tun, es war eindeutig eine Garderobe für die Effie von einst, ein Neuentwurf der Kostüme für die glanzvollen Szenen ihrer Flitterwochen. Sollten andere Frauen um die Vierzig sich aufs Alter vorbereiten, hier war eine, die für ihre Jugend Sorge trug. Jeder Appell an die Vernunft war zwecklos, als sie bei Saks den Hut mit den blauen Blumen sah, vergeblich der diskrete Hinweis der Verkäuferin, er sei doch ein wenig zu jugendlich, denn dies war genau der Hut, den Effie bei Caroline Meigs' Gartenparty hätte tragen sollen, damit Andy nur Augen gehabt hätte für sie. Sich an das schlichte dunkelblaue Taftkleid erinnernd, das sie getragen hatte, als sie mit Andy in der Hochzeitsnacht nach Connecticut entfloh, korrigierte sie sich jetzt durch den Kauf eines rosarot bedruckten, und dort auf der schwarzen Couch standen auch die zierlichen Pantöffelchen mit den raffinierten Riemchen, die Andy ihr so gerne hätte kaufen wollen, die sie jedoch nicht haben wollte. Da lagen all die lächerlich zarten Dessous, die Andy immer für sie wählte, und die Seidenstrümpfe, dieser ganze kostbare weibliche Putz, für dessen Bewunderung sie ihn damals ausgelacht hatte. Als sie in einem Laden in der Madison Avenue zwei irrsinnig teure Unterhemden bestellte, ließ der fragende, mißtrauische Blick der Verkäuferin Effie innehalten. Die können Sie doch nicht bezahlen, sagten ihre Augen, und für wen soll dieser Brautstaat sein, doch wohl nicht für Sie, diese alte, arme Frau, der man die Beschränktheit ihrer Mittel an dem Konfektionsmantel, dem Fertighut, den Billighandschuhen, der alten Silberkette aus dem Leihhaus, der Tasche aus dem Kaufhaus ansieht. Effie warf zur Antwort hochmütig den Kopf zurück, stieß als den Namen der Kontoinhaberin »Mrs. Anthony Glaenzer« hervor und dachte: Es stimmt ja, sie hat ja recht, ich kann die Sachen gar nicht bezahlen, ich werde das Belle bald erklären müssen, und wann und wo soll ich sie tragen und für wen? Neugierig erforschte sie ihr Inneres wie ein lebloses, von ihr abgetrenntes Ding, studierte es, um zu erkennen, was für seltsame geheime Hoffnungen dort vielleicht lauerten, doch als sie bloß den Schatten einer Antwort sah, wich sie erschrocken vor dem Wort, dem bei seinem Namen genannten Wunsch zurück. Sie bat den Hausmeister, ihr beim Aufhängen der neuen Gardinen zu helfen, und als er auf der Ahornholzkommode stand, eine Sonntagszeitung unter den schweren Schuhen, gab er seiner persönlichen Verwunderung Ausdruck.

»Die passen doch gar nicht zu Ihnen, Mrs. – tschuldigung, Miss Thorne. Viel zu grell für sie, irgendwas ist da falsch.«

Effie zupfte die Falten neben dem Fenster zurecht, glänzender, elfenbeinfarbener Chintz mit leuchtenden, scharlachroten Blumen. Sie sah sich selbst und Andy hinter ihr durch Lord and Taylor's gehen, hörte, wie er mehrmals rief: »Hier, Effie, schau! Ist der nicht toll? Wie viele Meter brauchen wir, fünfzig?« Sie sah von dem Tisch mit dem blauen Baumwollstoff auf zu ihrem Mann, der hoffnungsvoll vor den farbenfroheren Stoffen zwei

Reihen hinter ihr stand, sie über Ballen bunter, roter und gelber Cretonne hinweg anstrahlend, die so wenig in ihre kleine Wohnung paßte, daß Effie in heftiges Lachen ausbrach.

»Aber Liebling! Bitte nicht so etwas! Und acht Meter reichen, egal, wovon.«

Andy stand neben ihr, die Hände trübsinnig in die Taschen gesteckt, und beklagte sich, während die Verkäuferin den schlichten blauen Stoff verpackte.

»Wozu kauft man Vorhänge, wenn sie nicht lustig sind? Wer will denn in so einem finsteren, dunkelblauen Haus wohnen? Der Teufel soll mich holen, wenn ich noch einmal mit dir einkaufen geh. Ich wette fünf Dollar, daß du jetzt raufgehst und dir ein dunkelblaues Kleid kaufst.«

Effie lud ihm die Pakete auf die widerstrebenden Arme.

»Ja, Andy, das werde ich, aber wir können keine bunten Farben nehmen, weil wir sie bald leid wären, und wenn man so arm ist wie wir, muß man etwas Solides wählen. Und Dunkelblau ist solide! Verstehst du?«

»Ich hasse solide Sachen«, rief Andy wütend. »Ich habe sie immer gehaßt, seit ich als Kind zu Weihnachten statt Rollschuhen drei Paar wollene Unterhosen bekam. Rollschuhe wären mir lieber gewesen.«

»Auch im Winter?« fragte Effie lächelnd, weil er immer das Kind, immer der kleine Junge war.

»Gerade im Winter«, gab er beherzt zurück. »Außerdem, Effie, hasse ich geschmackvolle Einrichtungen. Meine Tante hatte ein geschmackvolles Haus, und ich hab mich nie getraut, die anderen zum Spielen mitzubringen. Ich mag Rot.«

Weshalb Effie jetzt zu Mr. Hickey sagte – die Kommode haltend, während er herunterstieg, den Stiefel erst auf den weißen Fenstersitz und dann sicher wieder auf den hellen Eichenboden setzend –: »Ich weiß schon, Mr. Hickey, das ist eigentlich nicht mein Stil, aber der Geschmack kann sich wandeln.«

»Da haben Sie recht«, räumte Mr. Hickey höflich ein, während er die Kommode vor das nächste Fenster schob und erneut mit der schützenden *Tribune* bedeckte. »Früher mochte ich keinen Reis, egal in welcher Form. Jetzt könnt ich ihn von morgens bis abends essen, zu jeder Tageszeit.«

Er war ein stämmiger, breitschulteriger kleiner Mann, und mit entblößtem Haupt hatte er erschreckend viel Ähnlichkeit mit einem Gorilla, denn sein dicker, runder Kopf war glattrasiert bis auf einen blauen Schimmer, und seine breite, platte Nase saß weich, feucht und rosa über der stoppeligen graublauen Haut. Seine Augen waren gerötet und sahen mißtrauisch drein, sein ausladendes Kinn stand angriffslustig vor, doch dieser Ausdruck schmolz bei dem leisesten freundlichen Wort, dem leisesten Zeichen der Freundschaft, dem leisesten Hinweis auf seinen behinderten Sohn dahin. Sein Blick bekam dann etwas Hündisches und Unterwürfiges, sein kämpferisches Kinn etwas Schmales, Wehrloses. Dieses Kinn war eigentlich auch gar nicht seines. Unsere großzügige Regierung hatte es erst ein Jahr zuvor für ihn anfertigen lassen, nachdem ihm das Senfgas, das vom Krieg her noch in seinem Körper war, sein altes Kinn zerfressen hatte. Stolz erzählte er von diesem seinem Glück, während er die kleinen goldenen Nägel in den Fensterrahmen schlug, mit dem stakkatoartigen Gehämmere als überraschend aggressiver Begleitung zu der flachen, schüchternen East-Village-Stimme, derweil Effie unten auf dem Fenstersitz, umflutet von dem leuchtend bunten Stoff, hastig Säume heftete.

»Nein, Sir, ich hab nichts gegen die Regierung«, sagte Mr. Hickey, klopf, klopf, klopf auf die Vorhangnägel. »Die waren wirklich anständig zu mir, haben mir doch dieses neue Kinn gegeben, völlig ohne Narben, schauen Sie nur, und mich unentgeltlich jedes Jahr ins Krankenhaus geschickt, jetzt seit achtzehn Jahren. Nämlich damals, 1918, hat das Senfgas irgendwas mit meiner Lunge gemacht, darum muß man jetzt jedes Jahr was tun, und manchmal wird mein Bauch da, wo die Kugel durch ist, wieder schlimm, und dann werd ich jedesmal versorgt, kostet mich rein gar nichts, monatelang – Sie wissen ja, Madam, wie oft ich zurück muß ins Krankenhaus. Hab aber trotzdem Glück gehabt, damals. War nämlich Kanonier bei der Marine, wir lagen vor Saint-Quentin, und irgendwie hat der Befehl wohl nicht gestimmt, wir haben die Kanonen zweimal mit Pulver geladen, ganz ohne Kugel, und achtzehn von uns hat es zerfetzt. Nur ich hatte Glück, aber trotzdem war ich natürlich völlig plemplem, zwei Jahre konnt ich kein Wort mehr reden, aber das Krankenhaus von der Regierung hat sich mit mir abgeplagt, und ich selber hab mich tüchtig konzentriert, und nach ein paar Jahren war alles wieder in Ordnung, bis auf das Senfgas, das immer weiterfrißt, und natürlich auch, daß meine Frau, wenn ich dann weg bin, mit unserem kranken Tom allein zurechtkommen muß, aber andererseits, mit der Versehrtenhilfe und mit all den Leuten, die hier und da ein wenig helfen, wie Sie und die aus dem Erdgeschoß oder die Kirche, kann ich mich wirklich nicht beklagen, wir haben wirklich Glück gehabt, wo wir Tom gerettet haben, als das mit der Lähmung losging, und dann haben die ja gut für mich gesorgt, ziemlich gut, würd ich doch sagen, und dadurch hab ich dann dieses neue Kinn bekommen. Meine Frau sagt, es ist besser als das alte, mehr Charakter, sagt sie, *sie* findet, es paßt viel besser zu meinem Gesicht.«

Der Hammer verstummte, der Stiefel senkte sich behutsam auf das Zeitungspapier, dann der andere Stiefel auf den Boden. Mr. Hickey trat einen Schritt zurück, um sein Werk zu betrachten. Er starrte die knalligen Vorhänge an und dann die schlanke, ein wenig welke Frau daneben, und erneut nahm sein Gesicht einen verstörten Ausdruck an. Die Vorhänge bauschten sich leicht im Wind, so daß die Weihnachtssterne zu voller Pracht anschwollen, bevor sie sich in die glänzenden weißen Falten zurückzogen; sie waren lebendig – blutrote Blumen, die aus einem schimmernden Leichentuch hervorsprangen –, und zwischen den wogenden Stoffbahnen der leblose Körper der Frau, der seltsam mit den grauen Schatten hinter den Scheiben verschmolz, in den rauchigen Wolken am Himmel verschwand, in der Ferne hinter dem Fluß und der Küste von Jersey; und das Zimmer gehörte den Vorhängen, sie bauschten und blähten sich in der sanften Brise vom Fluß, blutende Blüten bewegten sich beinah unmerklich, wurden über Effie Thorne geweht und bedeckten sie. Hui, riefen sie, herein- und wieder hinauswehend, huiii, und Effies wiedererscheinendes Gesicht, mit den aufgerissenen leuchtend blauen Augen, wirkte merkwürdig blaß und verängstigt, so daß Hickey auf einmal rief: »Sie passen nicht zu Ihnen, Missus, ich sage Ihnen, das ist nicht das richtige für Sie. Die alten, die blauen, waren besser.«

Effies Hand flog erstaunt nach oben.

»Wirklich?« fragte sie, ihn anstarrend, als hätte er nie dort gestanden; dann fing sie sich wieder und lächelte matt. »Aber Blau hatte ich jetzt schon so lang, Mr. Hickey, in jeder Wohnung, in der ich gelebt habe.«

Mr. Hickey wischte sich über die Stirn, nahm ihren Widerspruch als Entschuldigung dafür, wieder seine streitlustige Miene aufzusetzen. Neugierig betrachtete er die bunten Kleider auf der Doppelbettcouch, staunte offen den Parfümzerstäuber aus Kristall und Silber an, der, noch umgeben von all dem Papier, auf dem Tisch prangte.

»Fahren Sie weg, Mrs. Callingham?« Denn das Zimmer schien förmlich herauszuschreien: *Es ist etwas passiert, es ist etwas passiert*, und er war nun einmal ein sehr neugieriger Mensch. »Oder zieht jemand zu Ihnen? Bei jemand anderem würde ich wohl glauben, daß er heiratet.«

So offen ausgesprochen, trieb die Frage ihr die Röte ins Gesicht, und ein plötzlicher Schwindel ergriff sie. Niemand hatte das Recht, so direkt zu fragen, hatte sie selbst doch diese Fragen nie der Welt gestellt, also sollte die Welt sie auch nicht ihr stellen. Hickey mit seinem Affengesicht, mit den muskulösen, lang von den breiten Schultern herabhängenden Armen, Hickey, der Hausmeister, der im Winter des Nachts im Souterrain mit seiner Senfgaslunge kläglich hustete, im Sommer des Morgens seinen verkrüppelten Jungen stolz aufs Dach trug, dieser elende, stolze kleine Mann wurde plötzlich vor ihren Augen zum Feind, lief zur gegnerischen Seite über, zu Dennis Orphen, den Glaenzers, der Welt.

»Vielen Dank für Ihre Hilfe, Mr. Hickey«, sagte sie kühl, und mit den Augen seinen unverschämten Blicken folgend, wünschte sie, sie könnte Bahnen, Ozeane, ganze Felder von anständigem Dunkelblau über die ausgelassenen Rüschen und Seidensachen breiten, die ihr Bett bedeckten, über die grinsenden Vorhänge, über ihr eigenes Herz, dunkles, grenzenloses und erstickendes Blau, um ihre Scham, jetzt wo der Feind ihre törichten geheimen Wünsche kannte, zu verbergen.

Könnte man die Freundschaft doch gesetzlich regeln, Vertrauen per Gesetz erzwingen, dem schmollenden Freund einen Vertrag vorhalten und ihm sagen: »Hier, schau, du kannst mich nicht einfach so stehenlassen, das ist gegen das Gesetz. Du kannst nicht einfach plötzlich kalt und abweisend werden, wirklich nicht.« Doch es gibt keine Verpflichtung unter Freunden, keine Entschädigung, wenn sich der eine in neue Kreise oder in schmollendes Schweigen zurückzieht, vergeblich mag der Verlassene am alten Treffpunkt warten, er mag vor Neugier auf die zurückgehaltenen Geheimnisse platzen, nichts zwingt den Begehrten, sich einzufinden oder sich dir mitzuteilen, nichts garantiert, daß der zehn, zwanzig, dreißig Jahre alte Bund auch nur eine Minute länger gilt. Das ist nicht fair, schreist du, das geht doch nicht, zu lange waren wir dafür Freunde, haben uns gestritten, uns einander von unseren schlechtesten Seiten gezeigt, es ist doch ungerecht, wenn er auf einmal für immer mit mir bricht, bloß weil ich ihn gestern abend im Streit – was war es noch gleich? – einen »dämlichen Reaktionär« genannt habe? Habe ich ihn denn nicht schon Schlimmeres genannt, habe ich ihn nicht beim Kartenspielen betrogen, ihm die schönste Freundin ausgespannt, mir sein bestes Hemd geliehen und es nie zurückgegeben, habe ich ihn nicht als Lügner, Feigling, Dieb beschimpft, habe ich nicht sein Lieblingswerk herabgesetzt, seine Fähigkeiten angezweifelt, wie er selbst im Gegenzug die meinen? Wie kann es da fair sein, wenn ein so bescheidener Titel wie »Reaktionär« ihn mir für immer raubt? Man sollte ein Gesetz erlassen, das in solchen Fällen Gerechtigkeit erwirkt, wie in Ehefragen, ein Gesetz, dachte Dennis in seiner Verzweiflung, das bei der Beendung einer Freundschaft für die Einhaltung bestimmter Regeln sorgt. Effie Thorne, zum Beispiel, sollte die Verpflichtung haben, ihn anzurufen und ihm klar zu sagen, ob die Ankunft ihres Ex-Manns die Verabschiedung ihres Freunds Orphen bedeute. Dem schien zumindest so zu sein, denn seit die Nachricht von Andys Rückkehr eingetroffen war, hatte sie sich nicht *ein* Mal gemeldet, und als er sie endlich in ihrer Wohnung erreichte, klang sie höflich und reserviert, als wäre er ihr Kaufmann und nicht letzte Woche noch ihr bester Freund gewesen.

»Wie geht's Marian? Gehst du jeden Tag zu ihr ins Krankenhaus?« hatte er sie gefragt.

»Danke, sie ist die meiste Zeit bei Bewußtsein. Ich gehe meistens am Nachmittag hin.«

»Brauchst du nicht vielleicht Geld, Effie? Du mußt ihr doch sicher Sachen kaufen, und wahrscheinlich hat Callingham ja nichts geschickt – ich meine –«

Unheilvolles Schweigen am anderen Ende der Leitung, als er ins Schwimmen kam, ein Schweigen, das besagte: Meinen Sie nicht, junger Mann, daß diese Großzügigkeit ein bißchen anmaßend ist? Dann –

»Danke, wir kommen ganz gut zurecht.« Ja, mein lieber unverschämter Kerl, wir Ehefrauen von Mr. Callingham sind immer bestens versorgt!

»Ich habe nur gefragt, weil du letzte Woche meintest, du seist etwas knapp – und MacTweed hat mir gerade meinen Scheck gegeben – es ist mehr, als ich dachte, du kannst also gerne etwas davon haben oder auch alles –« brachte Dennis stammelnd hervor.

»Wie schön für dich«, wich Effie geschmeidig aus.

Dennis suchte verzweifelt nach einem Wort, einem Angebot, das diese Mauer der Höflichkeit zum Einsturz bringen würde, etwas, das die so seltsam gerissenen Bande wieder festziehen würde.

»Können wir uns nicht heute, wenn du rauskommst, in dem Gartenlokal beim Krankenhaus treffen? Ich würde gern mit dir reden. Oder vielleicht könnte ich heute abend vorbeischauen.«

Vorbeischauen und die neuen Vorhänge sehen, die frischen Blumen, die farbenfrohen neuen Teppiche, den Beweis für ihre Tollheit, und sie spöttisch anlächeln, wortlos zu ihr sagen: »Ah, du hast also wirklich gedacht, er würde zu dir zurückkommen, du Arme?«

»Nein, nein«, lehnte Effie heftig ab. »Ich weiß nicht, wann ich zurück bin. Vielleicht später – o Dennis, bitte!«

Bitte? Eine flehentliche Bitte an das Ungetüm, den Feind, ein erschreckendes Zeichen ihrer Angst vor ihm, ihrem besten Freund. Baß erstaunt gab Dennis auf. Denk daran, daß wir jetzt Feinde sind, sagte ihre verängstigte Stimme, denk daran, daß du den Kampf gewonnen hast, dein Buch hat mich besiegt, und jetzt kann jeder von uns seiner Wege gehen, und bitte, bitte, schone mich, jetzt, wo du gewonnen hast... Tief verletzt lehnte Dennis sich im Schreibstischstuhl zurück und rauchte, starrte auf die sechs Autorenexemplare von der *Frau des Jägers*, haßte sich dafür, daß er dieses Buch geschrieben hatte, haßte sich dafür, daß sich just in dem Moment heimlich schon wieder der Autor in ihm regte, für die heimlichen Notizen, die sein Geist sich zum Thema angeschlagene Freundschaft machte, die geheime Angst, die hinter den verletzten Gefühlen aufschien. Nun würde er nicht aus erster Hand erfahren, wie sich Callingham benahm, würde keine Einzelheiten von des Jägers Rückkehr hören, um sein literarisches Gespür daran zu prüfen, er würde Callingham womöglich nie begegnen und ihm niemals sagen können, wie schlecht das Schlußkapitel seines letzten Buches war.

Voller Wut auf dieses opportunistische Alter ego, diesen Schuft oder besser gesagt dieses Künstler-Ich, wandte Dennis sich grimmig seiner Schreibmaschine zu. Zeit, mit der Arbeit am nächsten Buch zu beginnen, aber immer, wenn er sich Seite 1 vornahm, schien es ihm unmöglich, daß er jemals hatte darüber hinauskommen können, konnte er sich absolut nicht vorstellen, jemals irgend etwas abgeschlossen zu haben, je zu Seite 2 gekommen zu sein. Es schien ihm unglaublich, daß er jemals diese ewigen Probleme in seinem eigenen Leben hatte verdrängen können, um statt dessen imaginäre Probleme zu erfinden. Ab jetzt würde er nie mehr schreiben können, verkündete er finster, jetzt, wo Effie Thorne durch Worte völlig vernichtet worden war, würde er sich vor jedem geschriebenen Wort fürchten. Dann machte dieser entmutigende Gedanke einer hilflosen Empörung über Effie Platz, der ohnmächtigen Empörung des Mannes, wenn die Frau mittendrin heulend zusammenbricht. Er war wütend auf Effie, weil es ihr gelungen war, so wichtig für ihn zu werden, wichtiger als all seine bisherigen Affären, als alle Frauen, die er je geliebt hatte, oder irgendein Familienmitglied oder Freund. Voller Hohn dachte er an das blinde, törichte Gefühl der Sicherheit, mit dem er sich so tief in eines anderen Menschen Leben hatte hineinziehen lassen – unbewaffnet hatte er sich darauf eingelassen, ungedeckt, in dem freudigen Gefühl der Sicherheit, drohte hier doch keine Heirat, keine dauerhafte Bindung, der es auszuweichen galt, denn Effie war ja so viel älter, stand so offenkundig längst nicht mehr im Ring, so daß er sich immer weiter auf die seltsame Affäre einließ, voll überheblicher Selbstsicherheit: endlich die ideale Beziehung, die Freundin, die nicht ihr Netz nach ihm auswarf... Zum erstenmal fiel ihm auf, wie vollständig Effie sein Leben inzwischen ausfüllte, wie weit er sich, seit er sie kannte, von allen seinen anderen Freunden entfernt hatte, außer er brauchte einmal Abwechslung oder etwas zum Erzählen, zu Effies Belustigung. Sie war der erste Freund, den er je gehabt hatte, der ihn unfehlbar jedesmal zufriedenstellte, auf den er in jeder noch so merkwürdigen Stimmung zählen konnte, die von seinen Arbeitstagen oder -nächten übrigblieb. Seltsam, wie er seinerseits bei ihr an die Stelle der »interessanten Leute« getreten war, die ihr Leben einst bevölkert hatten. Er dachte daran, wie intensiv sie sich immer unterhalten, gestritten, sich geeinigt hatten und gelacht, mit so ungeteilter Aufmerksamkeit für einander, daß die anderen den Raum oft unbemerkt verließen, bis sie irgendwann allein dasaßen wie zwei selbstvergessene Liebende, die einander eine ganze Gesprächsrunde waren. Und jetzt hatte der heimkehrende Callingham – oder war es nur sein Buch, das ihn verriet? – diese Beziehung zerstört. Doch was immer schuld war an dem Bruch – entgeistert stellte Dennis fest, wie einsam er sich ohne Effie fühlte, den einen Freund, den einen festen Punkt, der seinen Tagen Halt gab. Auf Rache sinnend, wünschte er, er könnte Callingham mit der Feder vernichten, aber damit hätte er nur das zerstört, was er retten wollte... Es gab natürlich noch Corinne... Und in dem Moment flüsterte sein Künstler-Ich, der Schuft, ihm zu, daß Effies Bedeutung vor allem in ihrer Rolle als Puffer für sein Bedürfnis nach weiblicher Berührung lag, jener Berührung, die, wenn sie nur einmal unter den üblichen Panzer dringt, Gefahr bedeutet, Heirat, Gelöbnisse, die große Falle. Hinter Effies Rock versteckt, habe er seine Frauen umworben, sagte sein Künstler-Ich, dieser Schurke, der Schuft, aus der Sicherheit ihres treuen, zärtlichen Verständnisses heraus, und alles, was er von anderen Frauen brauchte, sei ein bißchen süße Lust gewesen, nichts Verbindliches...

Dennis griff spontan zum Telephon und rief Corinne an. Mrs. Barrow war nicht da. Mrs. Barrow machte eine kleine Spritztour in Miss Bakers neuem Wagen. Es gab also keine Effie mehr und auch keine Corinne. In Miss Bakers neuem Wagen, natürlich. Gerade daß ihr Vergnügen so unschuldig war, machte die Sache verdächtig. Gleich, dachte Dennis erstaunt, werde ich noch anfangen zu weinen, weil keiner mit mir spielt. Jawohl, die geringste Kleinigkeit im Verhalten oder in den Äußerungen eines anderen würde ihn jetzt schon verletzen, wahrscheinlich würde er jetzt wieder eifersüchtig werden auf Corinne, um seine anderen Enttäuschungen zu vergessen, ja, wahrscheinlich, wenn man nach dieser jähen, rasenden Wut über ihre Abwesenheit ging. Solche Eifersuchtsanfälle hatte er einmal im Jahr, wenn er ein Buch beendet hatte und in Ruhelosigkeit verfiel, nichts anderes zu tun wußte mit seiner Phantasie. Sie dauerten in der Regel einen Monat, wie die Grippe oder der Frühjahrsputz. Das Ganze hatte nichts mit Gründen zu tun – irgendeine Äußerung bildete den Keim dazu, und aus diesem wuchs die Eifersucht ins Ungeheure, kroch rankend durch seine Tage und Nächte, nährte sich von ihren eigenen Wurzeln, vergiftete jeden Gedanken und jedes Wort. Es gab keine Erklärung für den Anfang oder das nicht weniger rätselhafte Ende dieser saisonalen Raserei, denn zu anderen Zeiten wurden etwaige echte Gründe mit einer lässigen Handbewegung abgetan. Aber jetzt war dank Effies Fahnenflucht, dank Corinnes böswilligem Nicht-zu-Hause-Sein in dieser schlimmen Stunde, dank seiner Unfähigkeit, Seite 1 zu beginnen, die Krankheit wieder ausgebrochen. Er war eifersüchtig auf Callingham, auf die Glaenzers, auf diesen kleinen Arzt, auf alle, an die Effie sich jetzt wandte, sowie mit ein bißchen mehr Grund auf seine kleine Corinne. Na gut, dann würde er eben ausgehen und sich neue Freunde suchen, schwor er sich, er würde dieses Fieber mit einer Legion von Tom Collinses bekämpfen. Willkommen, ihr fabelhaften neuen Freunde, bei Dennis Orphen, rief er, willkommen, neue Clique, willkommen, laßt uns einander unentwegt anrufen. Tja, dachte Dennis verbittert, da bleibt mir wohl wirklich nichts anderes übrig, als mich bei Okie zu melden.

Doch auch Okie war schon belegt, aber – wie wär's, wenn Dennis sie nach dem Theater im Alabam träfe – ein phantastisches neues Lokal in der Fiftieth Street – und es seien auch ganz reizende Mädchen dabei? In dem Moment fiel – passend zu seinen destruktiven Gedanken – ein großes Stück Decke aufs Bett, gefolgt von einem schneeigen Schauer aus Putz. Dennis wollte schon nach oben stürzen und darin Erleichterung suchen, das gesamte Haus zu demolieren – da klingelte das Telephon, und es war Corinne. Er war leicht verstimmt, daß sich seine eifersüchtigen Verdächtigungen als falsch erwiesen. Er hätte es tatsächlich vorgezogen, recht zu haben, denn sein Stolz auf seine ausgezeichnete Intuition überwog seine auf Treue dringende Eitelkeit.

... Ausschneidepuppen aus Papier...

Ich brauche einen Friseur«, jammerte Marian. »Ich will nicht, daß Andy mich so sieht. Und eine Maniküre.«

Die Krankenschwester hatte sie auf die Seite gedreht, mit dem Gesicht zu dem weißen Frisiertisch, und eine Zeitlang hatte sie so dagelegen und betrübt in den Spiegel gestarrt. Schließlich schloß sie die Augen, um nicht mehr die grünlichen Schatten zu sehen, die ihre Haut überzogen, scharfkantig ihr Gesicht und ihren dünnen Hals unterteilten, der dadurch in klar umrissene Flächen zerfiel und fast durchsichtig schien, so daß es aussah, als wäre es die blanke Speiseröhre. Die sonst so glatte, zart schimmernde Haut war straff über die Knochen gespannt – die Krankheit hatte den Kern aus dem Fleisch herausgeschnitzt. Tief atmen, dachte Effie, ganz tief atmen, denn diese wenigen Stunden müssen dir für die Ewigkeit reichen. Als sie aufgerichtet vor den Kissen saß, waren die verheerenden Folgen ihrer Krankheit noch deutlicher zu sehen, und ihr langer regungsloser Körper unter dem Leintuch schien schon bereit zu sein für den Sarg. Effie war von Liebe und Mitleid für sie erfüllt, ihr war, als hätte sie noch niemanden so geliebt wie

Marian, denn Marian war ihr eigenes Ich und Andy und Andys Glück in einem, und jetzt starb sie, sie alle schieden dahin, dahin, ihr kleines Muster löste sich auf wie eine hübsche Konstellation von Zweigen und Blättern auf einem Fluß, vom erstbesten Hindernis getrennt und schon vergessen. Und Marian war auch ihr Kind, ihres und Andys, sie war ihre Schwester, sie hielten einander aufrecht im Sturm, in dem Orkan von Andys Liebe und ihrem Entzug.

Die rosa Bettjacke unterstrich noch die grünliche Blässe der Patientin, und mit den blau gefärbten Lidern über den glasigen Augen kündete ihr Gesicht von der Nähe des Todes. Effie sah daran vorbei aus dem Fenster, über die Kirchtürme hinweg in den sich bewölkenden Himmel, Erholung suchend von der Gegenwart im Raum, sah hinunter auf die Straße, beobachtete fasziniert einen Mann und eine Frau mit Zwillingen im Kinderwagen: Sie waren alle vier am Leben, atmeten, hatten Jahre, Jahrzehnte vor sich, irgendwo hinter der Lexington Avenue. Sie beobachtete einen Jungen und ein Mädchen, die vor dem Laden an der Ecke herumstanden: Sie lachten, weil auch sie – strahlende Sieger – am Leben waren, und zögerten, den Zauber ihrer Gegenwart zu brechen, ohne daß sie einander noch etwas zu sagen hatten, standen einfach da und lachten, schlenkerten mit den Beinen, sprachlos, sich wundernd, was sie zurückhielt, während mit jeder Sekunde die heimliche Angst davor wuchs, die Konstellation zu zerstören, die Teile dazu zu verlieren, den zugrundeliegenden Plan zu vergessen.

»Die Fingernägel hätte ich gern rot lackiert«, überlegte Marian, »als würde ich gleich ausgehen. O mein Gott, ich werde sterben!«

Effie fuhr auf, mit klopfendem Herz.

»Effie, ich werde sterben«, schrie Marian, »und Andy

wird eine andere heiraten, er wird diese Asta heiraten, und sie werden einander anlachen und mich vergessen!«

Ihre Augen öffneten sich weit, und ein irrer Blick bat flehentlich um Widerspruch, dünne Finger preßten ihr die Lippen zu, einen Schrei des Entsetzens unterdrükkend. Effies Herz krampfte sich zusammen, die Todesangst flatterte im Raum umher wie eine Fledermaus, selbst die gerade eintretende Schwester wich unwillkürlich einen Schritt zurück, wie zurückgestoßen von der Wucht des schwarzen Schreckens, der durchs Zimmer raste. Das eisige Wort schnürte Effie die Kehle zu, sie brachte keinen Ton heraus, noch konnten ihre aufgerissenen Augen Marians panischer Frage entkommen, atemlos, unfähig, wegzusehen oder zu lächeln, beantwortete sie ihre Angst mit Angst, Gewißheit mit Gewißheit. Ja, du wirst sterben, ja, und keiner kann dich retten, kein Andy, kein zu dir zurückkehrender Geliebter, nichts, du wirst ihn verlieren, er wird in anderen, vor Leben strotzenden Armen flüstern, in dunklen Schlafzimmern lachen, heimlich frohlockend, und dein Geist wird vergessen sein, wie es der meine war, noch ist... Aber kaum schoß diese plötzliche Gewißheit zwischen ihren ängstlichen Augen hin und her, sprudelte auch schon der Widerspruch hervor, und Effie rief: »Nein, Marian, nein, du wirst nicht sterben, o nein, mein Schatz, niemals, und Andy kommt, kommt nur deinetwegen, also ruh dich aus. Ich hole eine Maniküre, jemanden, der dich frisiert, ich bin gleich zurück.«

Die Schwester winkte sie nach draußen auf den Gang und schüttelte den Kopf. »Sie kann doch den Kopf nicht heben für den Friseur, sie würde es nicht durchstehen, Miss Thorne. Es hat keinen Zweck.«

»Was soll ich denn tun?« fragte Effie sie hilflos, denn sie wollte die Frau im Bett nicht enttäuschen.

Die Schwester zuckte die gestärkten weißen Schultern.

»Erzählen Sie ihr etwas über ihren Mann. Waren Sie nicht einmal mit ihm verwandt? Das scheint das einzige zu sein, was sie freut. Vielleicht haben Sie ein Photo von ihm, das sie noch nicht kennt – Sie kannten ihn doch schon vor langer Zeit, bevor sie ihn getroffen hat, nicht wahr?«

»Ja«, sagte Effie nachdenklich, »ich habe ein paar Bilder.«

»Tun Sie so, als suchten sie nach einem Friseur, und holen Sie die Photos von zu Hause«, riet ihr die Schwester und fügte leise hinzu: »Aber beeilen Sie sich.«

Zu Hause durchsuchte Effie ihren Schreibtisch, sammelte all die Photos zusammen, die ihr von Andy geblieben waren, Schnappschüsse, Postkarten, Kinderbilder vom Photographen, kleine Medaillons von einem lockigen, pausbäckigen Baby auf einem Bärenfell, einem schüchternen vierjährigen Jungen im Matrosenhemd, einem sechsjährigen Knaben in Rüschenhemd und engen Samtbundhosen, schmollend an die Schulter der Mutter gelehnt in Bermans Photoatelier in Cincinnati oder stolz neben seinem ersten Fahrrad stehend, die Mütze über den leuchtenden Augen tief in die Stirn gezogen. Hier war, vergilbt und sorgfältig gefaltet, sein erstes Gedicht: »Eine Bootsfahrt, von Andy Callingham, acht Jahre«... »*Ich fahr so gern mit großen Booten...*« – da der Brief, den er seiner Mutter aus Tante Berthas Haus in den Adirondacks geschrieben hatte: »Liebe Mutter, wir haben uns lang nicht gesehen. Es gibt hier einen Junge, der heißt Fred. Ich hatte Nasenbluten, und ich habe Fred um sein Taschentuch gebeeten, aber er wolte es mir nicht geben er hat gesagt es ist neu, dann ist er weggerannt und ich konnte ihn nicht fangen bis zur Wilbur Street und das Nasenbluten hat meine neue Hose voller Flecken gemacht. Ich bin sehr böse auf Fred. Ich hoffe, es geht dir gut. Dein herzlicher Sohn Andy.«

Da war das Hochzeitsphoto von Andys Eltern, Charles und Alma Callingham, und das zweite Hochzeitsbild von Charles und Estelle, das Zeitungsbild von Charles Callingham, dem neuen Dekan der geschichtlichen Fakultät an der State University. Da waren Schul-Tagebücher, Zeitungssausschnitte zu den ersten Erfolgen der Schulzeit. Andy, der Junge, gehört mir und niemandem sonst, dachte Effie, und auf einmal war ihr klar, daß sie all diese Schätze mitnehmen mußte zu Marian, Ausschneidepuppen aus Papier für das kranke kleine Mädchen zum Spielen.

»Sehen Sie!« flüsterte die Schwester und wies mit dem Kopf auf Marians fieberhafte Freude an diesen Reliquien. Wie selig und wie vollständig nahm Marian diese in Besitz, wie eifersüchtig verbot sie der Schwester, sie anzurühren, als sie auf der Tagesdecke ausgebreitet lagen und am Rand hinunterfielen. Selbst wenn sie manchmal im Morphium-gedämpften Schmerz die Augen schloß, griff sie gierig um sich, um sie ja alle in Reichweite beisammen zu haben.

»Von diesem Gedicht hat er mir nie etwas gesagt«, murmelte sie verblüfft. »Und schau nur, Effie, sieh dir sein Gesicht zu seinem ersten Fahrrad an. Dieses komische kleine Gesicht!«

»Und hier, so fein herausgeputzt bis auf den einen rutschenden Socken.« Eifrig präsentierte Effie ihr die Aufnahme des »Kleinen Lords«. »Und das ist an seinem fünften Geburtstag, auf Tante Berthas Schoß; das war in Boston, in dem Jahr, in dem seine Eltern in Europa waren und ihn hiergelassen hatten. Da war er gerade von seiner Tante bestraft worden, weil er den ganzen Zuckerguß von der Torte gekratzt hatte. Schau nur, wie ängstlich er dreinsieht!«

Ein sanftes, sehnsüchtiges Lächeln umspielte Marians bläuliche Lippen, sang in ihren Augen und den Händen, die so zärtlich über die Erinnerungsstücke fuhren, ein Lächeln wie ein kleines Wiegenlied, das von dem Häuflein selbst zu kommen schien, denn es umspielte auch Effies Mund, flüchtig, zart, ein seltsamer Schimmer vergangenen Glücks, ein vom Tod herbeigewehter Schmetterling. Effie, die als erste aus diesem zauberischen Traumland erwachte, zuckte vor Schmerz zusammen angesichts der stillen besitzergreifenden Art, mit der Marians Hände stolz auf den Kinderbildern ruhten. Das sind meine, meine, schrie Effie innerlich, ah, die gehören mir, wenn auch nichts sonst, und dann dachte sie, kapitulierend, von Angst gepackt, geschlagen, auf der Suche nach einem anderen Trost: Hätte ich doch ein Kind, einen Sohn, der würde dann wirklich mir gehören, den hätte sie nicht mit mir teilen können, er würde nur Andy und mir gehören –, dachte sie verzweifelt, geschlagen, und schob Marian die über die Decke verstreuten Bilder hin.

»Hätte ich doch nur ein Kind«, sagte Marian, »etwas von Andy, was immer bei mir bliebe. Ach, Effie, hätte ich doch einen Sohn bekommen!«

Effie konnte nur stumpfsinnig nicken, ein taubes Gefühl im Herzen. Es gibt Worte, die man nicht ertragen kann, Gedanken, die so brennende Pein und Verzweiflung umgibt, daß kein Herz sie aushält, und so stand Effie auf, um ihren Geliebten gebracht und jetzt auch noch um ihren Traum von einem Sohn, und verließ, wortlos andeutend, daß sie jetzt gehe, den grauenvollen Raum.

... der Erlkönig ...

Nein«, hatte Andy energisch erklärt – sie sah ihn noch vor sich, träge auf der Veranda vorm Bootshaus der Glanzers liegend, wo sie fürs Wochenende festgemacht hatten, auch wenn Belle ihnen noch immer böse war, daß sie sich, ohne sie zu fragen, davongestohlen hatten – »wir hatten doch beide eine zu unerfreuliche Kindheit, um Kinder haben zu wollen. Nicht bevor wir ihnen mehr geben können, als wir bekommen haben. Ich zum Beispiel wurde immer rumgeschoben, von Tante Bertha zu Mutter, zu Vater, zu Onkel Tom – die sich gehaßt haben und es indirekt an mir ausließen. Und dann die Schule, wo der Direktor Historiker war und nicht so erfolgreich wie mein Vater, und wieder war ich der Sündenbock ... Nein, Effie, wir schenken der Welt keinen Prügelknaben. Selbst wenn wir ihm irgendeine Art von Sicherheit bieten könnten ...«

»Siehst du nicht all die kleinen Embryos vor dir, wie sie das Angebot prüfen auf Sicherheit?« fragte Effie ihn finster. Seine Haltung verletzte sie, als wäre ihr Kind schon geboren und könnte die kränkenden Reden des Vaters hören. Sie wollte darüber nicht nochmals diskutieren, grübelte jedoch vor sich hin, und erstaunt erinnerte sie sich an den bitteren Groll, der sie befiel, als er später am Strand mit zwei kleinen Blondschöpfen so ausgelassen spielte, daß ihre hübsche Mutter mitfühlend meinte: »Wie schade, daß Mr. Callingham keine Kinder hat!«

Sie erinnerte sich an ihre verzweifelte Angst, nachdem er sie verlassen hatte, er könne in Null Komma nichts der stolze, ja närrische Vater von Marians Kind werden, denn wenn Marian ein Kind wollte, würde sie es wohl oder übel bekommen, und dann würden alle sagen: »Ist ja nur natürlich und eigentlich toll von einem Mann, wenn er eine Frau, die ihm kein Kind schenkt, wegen einer, die eins will, verläßt.«... Vergeblich suchte sie jetzt nach dem klaren Weg, den sie damals hätte einschlagen sollen, als würde es sie glücklich machen, wenn sie ihn jetzt fände, und dachte: Ja, das ist die Lösung, ich hätte ein Kind bekommen sollen, egal, was er sagt. Wäre sie nicht so verliebt gewesen, nicht so großmütig und mehr auf ihr eigenes zukünftiges Glück bedacht als auf das seine, hätte sie sich über seinen erklärten Wunsch mit ruhiger Entschlossenheit hinweggesetzt. Andere Frauen taten das ja auch, weiß Gott, und wurden für ihren Egoismus reich belohnt. Manch unbeständiger Mann, der sich entschieden gegen Kinder wehrte, war für immer gerührt und geschmeichelt, wenn eine Frau an dem wenig romantischen Ziel, sich unbedingt zu verwirklichen, festhielt, und blieb ihr geschmeichelt ein Leben lang treu, weil die Eigensinnigkeit der Dame auf merkwürdige Weise sein Selbstwertgefühl stärkte, als bewiese es, daß er mehr Charme besaß, als er dachte, wenn er die Frau zu solcher Hartnäckigkeit trieb. Hatte er seine männliche Freiheit einmal unerschrocken demonstriert, dann war er im stillen froh, in den üblichen Hafen heimgebracht zu werden.

Nachdem Andy fort war, dachte Effie lange, Gott sei Dank, daß nur ich diese Einsamkeit ertragen muß, daß es niemanden gibt, den ich trösten muß, die ich keinen Trost zu bieten habe. Aber jetzt sah sie das anders. Sie hätte das Kind bekommen sollen. Dann hätte sie etwas gehabt, einen Menschen, ein erfüllteres Leben, und niemand hätte ihr diese Liebestrophäe streitig machen können, es hätte ihr gehört, ob blind, verkrüppelt oder lahm, es wäre ihres gewesen, so wie Mrs. Hickeys kleiner Tom ganz und gar ihr eigen war, jemand, den sie umsorgen konnte, wenn Hickey mit seiner Senfgas-Lunge im Krankenhaus lag, ja, kleiner Tom, selbst wenn seine Hände blau geädert waren, wenn er stotterte, glänzende, leere Augen hatte, geschiente Hüften und verkümmerte Beine, er war doch Mrs. Hickeys Sohn.

»Das hatte ich auch, als ich vierzehn war«, sagte Dennis eines Tages, als er Tom von Effies Fenster aus beobachtete. »Ich habe lange das eine Bein nachgezogen, aber inzwischen sieht man's fast nur noch beim Tanzen. Darum tanze ich auch immer Rumba oder irgend so einen neumodischen Ausfallschritt, egal zu welcher Musik. Vielleicht wird Tom auch einmal wieder gesund.«

Tom gehörte Mrs. Hickey, ihr und niemandem sonst. Bleich, schmallippig und selbstbewußt stand die kleine Mrs. Hickey vor der Schule und wartete auf ihn, stand draußen neben dem Sonderbus, wenn die Glocke schellte und ein jähes schrilles Kreischen – die zu einem Freiheitsruf vereinten Stimmen vieler Kinder – immer lauter anschwoll, bis es die große Tür aufstieß und all die behinderten Kleinen herausstolperten, auf Krücken, mit Beinschienen, humpelnd, holpernd, stotternd, die kleinen Sonderschüler, die der Freiheit genauso laut entgegenjauchzten wie die anderen, die Normalen, die zehn Minuten nach ihnen herauskamen. Mrs. Hickey, die etwas abseits neben dem Hoftor stand, um Tom die peinliche Erklärung zu ersparen, daß er ihre Hilfe brauchte, erspähte ihn sofort in der Menge, wie er die Bücher am

Riemen schwang, das verdrehte Bein mit den silbernen Schienen nachzog; sie sah, wie ein größerer Junge ihn schubste und lachend seinen Kopf gegen die Wand stieß, und sie mußte sich zurückhalten, nicht hinzueilen und ihm zu helfen, sie sah sein leeres, verlorenes Lächeln, verständnislos und verstört, doch sie durfte nicht dazwischentreten, das waren Jungenspiele, mach einen Mann aus ihm, obwohl er, was das betraf, nie zurückschlagen würde, nie, er war viel zu sanft, und auf Spott reagierte er immer nur mit einem verwirrten Blick. Nicht normal, hatte der Lehrer rigoros erklärt, zurückgeblieben, antwortete sie ihm forsch, und dem scharfsichtigen, skeptischen Erzieher gegenüber hatte es wohl keinen Sinn, von dem Gedicht zu reden, das ihr Sohn geschrieben hatte, von dem Bild, das er gemalt, von dem Modellflugzeug, das er mit den eigenen schwachen Fingerchen gebaut hatte, aber eines Tages würde es den Lehrern leid tun, eines Tages würden sie den Irrtum einsehen.

»Laß uns heimgehen«, sagte Mrs. Hickey, wie jedesmal, und nahm ihn bei der Hand. Keuchend ging er neben ihrem Rocksaum her, das gebrechliche dürre Bein nachziehend; die Vorbeigehenden blickten ihm neugierig in das leere kleine Gesicht, drehten sich begierig um und sahen zu, wie er den verqueren Fuß hinter sich her zog. Seine Mutter starrte finster geradeaus, ah, eines Tages würde er ein großer Dichter werden, ein großer Musiker, ein Ingenieur, ein Präsident, sehen Sie sich Roosevelt an, er würde sie alle beschämen, die Gaffer, die Lehrer, die brutalen anderen Kinder, er würde sie alle erstaunen, doch im Augenblick gab es auf der ganzen Welt kein freundliches, verständnisvolles Wort, das die Mutter hätte erbetteln oder kaufen können für jene Momente, in denen sie ihn nicht restlos in ihre Liebe einhüllen konnte, und während sie eilig, ihn fast schon tragend, die Straße entlanglief, strömte eine wilde einsame Liebe zu dem traurigen Kind von ihr aus und umgab ihn und machte sie stark, erhaben, heldenhaft, machte selbst den Erlkönig, der dicht hinter ihnen dreinritt, zu einem Traum, einer bloßen Legende.

Und von ihrem Fenster mit den wehenden Vorhängen aus sah Effie sie die Gittertür zum Souterrain öffnen, und sie wünschte, Tom wäre ihr Sohn, dieser gebrochene kleine Junge, den kein anderer würde haben wollen oder ihr wegnehmen können, etwas von Andy für sie allein. Sie sah Mrs. Hickeys stolzes kleines Lächeln, als er das Tor hinter sich schloß, ohne zu fallen, und sie beneidete Mrs. Hickey, beneidete in ihr die Frau, die jemanden hatte, etwas, das ihr kein Mensch jemals streitig machen würde.

III

... an eine wilde Rose ...

»Wer«, fragte Corinne, »war eigentlich deine erste Liebe, und wie alt warst du, und sah sie mir ähnlich? Erzähl doch mal.«

»Von meiner Erweckung?« sagte Dennis überlegend. »Das muß Minnie gewesen sein. Ja, mein Gott, das war Minnie. Ich war zwölf.«

»Da hast du in Yonkers gelebt«, sagte Corinne voll Stolz auf ihr gutes Gedächtnis.

»Es war vor der Zeit in Yonkers«, korrigierte Dennis sie. »Meine Mutter lebte noch, wir wohnten also in Terre Haute. Auf jeden Fall sprachen die älteren Jungs von Minnie immer mit einem wissenden Grinsen. Mein Freund – sein Name war übrigens Cliff Riley, und jetzt ist er in Washington ein großer Richter – oder war das sein älterer Bruder, Chester? Stimmt, Clifford hat's nicht weit gebracht. Auf jeden Fall sind mein Freund Cliff und ich fast gestorben vor Verlangen und einer fürchterlichen Neugierde in Sachen Sex, ohne daß dabei irgendwas herauskam. Wir zogen mit dem Richter rum, der damals natürlich erst so um die fünfzehn war, aber auf jeden Fall kannte er Minnie, und wie. Cliff und ich zerbrachen uns über Minnie den Kopf bis zum Verrücktwerden. Cliff war elf, und wir waren beide für unser Alter eher klein und dazu verdammt, kurze Hosen zu tragen – ein echtes Problem, wenn man eine Frau auf sein Zimmer locken will. Wir waren wohl wirklich die zwei unattraktivsten Jungen der Stadt.«

»Das kann ich nicht glauben, Schatz«, sagte Corinne. Sie nippte mit dem Strohhalm an ihrer Erdbeerbrause und machte damit ein komisches kleines Geräusch, was ihr ungeheuer zu gefallen schien, denn als der Strohhalm unter dieser musikalischen Last nachgab und knickte, nahm sie zwei neue und setzte damit einen Ton höher an, ein durchaus gängiges Vergnügen für Besucher des Empire State Building, wie sie es waren, auch wenn Dennis es für seinen Teil vorzog, die Aussicht mit einer völlig geräuschlosen Coca Cola zu untermalen. Um sie herum schwebten Wolken, die so weiß aussahen, als wäre der Himmel baby-blau und nicht schwarz, über und unter ihnen funkelten die Sterne, schimmerten durch die zarten Federwolken um den Mond, horchten nach Komplimenten von den Menschen auf dem Wolkenkratzer.

»Willst du die Geschichte für ein Buch verwenden?« unterbrach Corinne ihn skeptisch. »Dann erzähl sie mir lieber nicht. Ich bin nicht gerne das Versuchskaninchen. Laß uns einfach über irgend etwas reden.«

»Pst«, riet Dennis ihr. »Opa erinnert sich an alte Zeiten. Ja, Minnie verdanke ich meine Erweckung. Cliff und ich hatten von diesem Jungen gehört und daß er Minnie immer mit hinter die Kirche nahm, denn die Jungs in dieser Stadt waren alle Schufte und erzählten alles. Cliff und ich hingen in der Gegend rum, voll Verzweiflung über unsere kurzen Hosen, taten so, als wüßten wir Bescheid, und lachten dreckig über die Vergnügungen der älteren Jungen.«

»Bei mir war's der Musiklehrer«, sagte Corinne. »Er hat mit mir endlos lang *An eine wilde Rose* geübt.«

»Interessant«, meinte Dennis. »Irgendwann faßten wir dann schließlich den Entschluß, daß wir es jetzt wissen mußten und zwei kleine Jungs so gut waren wie ein großer. Eines Tages lauerten wir also beide Minnie auf. Sie war ungefähr eins achtzig groß, aber unser Geschmack war noch nicht weit entwickelt, und außerdem war eben keine andere zu haben. Schließlich kam Minnie die Straße entlang. Cliff und ich –«

»Der Richter und du«, sagte Corinne.

»Nein, das war Chester, ein ganz anderer Typ. Cliff und ich hielten uns aneinander fest und traten ihr dreist in den Weg. Sie starrte uns an, ohne zu kapieren, was wir wollten. ›Hallo, Minnie‹, sagten wir beide zugleich und grinsten sie unverschämt an, › na, wie wär's ?‹ In dem Moment hielt sie uns auch schon am Kragen, hob uns hoch und schlug uns die Köpfe zusammen. Das war meine erste große Erfahrung, das war Sex in Terre Haute.«

»Mein Musiklehrer sah eigentlich nicht besonders gut aus, er war nur der einzige Mann an der Schule«, entgegnete Corinne. Sie gingen hinaus auf die Plattform, und achtzig Stockwerke unter ihnen breitete sich die Großstadtnacht aus, ein Garten aus goldenen Lichtern; Lastwägen, Züge und Fähren krochen lautlos in das Puzzle der Insel hinein und aus ihm hinaus. Arm in Arm setzten sie sich auf die Eisenbank. »Alle Mädchen bei Miss Roman waren verrückt nach ihm, aber ich hatte es ihm wirklich angetan; jetzt im Rückblick sehe ich, daß er ganz schön verknallt war in mich – wenn man bedenkt, daß er über dreißig war und ich selbst erst dreizehn. Wir nannten ihn Ducky.«

»Ducky, hm«, meinte Dennis. »Wie erfrischend.«

»Im September habe ich mit *An eine wilde Rose* angefangen, und im Juni konnte ich es noch immer nicht«, sagte Corinne. »Ich kann es heute noch nicht. Ducky hat immer nur geredet, und einmal hat er nach meinen Händen gegriffen und sie ganz wild geküßt. Er hat mich immer im Spiegel über der Orgel angestarrt, mit großen brennenden Augen – er hat beim Gottesdienst gespielt –, und ich war die erste in der Schlange, und wenn wir den Gang entlangschritten, sah ich seinen Blick im Spiegel, und dann bekam ich immer einen Lachanfall, wirklich, mitten in *Crown Him the King of Kings.*«

Dennis gab ihr einen Kuß.

»Der arme alte Cliff hat's nie geschafft, es war immer sein Bruder«, sagte er. »Chester war das große Tier in der Familie, er hatte Elan und noch etwas: Er war äußerst zielstrebig. Arbeitete nachts bei der Vermittlung im Telegraphenamt, um mit dem Geld zu Notre Dame zu gehen, während Cliff und ich mit Minnie unsere Zeit verschwendeten.«

»Und euch die Köpfe einschlagen ließt«, sagte Corinne. »Siehst du manchmal noch diese Frau aus Beverly, Schatz, die du vor mir kanntest?«

»Ich hab dir schon hundertmal gesagt, daß ich sie nicht mehr seh«, stieß Dennis wütend aus. »Hab ich dir nicht versprochen, daß ich mich von ihr trenne? Du wirst doch nicht glauben, daß ein Mann von meinem Kaliber sein Wort bricht, oder?«

Er war gekränkt. Corinne rückte ein Stück von ihm weg, als ein kleiner Junge in karierten Kniebundhosen seinen Vater stehenließ und eine Münze in das vor ihnen stehende Fernrohr einwarf. Doch während die kostbaren Minuten unter gleichgültigem Ticken verstrichen, opferte er sein ganzes Zehncentstück dafür, das Pärchen auf der Bank mit wissenschaftlicher Neugier zu betrachten.

»Ich weiß, du hast es versprochen. Ich habe ja nur gefragt, ob du sie mal gesehen hast.«

»Was macht man mit einer Frau, die einem nicht

glaubt?« befragte Dennis den Himmel und den neugierigen kleinen Jungen. »Außerdem wohnt sie jetzt in London, wie sollte ich sie also sehen?«

»Das ist der einzige Grund, aus dem Männer solche Versprechen halten«, stellte Corinne fest. »Entweder die Frau ist weggezogen, oder sie ist tot.«

»Ich fürchte, mein Goldkind, da ist was dran«, stimmte Dennis ihr höflich zu. »Abstinenzgelübde gelten nur, solange eine größere Unannehmlichkeit im Wege steht, sei sie biologischer oder geographischer Natur. Das ist ein altes Sprichwort.«

»Danke«, sagte Corinne. »Ich bin verrückt nach dir, mein großer Weiser. Du wirkst so attraktiv auf mich. Jede andere Frau würde sich wohl fragen, was ich an dir finde. Wenn dein Buch erfolgreich ist, wirst du wohl wieder losziehen, nicht wahr, mein Schatz? Dann werden sich die Damen der Gesellschaft um dich kümmern.«

»Die sollen nur versuchen, mich zu kriegen, bah«, entgegnete Dennis großtuerisch.

»Zum Teil sehen sie gar nicht so schlecht aus«, brachte Corinne eifersüchtig vor. »Sie haben alle Körbchengröße A und Kleidergröße 36 und haben kaputte Knie, aber ziemlich gute Zähne. Ich wette, daß sie dir gefallen. Du wirst weiße Hosen tragen und einen Hut, bei dem es vorn und hinten gibt, und mit den Debütantinnen vom nächsten Jahr herumrennen.«

»Höchstens, um an Material zu kommen«, sagte Dennis, im Gesicht bereits das stille Lächeln des Eroberers. »Als Schriftsteller muß man sich an vielen Orten tummeln und manch seltsame, oft unangenehme Dinge tun, um an Material zu kommen, Schatz. Das ist das Kreuz des Künstlers. Ich werde wohl all diese Schönen aus den Sonntagsbeilagen ertragen müssen, bloß um ein paar Gesellschaftslieder und -tänze zu lernen, etwas für mein Notizbuch.«

»Ich werde auch schreiben, Dennis. Ich hab schon angefangen«, sagte Corinne.

Dennis sah sie unsicher an.

»Doch wohl nicht diese traurigen kleinen Gedichte nach dem Motto Froh-daß-es-mir-leid-tut, die Frauen immer schreiben, wenn sie nervös sind?« fragte er.

»Du weißt doch, daß ich nicht reimen kann«, antwortete Corinne. »Nein, kleine Prosatexte nach dem Motto Froh-daß-diese-Welt-so-drollig-ist. Einen habe ich schon an den *Manhattanite* verkauft. Ich wollte es dir eigentlich nicht sagen, solange du noch so mit deinem eigenen Erfolg beschäftigt bist, wo doch morgen dein Buch erscheint.«

»Du hast eine Erzählung verkauft? Nein!«

»Es war ganz leicht.« Corinne winkte mit der Zigarette ab. »Ich hab mir zuerst ihren Stil angesehen. Es ist nur ein Trick. Olive und ich sind drauf gekommen. Man nimmt sich eine *Uncle Wiggly*-Geschichte und macht aus den Tieren verschrobene alte Junggesellen oder nette alte Damen, die sehr sparsam sind. Man verwendet klitzekleine Wörter und nur Adverbien wie ›ziemlich‹, ›ganz‹, ›wirklich‹ und ›sehr‹.«

»Worum ging's in der Geschichte?« fragte Dennis, immer noch beeindruckt und sich vorstellend, wie Phil im Klub gegenüber jedermann mit dem künstlerischen Durchbruch seiner Gattin prahlte.

»Ich habe *Glitschfuß, die Kröte, war tief verletzt* genommen«, sagte Corinne, »und daraus *Mr. Wootle, der kauzige alte Junggeselle, war tief verletzt* gemacht, und so fort.«

»Verdammt schlau«, sagte Dennis verblüfft.

»Olive arbeitet an *Buddy Bär*«, fügte Corinne hinzu. »Der Anfang lautet: ›Buddy Bär und Frau Bär waren von Tiger Tatz nicht zu seiner Geburtstagsparty eingeladen worden. Buddy Bär machte das nicht sehr viel aus, aber

Frau Bär war wirklich zutiefst verletzt.‹ Bei Olive heißt es dann: ›Mr. und Mrs. Wuppins waren von dem Major nicht zu seiner Geburtstagsparty eingeladen worden, was –‹«

»Jaja, hab schon verstanden«, warf Dennis hastig ein. »Ich finde trotzdem, daß Schreiben Männersache ist.«

»Du hast wohl Angst, ich werde dann zu maskulin«, entgegnete Corinne verächtlich. Sie sprang auf und trat an die steinerne Brüstung, stützte das Gesicht in die Hände und seufzte tief. In der Ferne ging New York funkelnd in den Van Cortlandt Park über, lichterglänzende Wolkenkratzer ragten sanft vor der Dunkelheit auf, lampendurchzogene Parks lagen in Schachteln verpackt und mit Goldband umschlungen da wie Weihnachtsgeschenke vor der Bescherung. Der Straßenlärm löste sich auf in Distanz, die Entfernung siebte alles Getöse zu einer wispernden Stille, die ein Geheimnis barg, und als am Himmel flammende Buchstaben aufglommen, meinte man: Ah, also das war das Geheimnis, das war es, endlich, dieses ganz besondere Telegramm an Gott – Sunshine-Kekse. Unentwegt flammte es auf und erlosch – Essen Sie Sunshine-Kekse – die Botschaft der Stadt.

»Schatz«, sagte Corinne.

... Ihr werdet euch
an einer Vergnügungsstätte begegnen...

Wassis los, wo warst du, wir ham schon gewartet, was soll 'n das, erst anrufen und dann nich kommen, hab ich nich recht, Gracie?« Okie war sternhagelblau, so daß sein latenter Haß auf sämtliche Beiträger seiner Zeitschrift und ganz besonders die, die er am meisten brauchte, zum Vorschein kam. Über dem freundschaftlichen Lächeln, zu dem seine Lippen sich mechanisch verzogen, blitzte er Dennis herausfordernd an und wollte eigentlich noch fortfahren, aber offenbar fiel ihm nichts wirklich Vernichtendes ein, so daß er sich mit dem Ausruf bescheiden mußte: »Ihr Schriftsteller, ihr seid doch alle gleich! Hach, ich mußte meinen zweiten Akt beenden. Tja, Red Lewis und Teddy Dreiser und Maxie Reinhardt haben auf 'nen Sprung vorbeigeschaut und wollten gar nicht mehr gehn! Hach, Bee Lilli und Gingie Rogers ham sich beschwert, ich würde mich nie bei ihnen melden – immer eine Ausrede parat.«

Dennis schob sich auf den verchromten Barhocker neben Okie. Er wußte, daß Okies Wut gleich den Punkt erreichen würde, an dem sein einziger Trost darin bestand, daß jemand Jude war. Ach, könnten doch alle Leute Juden oder Frauen sein, betete Okie im stillen, so daß man ihnen in Zeiten der Überforderung den Namen, den einen oder den anderen, an den Kopf werfen konnte, die ganze Christenheit, die ganze Männerwelt im Rücken, und sich, war er einmal ausgesprochen, der Pfeil abgeschossen, voll Siegerstolz zurücklehnen konnte! Sicher, auch andere Klassifizierungen bereiteten Genugtuung, doch sie waren nicht so befriedigend wie jene. Ein bißchen machte auch *Ihr Schweden!* Spaß, *Ihr Katholiken, Ihr Yankees, Ihr Spaghettifresser, Ihr Südstaatler, Ihr Methodisten, Ihr Harvard-Jungs, Ihr Künstler, Ihr Rechtsanwälte* usf., doch das waren keine richtigen Granaten, und oft genug schlich sich beim Ausstoßen von diesen Namen ein leiser Neid in Okies Stimme ein, ein Neid, den es bei seinen beiden Hauptklassifizierungen naturgemäß nicht gab. Dieses Unzureichende des Beinamens glich er dann dadurch aus, daß er in *Ihr Schweden* oder *Ihr Harvard-Jungs* den Verdacht auf jüdische Vorfahren oder einen femininen Zug hineinlegte. Tatsächlich hatte er nur eine Minute vor Dennis' Erscheinen anklingen lassen, daß ja eigentlich keiner genau wisse, wo der gute Orphen stehe, schließlich sehe man ihn nie mit einer festen Freundin, wohingegen er in Verdacht erregender Weise einer älteren Frau ergeben sei, einer, die seine Mutter sein könnte. Der gute Orphen sei wohl schlau genug, alle anderen Zeichen seiner Schwäche zu verbergen, doch dieser Lärm um ältere Frauen sei immer sehr verdächtig, das wisse er von Freud. Kaum hatte Okie diese Andeutung gemacht, bekam er von Gracie auf der einen und Boots auf der anderen Seite einen kräftigen Tritt gegen's Schienbein, und Okies langjährige Freundin Lora hielt den Blick erst gedankenverloren auf ihr Glas gesenkt und hob ihn dann zu dem neben ihr sitzenden Tony Glaenzer, so daß Okie, an die Nähe des Glashauses gemahnt, hastig seinen Scotch hinunterkippte und sich den nächsten bestellte, als Dennis erschien.

Dennis sah sich in dem Laden um. Er war genau wie all die anderen reizenden, verschwiegenen kleinen Lokale, die Okie rund um den Broadway entdeckte, kleine Lokale mit einer besonderen Stammkundschaft, das Fußvolk des Theaters, Randfiguren und blasse Kopien gefeierterer Kreise. Es gab die gleiche moderne Bar aus Silber und Glas, die gleichen glänzenden Spiegel und geometrisch angeordneten Spirituosen, die wie immer von der hübschen Fiore-d'Alpi-Flasche gekrönt wurden mit dem kandierten Baum hinter dem grünen Glas, der einen exotischen kleinen Ausflug aus der harten Wirklichkeit von Gin und Scotch versprach. Um die kleine Tanzfläche herum drängten sich ein paar verchromte rote Tische, und in der Mitte stand, flankiert von unwahrscheinlich üppigen, exzessiv tropischen Palmen, ein winziges knallrotes Klavier, traktiert von einem hageren Pianisten mit fliehendem Kinn und hochgekämmtem Haar, der die aufmerksame weibliche Kundschaft unbestimmt und nicht sehr vielversprechend anlächelte, während seine geübten langen Finger Dutzende von süßen breiten Akkorden einsammelten. Ein großer Tenor, der aussah wie ein Polizist, schritt langsam über die Tanzfläche und sang mit triefender Honigstimme – es war der Besitzer, wie sich leicht erraten ließ, denn selbst während er traurig jaulte: »Ain Juunge – uund – ain Määdchen – taanz – ten –«, wandte er kein Auge von dem Barkeeper, damit dieser ihn ja nicht betrog, und wenn er gerade nicht tirilierte, stand der durchtriebene Kerl (der sich »Sammy« nannte, um zu suggerieren, daß er in Broadway-Kreisen geliebt und geschätzt war) im Vestibül und begrüßte die hereinkommenden Gäste mit einer Verbeugung, jedoch nicht ohne einen unschuldigen Spiegel zu fixieren, der die Bar-Aktivitäten wiedergab, was der Barkeeper alles ganz genau wußte, von der Kubanerin an der Garderobe gewarnt.

Zwischen den beiden neuen Blondinen, die der geniale Okie angeschleppt hatte, erkannte Dennis Tony Glaenzer. Die beiden Frauen, Gracie und Boots, sahen den letzten zwei zum Verwechseln ähnlich, obwohl Okie so stolz wirkte, als hätte er eine neue Rasse entdeckt.

»Boots ist Tonys Freundin«, tuschelte Okie ihm zu. »Gerade zurück von ihrer Tournee.«

Daß Boots Tonys Freundin war, sah man deutlich an Tonys allumfassendem fürstlichem Besitzerstolz und an dem diskreten Auftreten der jungen Frau, einer speziellen Art von Arroganz, die für Vornehmheit hätte durchgehen können, und was Wunder, daß sie darein verfiel, spielte Tony neben ihr doch doppelt so eifrig den Aristokraten, dreimal so eifrig den überlegenen Patrizier; seine demonstrative Fixierung auf Boots erklärte sie trotzig für dieser Ehre würdig und erlaubte ihr, an seinem besonderen Privileg, ihre Freunde vor den Kopf zu stoßen, teilzuhaben, während ebendiese Freunde durch ihr Ausgeschlossensein ihrerseits das Privileg eines ziemlich bitteren Klassenbewußtseins genossen.

Zu Dennis' Begrüßung schlug Boots die hübschen, dicht bewimperten Augen auf und senkte sie dann verschämt auf ihren siebenten Stinger. Sie war sehr klein, aber wohlproportioniert und trug schlichte gut sitzende Kleidchen, um ihren natürlichen Liebreiz zu betonen. Als sie aufstand und mit Tony tanzte, drückte sie steif das Kreuz durch und machte lange ausladende Schritte, um mit den seinen mitzuhalten, während er, gebückt, gelangweilt, in byronscher Schwermut über ihr hing. Hochmütig sah sie über die Köpfe der einsamen Männer hinweg, die sie von der Bar aus anstierten. »Männer?« schien ihr Blick zu sagen, »was ist das?«, und indem sie Tonys eher höfliches als verliebtes Interesse spröde hinnahm, schien sie ihre resolute, unangetastete, ehrenwerte Feine-Leute-Jungfräulichkeit zu betonen, und selbst mit dem Barkeeper, den sie recht gut kannte, und mit Sammy und den anderen Stammgästen, die sie oft gesehen hatten, bevor Tony Glaenzer sie entdeckte und durch Absonderung von den anderen zu einer achtbaren Person erhob, redete sie jetzt in einem neuen Ton, irgendwo zwischen Südstaaten- und britischem Akzent, nur viel schöner und vornehmer als beide und zweifellos entschieden reizvoller, da das Kultivierte dieser Sprache ständig durch den tiefen Blues-Ton ihrer Stimme unterlaufen wurde.

Gracie war ein anderer Typ, und da an eine Unterhaltung mit Tony nicht zu denken war, widmete sich Dennis ihr.

»Das ist Gracie Kessel, die Künstlerin, von der ich dir erzählt habe«, hauchte Okie ihm aufgeregt ins Ohr. »Das ist die Nymphomanin.«

»Danke, Kumpel«, antwortete Dennis.

Gracie lächelte ihn über ihren Tom Collins hinweg an und schob ihm ein Salami-Sandwich hin.

»Nehmen Sie, ich will es nicht, ehrlich.«

Gracies hübsche, klare blaue Augen, ihr schönes ruhiges Gesicht mit der zarten Babyhaut und der echt naive Ausdruck darin schienen ihren ominösen Ruf zu widerlegen. Ihre matronenhafte Figur und die dazugehörige gutmütige Gefühlsduselei – *Ah, Sammy, warum willst du nur nicht mal deinen Kleinen bei mir lassen, ehrlich, Mr. Orphen, Sammy hat den süßesten kleinen Fratz, den Sie je gesehen haben* – und dann ihre plötzlichen unflätigen Ausrufe, nach denen sie in schallendes Gelächter ausbrach, hätten eher zu einer sinnenfrohen, kerngesunden jungen Braut vom Land gepaßt, die mit den anderen Dorffrauen über ihr neues Wissen gluckste. In ihrem Rausch sprach sie so viel und so wichtigtuerisch von ihrer Kunst, daß man kaum glauben konnte, daß sie in jener

Welt wirklich so viel galt, wie sie es tat. Um Dennis' Freundschaft buhlend, bezeigte sie ihm ihr Mitgefühl in bezug auf die Erfolge anderer Autoren, als wäre es ein unumstößliches Gesetz, daß jeder Künstler oder Schriftsteller automatisch jeden anderen im selben Bereich Tätigen und dessen Werke haßte und daß jedweder Erfolg, egal in welchem Fach, den anderen zum legitimen Feind erhob. Dabei war sie eingebildet genug, um neidischer auf Männer als auf Frauen zu sein, und geneigt, ihre Konkurrentinnen mit großer Geste abzutun. Die Küsse, die etwas längeren Umarmungen und die hingehauchten Schmeicheleien der Männer, die hereinkamen und gingen, nahm sie mit gelassener, stolzer Selbstgefälligkeit entgegen, als handle es sich dabei um die höchste Auszeichnung, bei diesen Ex-Berufstänzern, Spielern, kleinen Ganoven, Freunden von Freunden von Berühmtheiten. Ja, diese hohen Herren wußten, worum es ging, erkannten große Künstlerinnen mit einem Blick.

»So ist es mit Gracie überall«, gab Okie an. »Man kann nirgendwo hingehen, ohne daß gleich jemand ankommt: Hallo, Gracie, einen *wunder*schönen Abend, Miss Kessel, ah, Gracie – so geht es ständig und überall.«

»Ach, die meinen nur, ich hätte Geld«, winkte Gracie lächelnd ab, ohne dies wirklich zu glauben. Ganz der bodenständige Typ, dachte Dennis, ungeheuer vital und sinnlich, verknüpft mit einer schlauen, engstirnigen Bigotterie. Ihre Stimme wurde mit jedem Glas ein bißchen lauter, und die Worte hingen noch ein Weilchen in der Luft, klagende, schmeichelnde, oftmals bittere Worte, die der kindliche, jaulende Klein-Mädchen-Ton entschuldigte. Sie hingen noch ein Weilchen in der Luft wie abgestandener Zigarrenrauch, und Gracies seltene Sprechpausen wirkten wie ein wohltuender Schwall klarer Bergluft, durch die Dennis, ganz bezaubert, fasziniert, Okies Freundin Lora mustern konnte. Nein, so jemanden wie

Lora hatte er noch nie gesehen, nie – solche kühlen, undurchschaubaren Gesichter schlugen ihn immer in Bann, wie banal auch das Geheimnis sein mochte, das sie verbargen. Das einzige, was gegen Lora sprach, war Okie, doch diesen Einwand mußte er als einen weiteren Beleg dafür zurückweisen, daß die Männer im Grunde doch alle gleich waren und sich von der Qualität der früheren Liebhaber der Frau unbewußt abschrecken oder anfeuern ließen. Andererseits ließ ihn der Umstand, daß Corinnes Gutenachtkuß erst eine halbe Stunde zurücklag, an der Echtheit dieses plötzlichen warmen Interesses für Lora zweifeln. War es wohl wieder nur die praktische Neugierde des Literaten, der geschäftige Gauner und nicht der Mann in ihm, oder lag es womöglich an diesem komischen kleinen Apparat irgendwo dicht beim Herzen, der Warnsignale von sich gab, sobald dem Organ eine gefährliche Verwicklung drohte, der dem Meister riet, zu fliehen, zu wechseln, sich davonzumachen, schnell etwas zu tun gegen die plötzliche Welle des Schmerzes, die aussah wie ein echtes Gefühl? In diesen paar Tagen ohne den schützenden Zaun von Effies restlos erfüllender Freundschaft – einer Freundschaft, die für beide ein Schutzschild gegen den Rest der Welt gewesen war, gegen jede andere Berührung –, ohne diesen Puffer hatte sich Dennis in eine sklavische Abhängigkeit von Corinne hineingezogen gefühlt, hatte momentelang entsetzt in das unheilvolle, nicht sehr lustige Gesicht einer skandalösen, unvernünftigen, verheerenden, selbstzerstörerischen Liebe geblickt, und das durfte auf keinen Fall geschehen. Ob mit Ehemann oder ohne, ob mit dieser befriedigenden, aber auch verdächtigen Leidenschaft für ihn oder nicht, ob mit Hindernissen oder ohne – hier war Orphen, der Einzelgänger, in Gefahr, Orphen, der unabhängige, ungebundene junge Mann.

Warum werde ich eigentlich immer gleich hysterisch,

wenn ich einen dieser großen Augenblicke auf mich zukommen sehe? fragte Dennis sich. Als ob die große Liebe, wie sie früher hieß, der schlimmste Fehltritt sei? Ist es, weil ich an meiner Begabung für die Rolle des großen Liebenden zweifle, ist es, weil ich ahne, was für eine komische Figur ich abgeben würde, so rettungslos verliebt und leicht zu betrügen? Ist es, weil alle, die ich als Kind geliebt habe, gestorben sind oder mich verlassen haben oder mich auf andere Weise gelehrt haben, daß ich mich nicht zu starken Gefühlen hingeben darf? Ach, wäre ich doch jemand anderes, zum Beispiel Okie da drüben, dann könnte ich mich selber analysieren, feststellen, worin diese innere Sperre besteht. Wer weiß, vielleicht ist es nur das Zigeunerblut oder reine Klaustrophobie oder – ach, zum Teufel damit.

»Was ich nicht verstehe, ist«, sagte Gracie laut mit einem Nicken in Richtung Tony und Boots, »warum sie, wenn sie beide nur Augen für den anderen haben, ständig mit so vielen Leuten ausgehen. Die wollen gar nicht allein sein – es sieht so aus, aber es ist nicht so. Sie könnten ja woanders hingehen, wenn sie wollten. Aber nein, sie brauchen unbedingt ein Publikum, Leute um sich rum, um die Überlegenen spielen zu können.«

»Gib Gracie nichts mehr zu trinken, Bill«, wies Boots den Barkeeper gouvernantenhaft an. Tonys Augen wanderten träge zu Dennis.

»Haben wir uns nicht schon irgendwo gesehen?«

»Wohl kaum«, antwortete Dennis säuerlich.

Okie zog Dennis' Ohr zu sich heran und raunte ihm zu: »Glaenzer geht mir ganz schön auf die Nerven. Diese Playboys, die bei den Frauen immer den großen Macker spielen, nur weil sie mal 'ne Million erben! Erben, genau. Ich wette, er hat höchstens zehn Cent dabei, seine Alte glaubt doch, das hilft. Sich auf deren paar Pennies zu verlassen ist wie einen Aal oder einen Schwamm festhalten, was, Orphen? Da, schau ihn dir an. Immer, wenn's ans Blechen geht, muß er gerade pinkeln oder tanzt, und was Boots betrifft, tja, die ist über alles erhaben, seit sie diesen tollen Fang gemacht hat. Wo die anderen Mädels sie doch alle beneiden – und wünschten, sie hätten auch so einen Goldjungen, um die Ehre zu haben, ihn auszuhalten und das Taxi zu bezahlen. Wetten, Boots hat sich von ihren Freunden schon eine Stange Geld geliehen, um dieses sogenannte große Los zu finanzieren? Zum Teufel, seine Alte kratzt doch niemals ab und läßt ihn nie gehen – da kann er warten, bis er schwarz wird! Pst! Lora ist meine Freundin, ja, aber Boots ist wirklich mein Typ. Kapiert, Orphen, worum's mir geht? Ah, alter Schweinehund, klar!«

Dennis sah Lora an. Sie sagte die ganze Zeit kein Wort, saß nur stumm auf ihrem Barhocker und nippte an ihrem Highball. Sie war sehr zart, feingliedrig und dünn, sehr elegant in ihrem grauen nonnenhaften Kleid mit dem hohen Kragen und dem kleinen Cape, das mit einer Brillantenspange keusch an ihrer Schulter befestigt war. Von dem kleinen Hütchen hing ihr ein schmaler Schleier in die Stirn, und ihr blauschwarzes Haar lag in steifen Wellen wie gemeißelt um ihr schmales, blasses Gesicht, ein fast unnatürlich schmales Madonnengesicht mit funkelnden pechschwarzen Augen, feingeschnittener Nase und einem bezaubernden roten Mund. In den hübschen kleinen Ohren glänzten winzige Edelsteine, und an ihrem Handgelenk sah unter den klösterlich weißen Manschetten ein feines brillantenbesetztes Platinarmband hervor. Wo, dachte Dennis, hat sie das Zeug bloß her?

»Tanzen Sie?« fragte er.

Okie sah ihnen über sein Glas hinweg finster nach, als sie auf die Tanzfläche gingen. Dennis stellte zu seinem Entsetzen fest, daß diese stumme, so beherrscht wirkende Sphinx kaum noch stehen konnte, sich an Stühlen und Tischen festhielt, um nicht umzufallen, doch er konnte einfach nicht glauben, daß sie betrunken war. Als er sie umfaßte, hatte er das verwirrende Gefühl, ein Nichts zu umarmen, als halte er nur den wehenden Schal an dem strengen französischen Kleid im Arm und keine Frau. Ein schwacher Nimbus aus orientalischem Parfüm umgab sie, doch auch er hatte nichts Sinnliches, genausowenig wie die zarten, schmalen Schultern oder ihr bedeutungsloser Körper, er wirkte mehr wie Weihrauch von einem geheimnisvollen Tempel, so ungreifbar wie ein Traum, an den man sich nicht ganz erinnern kann. Wange an Wange tanzend, wich Dennis zurück, verwirrt und irgendwie abgestoßen von diesem überirdischen Wesen, sie zu berühren war, wie die nackten Sägespäne einer Schneiderpuppe zu betasten, und der Zellophanglanz ihrer Augen, der ihm jetzt erst auffiel, und die wächserne Vollkommenheit ihrer unbewegten Züge – das alles waren die Reize einer mumifizierten Königin, Vorzüge eher für Historiker als für einen lebendigen Mann, der auf der Suche war. Sie schwebte halb betäubt dahin, blinzelte kein einziges Mal mit den Augen, lächelte, wenn er sie ansprach, hinreißend und träge, und ihr Schweigen und das noch ein Weilchen anhaltende Lächeln umgaben sie mit einem unwiderstehlichen Hauch von Intelligenz, hübsch gedämpft, dem männlichen Geschmack gemäß. Schließlich schwankte sie zum roten Vorhang vor der Damentoilette davon, und als Dennis zurückkam an die Bar, flüsterte Gracie ihm zu: »Lora ist periodische Alkoholikerin. Wahrscheinlich müssen wir sie bald nach Hause bringen.«

»Lora eine periodische Trinkerin? *Lora*?«

Gracie nickte.

»Säuft den ganzen Tag, aber immer ganz die feine Dame. Merken tut man's eigentlich nur, wenn sie irgendwann anfängt, vom Stuhl zu fallen. Dann kriegt sie keiner mehr hoch. Wie ein nasses Stück Seife. Neulich mußten Okie und ich sie den ganzen Weg auf dem Allerwertesten nach Hause schleifen. Klappt einfach zusammen.«

»Das passiert Lora? *Lora*?«

»Kriegt aber trotzdem noch alles mit, machen Sie sich da bloß nichts vor, selbst, wenn sie bewußtlos ist«, warnte Gracie ihn. »Erinnert sich an jeden kleinen Scherz und läßt es einen später spüren. Okie ist nur mit ihr zusammen, weil sie die einzige hier in der Stadt ist, die jede Nacht die ganze Nacht durchhält und jederzeit mitgeht in jedes Lokal.«

»Was hat Okie denn bei ihr erreicht?«

»Gar nichts.« Gracie kicherte. »Lora ist ja immer halb bewußtlos und außerdem viel zu sehr Dame, so daß Okie eben verglühen muß.«

Dennis erkundigte sich dermaßen genau nach Lora und schielte in Erwartung ihrer Rückkehr mit so deutlichem Interesse zu dem roten Vorhang hin, daß Gracie begann, sich zu ärgern. Sie vertraute ihren Unmut Okie an. Die beiden tanzten, und Dennis sah besorgt, wie sie miteinander flüsterten und gemeinsam über ihn herzogen, diesen Snob, diesen Schwulen, diesen Heuchler. Ihm fiel auf, daß ihn mit Okie vor allem eine Kette von Beleidigungen verband. Ihre Begegnungen, sei es im Restaurant oder im Redaktionsbüro, begannen stets auf einer leidlich heiteren, freundschaftlichen Basis und endeten damit, daß Okie von ihm verletzt, angeschnauzt, beleidigt wurde. Widerstrebend rief Dennis ihn dann wieder reumütig an, lud ihn ein, kehrte den alten Kumpel hervor, laß uns doch einmal was trinken gehen, und schon platzte die Beleidigung wieder heraus, die unterschwellig arrogante Bemerkung, die irgendwie herablassende Andeutung, und wieder mußte Okie durch einen Telephonanruf, eine kameradschaftliche Geste besänftigt werden. So fühlte Okie sich jetzt trotz seiner offen eingestandenen Begeisterung für Boots durch Dennis' Interesse für Lora beleidigt.

»Das Lokal ist dir also nicht gut genug, was? Ist nur so eine billige Broadway-Spelunke, was?« fragte er Dennis laut, als er wieder neben ihm Platz nahm. »Mir scheint, für Anthony Glaenzer ist es gut genug, und der könnte jetzt im besten Klub der Stadt sein, wenn er wollte. Stimmt's, Boots? Jetzt schau dir mal diese Wimpern an, Dennis, schau! Erzähl mir bloß nicht, Boots, daß die echt sind, ehrlich.«

»Sind sie aber«, sagte Boots, und Tony und sie lächelten einander überlegen zu. Boots konnte Okie nicht leiden, doch wenn Tony ihn wirklich für so witzig hielt, konnte sie ihn schon ertragen, zumal er die Rechnung bezahlte. Ab und zu kam der Leiter einer Schauspielagentur, ein dunkelhaariger, gutaussehender, gerissener junger Mann, zu ihr herüber und unterhielt sich mit ihr, aber Tony hatte nichts gegen die Störung, umgab sie Boots doch noch zusätzlich mit dem Glanz ihres Berufs, einem Hauch von Wichtigkeit, der sie seiner hohen Gunst doppelt würdig machte.

»Nein, Sir«, rief Okie dem Barkeeper zu, »diesem Herrn hier ist das Alabam nicht gut genug, er ist nämlich ein preisgekrönter Schriftsteller, und er glaubt, das sei was wert. Hör mal, Junge, dein kleiner Federhalter zählt im Alabam sehr wenig, was, Bill, was, Sammy? Mach dich ruhig über meine Zeitschrift lustig – die kennt man hier, im Gegensatz zu deinem kleinen Literaturpreis. Na, Sammy, alter Junge... Sammy gehört der Laden, ist ein echtes Original, der Sammy, hättet ihr Schriftsteller nur ein bißchen literarisches Gespür, würdet ihr über ihn schreiben, aber nein, der Besitzer des Alabam ist nicht gut genug für eure anspruchsvollen Bücher, es muß unbedingt Lady Agatha sein und diese blaublütige alte Familie. Ehrlich, Sammy, gehen dir diese Schriftsteller nicht auf den Keks? Toller Kerl, der Sammy. Kenne ihn persönlich. Zum Teufel, ich war schon tausendmal hier. Sammy kenn ich ziemlich gut.«

»Und jetzt kennt Sammy auch mich«, sagte Dennis in nicht gerade freundlichem Ton.

Okie klopfte ihm auf die Schulter.

»War doch nur Spaß, Junge, kannst du einen harmlosen kleinen Scherz nicht von Ernst unterscheiden? Hier, Bill – he, Barkeeper, noch 'ne Runde und für Lora 'n Whisky pur.«

»Ein Whisky haut sie jetzt um – dann braucht sie nicht mehr die ganze Nacht weiterzutrinken«, erklärte Gracie Dennis lakonisch.

Der Barkeeper war ein dünner, konzentrierter kleiner Mann mit angespanntem Gesicht, pomadisiertem, zurückgekämmtem schwarzem Haar, ordentlichem Seitenscheitel, einem durchtrainierten kleinen Athletenkörper, auf den ersten Blick ein junger Mann, seiner Beweglichkeit und den jugendlichen Zügen nach, doch auf den zweiten Blick entdeckte man die vielen kleinen Falten, das wettergegerbte Seemannsgesicht unter der gesunden Bräune, dem man sein Alter nur für Momente ansah – an den spitzen alten Tabakzähnen, den müden gelblichen Augen, dem spärlichen Haar, das für einen unbeschwerten jungen Mann allzu schwarz und allzu sorgfältig frisiert war. Hochnäsig mixte er seine Cocktails, schnippte sich das Trinkgeld in die Hosentasche, schob den Wartenden die Gläser auf dem Marmortresen zu, und jede Bewegung seiner drahtigen, geübten kleinen Hände verriet seine Verachtung für das Alabam, die Kunden, ihr Trinkgeld und die ganze Trinkerei. Das nennt ihr Arbeit, das nennt ihr Leben, das nennt ihr gute Musik, die findet ihr schön, das hier nennt ihr New York – na, toll! Als er Dennis seinen Highball hinschob, preßte er durch den Mundwinkel ein paar Worte hervor, wie ein Bauchredner, so vorsichtig und geheimnistuerisch, als ob sie von KGB-Leuten umgeben wären und der Inhalt seiner Worte hoch politisch sei.

»Is das wahr, Sie sind Schriftsteller?« fragte er. »Is das wahr mit dem Preis und den Büchern – wie war noch der Name, Chef?«

»Orphen. Klar ist das wahr.«

Der Barkeeper lächelte verstohlen, verschmitzt, bediente jemanden am anderen Ende des Tresens und kehrte, immer noch geheimnisvoll lächelnd, zurück.

»Soll ich Ihnen was verraten, Chef? Ich bin auch Schriftsteller. Na klar, ich schreib Geschichten. Hab schon ein ganzes Buch. Na klar. Wird auch veröffentlicht, kein Witz. Tja, eigentlich brauche ich hier gar nicht mehr zu arbeiten. Wenn erst das Buch erscheint – schauen Sie, hier ist der Scheck – es ist über den Typ da, Sammy. Ne, das macht dem rein gar nichts, der platzt ja fast vor Stolz. Erzählt jedem, daß jemand ein Buch über ihn schreibt, plustert sich ordentlich auf. Sagt aber keinem, daß ich es bin, will den ganzen Ruhm für sich haben. Es handelt von diesem Lokal hier, dem Alabam. Man soll doch über das schreiben, was man kennt, nicht wahr? Das sagt jedenfalls der Typ, der's rausbringt. Na klar, hab 'nen Verleger. Der kommt dauernd her, der Atmosphäre wegen, um zu sehen, ob in dem Buch auch alles stimmt. Verdammt netter Kerl, gar nicht eingebildet. Komm gut aus mit ihm. Da sitzt er, da drüben am Tisch, bei den Palmen.«

Dennis ließ seinen Blick in die ungefähre Richtung schweifen, in die Bill mit lockerer Geste wies. Dann blinzelte er ein paarmal, um sich zu vergewissern, daß ihn seine Augen nicht trogen. Doch das freundliche, wohlerzogene Gesicht, der exakt geschnittene Schnurrbart ließen keinen Zweifel zu. Es war niemand Geringerer als Johnson persönlich.

... schwarz wie die Nacht ...

Johnson war nicht allzu erfreut, Dennis zu sehen. Er täuschte noch nicht einmal ein Begrüßungslächeln vor, als Dennis einen Stuhl an seinen Tisch schob, doch es stellte sich schnell heraus, daß seine finstere Stimmung nicht seinem Autor persönlich galt. Seine Verzweiflung hatte ihren Ursprung, wie er sehr wohl wußte, vielmehr in der völlig unsinnigen Tüchtigkeit seines neuen Konkurrenten im Verlag, unsinnig, denn das mindeste, was ein wohlhabender junger Mann, wenn er sich in eine Firma einkauft, für seine weniger vom Glück bedachten Mitarbeiter tun kann, ist doch, ein Idiot zu sein. Aber nein, Hiller mußte auch noch clever sein, so gerissen, daß es fast schon kriminell war – der glückliche MacTweed! ... In gewisser Weise warf Johnson es seinem arglosen Autor vor, daß die erste Auflage der *Frau des Jägers* nicht schon vor Erscheinen vollständig verkauft war, wie von Johnson so großzügig prophezeit, und er zürnte seinem Protegé, dem Barkeeper, weil die Art von Literatur, die er vertrat – jene, die Johnson bis dahin mit religiösem Eifer unterstützt hatte –, sich unmerklich von der Flut von Südstaaten-Romanen verdrängen ließ. Sein neuer Konkurrent hatte MacTweed praktisch die Idee verkauft, daß man einen Roman nur dann annehmen oder herausbringen konnte, wenn er eine schwärmerische, exklusive Nostalgie für die guten alten Südstaaten enthielt; und solche Sagas schossen jetzt als stolze Antwort auf *Tobacco Road* zu Hunderten aus dem Boden. Auf MacTweeds Liste stand bereits ein halbes Dutzend, und Johnson bezweifelte verdrossen, daß er auch nur ein unerschrockenes, wortkarges Pastiche über das gemeine Volk würde unterbringen können. Sich im Alabam umsehend, dachte er: Vor einem Jahr hätte ich noch schwören können, daß in jedem dieser harten Broadway-Burschen ein Naturtalent steckt. Doch seit dieser junge Schnösel im Verlag ist, mißtraue ich meinem eigenen Gespür und glaube statt dessen an seines: Jeder von ihnen ist der letzte Sproß einer alten Südstaaten-Familie. Wenn er die Augen schloß, sah er ihre Geschichte aufgeschlagen vor sich liegen, sah die alten schwarzen Kindermädchen mit ihren veilchenfarbenen Söhnen, die dem jungen Massa Jephtah so verblüffend ähnelten, hatte schon den glanzvollen Untergang im Ohr, die stolze Offenbarung, daß diese prächtigen alten Aristokraten die eigenen Urahnen des Autors waren.

Von daher bereits allgemein verbittert, litt Johnson auch noch momentanere Qualen. Er war so schwarzer Laune, daß ihn eine säuerliche grüne Wolke umgab, die jeden, der ihm nahe kam, erfaßte, er verbreitete ein regelrechtes Giftgas, das er am liebsten dazu benutzt hätte, seinen eigenen Protegé hinter der Bar und die Gruppe um Orphen zu vernichten, eine Runde, die er voll Abscheu beobachtet hatte, von dem lauten, rotgesichtigen Kerl bis zu der kleinsten, hübschesten Blondine. Um sich ein wenig an der Welt zu rächen, beschloß er, auf Orphen herumzuhacken, weil er das, was er schrieb, so schrieb, wie er es schrieb, ja, er würde, dachte er bei sich mit einem

Anflug schwacher Freude, Orphen so weit bringen, daß er sich vorkam wie ein Schuft, bloß weil er aus dem Norden stammte, und als er Dennis auf sich zukommen sah, klammerte er sich, um seinen eigenen Anspruch auf die Südstaaten-Flagge zu stützen, vorsorglich an einen obskuren Onkel, der sich in Coral Gables angesiedelt hatte.

»Wie steht's denn mit den Vorbestellungen für das Buch?« fragte Dennis und nickte seinen Freunden an der Bar ein wenig herablassend zu – amüsiert euch ruhig, ihr Taugenichtse, schien dieses Nicken zu sagen, ich kümmere mich mal kurz ums Geschäft.

Johnson zuckte die Achseln und sah geheimnisvoll und finster drein.

»Gibt es schon erste Reaktionen von den Kritikern – oder eine Nachricht von den Buchhändlern in der Provinz?« bohrte Dennis weiter.

»Es ist nicht gerade die Sorte Buch«, brachte Johnson bedächtig vor, »von der man erwarten kann, daß sie jedem gefällt. Nicht ganz.«

»Ach so?«

Johnson lächelte.

»Es ist schließlich kein *Bellamy Bountree.*«

»Hm«, meinte Dennis nachdenklich. »Da haben Sie natürlich recht.«

»In gewissem Sinne«, setzte Johnson ein wenig sadistisch hinzu, »könnte man es auch als eine Tour de force bezeichnen.«

Tour de force! Dieser abschätzige Ausdruck ließ Dennis zusammenzucken. Kein *Bellamy Bountree* war schon schlimm genug, aber Tour de force klang noch vernichtender. Als er sah, daß Dennis tief genug getroffen war und daß seine eigene pechschwarze Laune nun auch ihn ergriff, verspürte Johnson eine leise freundschaftliche Regung. Er lehnte sich zu ihm hinüber.

»Stellen Sie sich vor, Orphen, ich bin heute schon dreimal heimgegangen, und jedesmal mußte ich in diesen verdammten Schuppen zurückkommen. Ich weiß nicht, wohin ich sonst gehen soll. Ich hasse dieses Lokal. Wenn dieser Kerl da noch einmal *Bäume* singt, mach ich Kleinholz aus ihm.«

»Anscheinend ist Ihnen nicht klar, daß diese unbedarften Gangster und Revuetänzerinnen alle ein Herz aus Gold haben«, sagte Dennis. »Sie amüsieren sich und lieben sich wie andere Menschen auch, und wenn sie sich trennen, prozessieren sie. Genauso wie in der Park Avenue.«

»Wer sind denn Ihre grauenvollen Freunde da?« fragte Johnson ihn.

»Kommen Sie mit an die Bar, und lernen Sie sie kennen«, schlug Dennis, nicht sehr begeistert, vor. »Dann brauchen Sie nicht mehr darüber nachzudenken, wo Sie hingehen sollen.«

Johnson schüttelte, angewidert ob der bloßen Vorstellung, den Kopf.

»Ich hasse die Menschen, Orphen, alle!« platzte er brutal heraus. »Ist Ihnen klar, daß ich zu Hause rausgeschmissen worden bin – nicht nur heute, sondern überhaupt? Warten Sie, bis das Ihnen mal selbst passiert, dann wird Ihnen das Lachen vergehen... Nein, nein, es ist nicht die Polizei, es ist nur der alte Bing.«

Angesichts Dennis' verständnisloser Miene begann Johnson, es ihm wütend zu erklären.

»Es ist nämlich so: Meine Frau ist schon auf Martha's Vineyard, um unser Haus aufzusperren, darum teile ich mir gerade ein Apartment mit dem alten Bing. Sie kennen ihn wahrscheinlich, er ist der Juniorpartner von Lambert & Co. Und was passiert? Jeden Abend, wenn ich nach Hause komme, liegt Bingys Freundin in meinem Bett. Ihre Kleider sind mal im Wohnzimmer verstreut und mal im Bad, und manchmal trägt sie sogar meinen Pyjama, aber immer liegt sie in meinem Bett. Und ich muß mich wieder zurückziehen. ›Tschuldige, Bing, alter Knabe‹, sag ich und geh. ›Ist schon okay, Johnson, altes Haus‹, sagt er. Ich komm wieder her in dieses armselige Loch – trink noch was – gehe schließlich wieder rüber in die Thirty-ninth. Sie ist noch immer da. ›Verzeih mir, alter Junge‹, sage ich und bin schon wieder weg. ›Ist schon okay‹, sagt Bing. Wissen Sie, daß ich nicht eine Nacht richtig habe schlafen können, seit ich meine hundert für die Miete hingeblättert hab? Wissen Sie« – seine Stimme bekam so einen weinerlichen Klang, daß Dennis einen Augenblick lang meinte, er bräche gleich in Tränen aus – »daß mein Kopfkissen, meine Badehandtücher, ja selbst meine Zahnbürste in den letzten zehn Tagen so mit Chanel No. 5 getränkt worden sind, daß die Jungs mir, jedesmal, wenn ich am Billardzimmer vorbeigeh, hinterherpfeifen? Ist es da ein Wunder, daß ich heute bei MacTweed einfach übergekocht bin? Ist es da ein Wunder, daß ich wünschte, ich hätte diesen elenden Knaben hinter der Bar nicht auf die Idee gebracht zu schreiben? Und Sie, Orphen? Mein Gott, warum hängen Sie denn an so einem Ort herum? Haben Sie denn gar keinen Stolz?«

»Ich, hier herumhängen?« gab Dennis gereizt zurück. »Das ist mein erster Ausflug hierher. Sie sind der alte Stammgast, mein Freund.«

Johnson ignorierte diese simple Feststellung und sah ihm fest, ja vorwurfsvoll in die Augen.

»Allein die Vorstellung! Ein so begabter Mann wie Sie – ich sage nicht Genie, denn mit solchen Riesen wie Wells und Callingham können Sie sich nicht vergleichen – aber ein Mann mit Ihrem Talent –«

»Sagen Sie ruhig: ein Mann mit meinen Grenzen«, bot Dennis ihm entgegenkommend an.

Johnson winkte ab.

»– Ihre kreativsten Stunden in einer billigen Broadway-Kneipe zu vertun – wirklich, Orphen, ich bin entsetzt. Ich weiß nicht, wie MacTweed das finden würde. Hören Sie, ich will nicht den Moralapostel spielen, bei Gott, ich mag es, wenn einen mal der Hafer sticht, oder auch häufiger –« Dies, dachte Dennis, war eine glatte Lüge, denn niemand mochte es weniger, wenn einen der Hafer stach, als Johnson; er bekam Heuschnupfen davon und brauchte sich gar nicht einer anderen Reaktion darauf zu rühmen – »aber Sie, am Vorabend eines so bedeutenden Ereignisses – Sie werden wohl nicht leugnen, daß das morgige Erscheinen der *Frau des Jägers* ein bedeutendes Ereignis ist – und da stehen sie und krakeelen herum wie der letzte Schnulzensänger. Orphen, das ist kein schöner Anblick.«

»Vielleicht wär's in der Havana Bar besser«, schlug Orphen vor. »Sie ist nur ein paar Häuserblocks entfernt.«

Johnson fand die Idee entwaffnend gut. Beim Hinausgehen stellte Dennis ihm Okie, Lora und Gracie vor – Boots und Tony fegten über die Tanzfläche –, und Gracie schlang Johnson stürmisch die Arme um den Hals.

»Ich bin hin und weg, ehrlich«, rief sie. »Dieser reizende kleine Schnurrbart – *ent – zückend*! Nein, ehrlich, ich bin ganz vernarrt in diesen Kerl. Wo hat er nur mein ganzes Leben lang gesteckt, Mäuschen? Sie haben doch nichts dagegen, wenn ich Sie ›Mäuschen‹ nenne, oder? Das hat meine Mama immer zu mir gesagt.«

Johnson wich entgeistert zurück.

»Er will noch bleiben, stimmt's, Mäuschen?« gurrte Gracie, plötzlich mit einem unsäglichen Südstaaten-Akzent, selbst in dem sanften, unschuldigen Schnurren, mit dem sie das Gesicht des widerstrebenden Johnson an ihren Hals preßte.

»Wollen Sie?« fragte Dennis ihn.

»Nein!« schrie Johnson auf, sich ihrer Umklammerung entwindend. »Bloß raus hier.«

Der Barkeeper schob Gracie einen Whisky hin.

»Hier, junge Frau, halten Sie sich an den«, befahl er ihr, »und lassen Sie meinen Verleger in Ruhe.«

Okie lächelte Dennis mit Lora im Arm wortlos und vielsagend an. Hinter Loras Rücken begannen zwei Männer mit Melone zu steppen, und die Trinker an der Bar erinnerten sich wieder an ihre Pflicht. Nur Lora saß stumm und reglos da, das hübsche blasse Gesicht zu einem milden, gedankenverlorenen Lächeln gefroren, das Kinn auf den schmalen, platingeschmückten Arm gestützt.

»Ich wußte doch, daß du uns sitzenlassen würdest, sobald jemand Besseres kommt«, trötete Okie zu der Begleitung all der den Takt schlagenden Füße um ihn herum. »Du scheinheiliger Kerl, wolltest mir mein Mädchen ausspannen, was? Hab doch gesehen, wie du sie angeglotzt hast. Du und Tony. Schau nur, wie er tanzt. Reckt den Hals wie ein Vogel im Zoo, man könnte meinen, gleich stürzt er sich auf einen Fisch. Dieser Snob. Ihr alle beide. Von mir aus könnt ihr gehen.«

»Bis bald, Okie.« Dennis hielt ihm mit Blick zu Lora die Hand hin, doch statt sie zu schütteln, steckte Okie beide Hände in die Taschen und versuchte sich mit finsterem Gesicht im Holzschuhtanz.

»Ich werde wahnsinnig! Kommen Sie!« schrie Johnson Dennis ins Ohr, und tatsächlich flackerte in seinen matten Augen das Feuer des Wahnsinns auf, als Sammy, die gespreizten Finger unterm Kinn verschränkend, die Absätze zusammenschlagend, die Füße im rechten Winkel, begann mit klarer glockenreiner Stimme melodiös zu singen:

»Iich waiß, iich sää auch niicht im Traum
Jä ätwaas Schöönäräs als ainän Baum –«

...Nachtgedanken...

Ich war also zum Tee bei ihr, und wir haben die Sache besprochen«, sagte Johnson, denn sie saßen jetzt in der Havana Bar, und der Barkeeper hieß Joe. »Sie hat gemeint, Sie würden sich kennen, Sie seien ein guter Freund von ihr. Aber warum, Orphen, haben Sie das nicht gleich gesagt, dann hätten wir doch keine Angst zu haben brauchen vor einer Verleumdungsklage? Wir haben tagelang versucht, sie zu erreichen. Sie hätten uns doch einen Wink geben können.«

»Ich weiß es nicht. Ich habe nicht daran gedacht«, sagte Dennis, wußte jedoch ganz genau, warum er verschwiegen hatte, daß er Effie kannte; er hatte gemeint, sie dadurch schützen zu können, nachdem er selbst schon genug Schaden angerichtet hatte.

»Wissen Sie, Orphen, so eine Frau kann einem Mann viel geben«, sagte Johnson trübsinnig. »Ja, Orphen – ich sage es Ihnen ganz offen und natürlich im Vertrauen –, in eine solche Frau könnte ich mich glatt verlieben. Ich meine, nichts gegen Mrs. Johnson, aber – tja, nehmen Sie zum Beispiel Mrs. Callingham. Sicher, sie ist älter als ich, na und? Es ist diese versteckte Art, diese Traurigkeit, dieses Einfühlungsvermögen. Und was für herrliche Hände. Haben Sie jemals solche Hände gesehen, Orphen? Weiße, tragische Hände – zart und ausdrucksvoll... Ach, Orphen, sie ist etwas ganz Besonderes, ein außergewöhnlicher Mensch.«

»Ja, Effie hat hübsche Hände«, stimmte Dennis ihm vorsichtig zu. Wie immer, wenn andere Effie gönnerhaft rühmten, verspürte er einen irrationalen Widerwillen, und er fragte sich, wieso er selbst ein Buch über sie schreiben konnte, wenn er doch bei anderen Leuten einen solchen Verrat zweifellos rächen würde. Er bezahlte, und sie gingen hinaus auf die Straße. In dieser Stille um drei Uhr nachts wirkten die Forties ziemlich heruntergekommen, völlig ausgestorben, mit den trüben Lampen an den trostlosen Hauseingängen wie aus dem 19. Jahrhundert; um diese mitternächtliche Zeit gehörten die Straßen ganz ihren uralten Parasiten, niedrigen, halb verfallenen Stahlbauten mit Pensionen und billigen kleinen Läden, Überbleibsel der Vergangenheit, die sich tagsüber zwischen pompösen Hotels verbargen. Ein kleines Straßenmädchen mit schwarzer Baskenmütze huschte umherspähend vorbei, deutlich zeichnete sich unter dem schwarzen, schräg geschnittenen Satinrock ihr schmaler, kindlicher Hintern ab, die dünnen Beine steckten in zerschlissenen Seidenstrümpfen, zwischen den Riemchen der wackligen Sandalen ragten große knochige Füße hervor. Sie verschwand hinter einer zerschundenen Tür mit der Hausnummer 119, warf jedoch, als sie sie öffnete, den beiden Männern noch einen verächtlich einladenden Seitenblick zu. Nebenan beleuchtete eine schwache blaue Lampe das Schaufenster eines Kostümverleihs, Schatten verhalfen der Ritterrüstung zu einem Gesicht und der schaurigen afrikanischen Maske zu Augen. Aus einer dunklen Durchfahrt schlüpfte mit diebischer Wachsamkeit eine magere, riesengroße graue Katze, legte schuldbewußt die Ohren an, als die Mülltonnen hinter ihr verdächtig schepperten, argwöhnisch flitzte sie zwischen den beiden Männern hindurch in eine andere finstere Ecke, aus der schniefende, schluchzende Laute drangen, ein schwaches weibliches Wimmern, langgezogen, müde, klagend. Plötzlich tat sich vor ihnen eine gewaltige Höhle auf, und aus ihrem unheimlichen Dunkel schoß fauchend und schnaufend ein mächtiger schwerfälliger Bus mit einer warnenden kleinen Aufschrift auf der Seite: Los Angeles – Seattle; resignierte, transkontinentale Gesichter waren auf die Fenster appliziert, Korbwaren, Musterkoffer, Flitterwochen-Gepäck hinten am Wagen verstaut. Dennis und Johnson sahen zu, wie er sich keuchend auf die Straße schob, ein seltsames, schwerfälliges Ungetüm, dankbar für den Schutz der Dunkelheit. Ein paar Schritte weiter wurden sie von einem aufflammenden Bar-Schild hypnotisiert, als sei das endlich einmal eine neue Idee, und der Barkeeper hieß diesmal Steve, und ein Martini kostete nur zwanzig Cent. Eine betrunkene, propere kleine Frau mit hennaroten Haaren, türkisblauem Spitzenkleid und einem unglaublichen Busen sang das *Caprifischer*-Lied mit so nasaler Stimme, so überzeugend und demgemäß mit einer solchen Energie, daß es schien, als habe die verschlafene Insel einen ordentlichen Schuß Hormone injiziert bekommen oder gar eine Revolution erlebt.

»Und wie sie redet«, schwärmte Johnson weiter, und Dennis schloß die Augen, um die Erinnerung an Effies zarten gebrochenen Alt heraufzubeschwören, was inmitten des ganzen Tumults wirklich ein Kunststück war – »und diese seltsamen anmutigen kleinen Wendungen – ach, ich weiß nicht, wie ich es beschreiben soll, aber ich sage Ihnen, Orphen, Effie Callingham ist eine ungeheuer faszinierende Person.«

»Um sie wirklich schätzen zu können, muß man sie

näher kennen«, meinte Dennis, von Eifersucht gepackt. »Warum waren Sie überhaupt bei ihr?«

»Wir wollten sichergehen, daß sie Ihr Buch gut aufnimmt, nachdem uns klargeworden war, daß Ihnen dabei wirkliche Personen vorschwebten. MacTweed hielt es für besser, sie zu beruhigen. Und ich bin froh, sie kennengelernt zu haben. Ach, hat sie gesagt, kommen Sie doch zum Tee vorbei, es würde mich freuen, Sie bei mir zu sehen, sobald ich aus dem Krankenhaus zurück bin. Wir haben ein wenig geplaudert – sie hat mir ein paar amüsante Geschichten über Callingham erzählt, mir ein paar Photos gezeigt – anscheinend waren sie mal –«

Dennis' Lippen verzogen sich zu einem hämischen Grinsen. Effie umwarb einen neuen Zuhörer für ihre Callingham-Geschichten. Dann malte er sich aus, wie verzweifelt sie auf Andys Rückkehr hoffen und sich davor fürchten mußte, wie sie Tag und Nacht an Andy dachte und sich fragte, was er zu ihr sagen würde, wie sie sich verhalten sollte, und sein Herz wurde von brennendem Mitleid erfaßt und von Verzweiflung darüber, daß sie seine Freundschaft gerade jetzt, wo sie ihrer am meisten bedurfte, ausschlug, Angst hatte vor ihm, überall nur Verletzendes fand. Aber Johnson war ihr willkommen, oder jeder, der ihr ein klein wenig Glanz gönnte.

»Ich habe sie nach seiner Frau gefragt, der, die jetzt hier im Krankenhaus liegt«, sagte Johnson. »Wir wollten ja schon mit ihr Verbindung aufnehmen, wo wir jetzt Callingham unter Vertrag haben, aber es heißt, sie habe nur noch wenige Tage oder Wochen zu leben. Was ich mich frage, Orphen, ist – Sie kennen sich ja aus, vielleicht können Sie es mir sagen –: Kommt Callingham, der doch Amerika auf den Tod nicht leiden kann, Ehefrau A zuliebe zurück, die ihn per Telegramm darum gebeten hat, oder wegen Ehefrau B, die schwer krank ist? Welche, meinen Sie, war da ausschlaggebend?«

Während der paar Minuten, die sie brauchten, um sich aus Steves Machtbereich in eine rustikale kleine Bar um die Ecke fortzustehlen namens Hannah's Place, sann Dennis über diese Frage nach.

»Sie verstehen doch, was ich meine?« hakte Johnson nach. »Wie würde ein anderer Mann in der Situation reagieren? Schließlich kann er nicht mit so einer wunderbaren Frau wie dieser ersten, von der ich gerade sprach, zusammengewesen sein, ohne ein bißchen was für sie empfunden zu haben. Und bedenken Sie, es ist das erstemal, seit er sie verlassen hat, daß sie ihm schreibt. Und jetzt schreibt sie: ›Komm.‹ Angenommen, das ist genau das Wort, auf das er die ganze Zeit gewartet hat, irgendein Signal, daß sie ihn wiederhaben will, egal aus welchem Grund.«

»Aber es geht doch um die zweite Frau –«

»Vergessen Sie, daß sie krank ist«, fiel Johnson ihm ins Wort, ein wenig blinzelnd, um seine alkoholisierten Augen an das rauchblaue Schummerlicht in dem Lokal zu gewöhnen. »Vergessen Sie das, der Vorwand für das Telegramm ist unwichtig, der Punkt ist, der Mann erhält zum erstenmal einen Wink, daß er gebraucht wird, und schon kommt er angeschossen wie der Blitz. Ich könnte schwören, es ist wegen Ehefrau A und hat mit der Krankheit von Ehefrau B nichts zu tun.«

»Ich weiß nicht«, sagte Dennis, und während er ins Leere starrte, materialisierte sich der leere Raum auf seine ordentliche Art zu einem rechteckigen Plakat, das an die Wand geheftet war und seine schlichte Botschaft mit leuchtend roten Buchstaben verbreitete:

FOLIES JARDINIÈRES
PREMIERE AM 10. MAI IM GARDEN THEATRE
MIT TOMMY BENDER, FREDDIE CARVER
UND DER GROSSEN ATTRAKTION AUS PARIS:
ASTA LUNDGREN, PREMIÈRE DANSEUSE

»Wir haben jetzt April, nicht wahr?« überlegte Dennis laut. Er zeigte auf das Plakat. »Haben Sie schon mal daran gedacht, Johnson, daß Callingham vielleicht nur deshalb kommt, weil er seiner neuesten Freundin, Asta Soundso, bei ihrem ersten Auftritt in Amerika beistehen will?«

»Donnerwetter!« rief Johnson, auf das Plakat starrend. »Tja, Donnerwetter!«

Er bezahlte ihre Drinks, und sie traten hinaus in die graue, unnatürliche Stille einer Morgendämmerung am Broadway, dieses grausige Gespenst, das vor den Nachtlokalen lauert und die Vergnügungssüchtigen an den verlorenen Tag gemahnt, an ihr vergeudetes Lachen, die unangenehme Gesellschaft.

»Diese neue Freundin hatte ich ganz vergessen«, sagte Johnson, Dennis irgendwie die Schuld gebend an diesem neuen, verstörenden Gedanken, diesem unangenehm überzeugenden Schlag gegen die romantische Liebe. »Also wirklich! Das ist dieses Mädchen, nicht wahr? Verdammt noch mal, Orphen, kann dieser Kerl denn nicht ein klein wenig Treue empfinden, irgendein tieferes Gefühl als seine momentanen Begierden? Ich weiß, als was für einen Schuft Sie ihn in Ihrem Buch darstellen, aber, sagen Sie, könnte sich denn eine Frau wie Effie Callingham, so eine großartige Frau wie sie, in so einen offensichtlichen Schuft verlieben?«

»Warum nicht?« fragte Dennis achselzuckend. »Haben sich die Frauen je um einen Edelmann gerissen?«

Johnson sah finster drein, wehrte sich dagegen, so ketzerischen Reden zuzustimmen. Es ärgerte ihn, daß seine Bewunderung für Effie Callingham unter der Gleichgültigkeit ihres Mannes leiden sollte. Ihm fiel Benjamin Constants bitterer Ausspruch über eine Frau ein: »Die Leute waren gegen sie, weil sie es nicht vermocht hatte, bei ihrem Geliebten mehr Achtung vor ihrem eigenen

Geschlecht zu erregen.« Er begleitete Dennis bis ans Trittbrett eines Taxis.

»Steigen Sie ein, ich setze Sie ab«, sagte Dennis.

Johnson wich zurück, mit einem jähen Ausdruck bittérster Verzweiflung im Gesicht.

»Ich kann noch nicht nach Hause. Ich habe es Ihnen doch erzählt!« sagte er mit weinerlicher Stimme. »Bings Mädchen ist bestimmt noch da. Ich weiß nicht, wo ich hingehen soll. Der alte Bing schmeißt mich doch wieder raus, da können Sie Gift drauf nehmen. Am liebsten wär ich tot.«

»Kommen Sie doch mit zu mir«, schlug Dennis mit großer Geste vor. »Ich hab einen Liegestuhl – und Platz genug, würd mich freuen, alter Knabe.«

Johnsons Miene wurde heiterer. Sie fuhren ins East Village, und vor Dennis' Wohnungstür seufzte Johnson glücklich auf. »Ach, wenn Sie wüßten, wie schön es ist, sich irgendwo zurückziehen zu können, ohne Angst haben zu müssen, daß einem ein parfümiertes Taschentuch entgegenspringt! Verdammt anständig von Ihnen, Orphen. Das werd ich Ihnen nie vergessen.«

Dennis schaltete das Licht ein. Ein exotisches Parfüm verpestete die Luft, und auf dem Bett lag eine matte graue Gestalt mit halb über die Bettkante gerutschtem Kopf, was dem marmornen Gesicht etwas seltsam Puppenhaftes, Unwirkliches gab. Die samtigen, nichtssagenden Augen drehten sich zu den Eindringlingen hin.

»Lora!« rief Dennis verblüfft.

»Der Mann von oben hat mich reingelassen, und dann hab ich die Feuerleiter benutzt.« Träge flossen die Worte aus ihrem roten Mund, und ihr Arm, der ihr leblos von der Schulter hing, blieb völlig regungslos. »Ich dachte, ich komme einfach her und bleibe die Nacht über hier. Okie war so gemein zu mir.«

Johnson hielt steif eine Stuhllehne umklammert und starrte Dennis sprachlos mit vorwurfsvollen Augen an.

»Ehrlich gesagt, Lora«, antwortete Dennis schnell, »das ist gar nicht meine Wohnung. Sie – äh – sie gehört dem guten Johnson hier. Ich verschwinde jetzt. Bis dann, Johnson. Tut mir leid, Kumpel.«

»Ist schon okay, altes Haus«, murmelte Johnson mechanisch und setzte sich, wild vor sich hinstarrend, aufs Bett, während Dennis hastig die Treppe hinuntersprang.

... das Negativ...

Augenblicke können also wiederkehren, dachte Effie überrascht und schloß halb die Augen, damit jener, der ihr jetzt so greifbar nah erschien, so wunderbar deutlich und klar, bis hin zu dem beißenden, sumpfigen Geruch, nicht wieder entfloh. Ohne daß das Gedächtnis zu arbeiten scheint, kann eine längst vergessene Szene in allen Einzelheiten wiedererstehen, in denselben frischen Farben, und dieselben Hoffnungen erwachen wieder in der Brust, die Angst, die Empfindung, wie der eigene linkische junge Körper sich anfühlt, vielleicht die feinen Fäden des getupften Baumwollkleids vom Schulabschluß, losgezupft von den nervösen Fingern, Kuhglocken-Läuten, das Geräusch eines Motors beim Schalten, weißer Wolken, die in seltsamen zerrissenen kleinen Fetzen den Himmel überziehen, alles damals kaum wahrgenommen, aber auf dunklen Negativen hinter dem Bewußtsein detailgetreu fixiert; ohne diese unbeachteten Nebensächlichkeiten zerfällt der ganze Augenblick, ein Wort, ein Seufzer, die aus dem Bild hervortreten wollen, ziehen sich ohne das Ganze ungreifbar zurück, und vergeblich fleht man um die Wiederkehr irgendeines tröstlichen Details.

Das ist keine Erinnerung, protestierte Effie, die berauschende aufkommende Freude weit in die Vergangenheit zurückdrängend, um diese zarte Seifenblase der Zeit, die jetzt vor ihr stand, nicht zu zerstören, keine Erinnerung, sondern der Augenblick selbst, nur eingerahmt und dadurch noch vollkommener. Dann machte die Vollkommenheit des Ganzen ihr auf einmal Angst, so wie einen im letzten Augenblick die Angst befallen mag, bevor man sich der Wirkung des Äthers überläßt oder dem Opiumtraum, die Angst, das Tor zur Wirklichkeit könnte hinter einem zufallen und ein blindes Hinübergleiten in diesen trägen Tod den Abschied von allem anderen bedeuten.

»Und wenn schon«, hauchte Effie und gab nach, und erneut staunte sie über die geheime Euphorie, mit der sie unsichtbar über den Köpfen der anderen Busfahrgäste schwebte; eine fast gierige Befriedigung darüber, dachte sie verblüfft, daß sie als glückliche Auserwählte dieses seltene Kunstwerk geschenkt bekam, seinen alten Weihrauch atmen durfte, während diese armen Kreaturen um sie her sich mit dem Getöse des Verkehrs auf der Madison Avenue bescheiden mußten; die Deutung lieferten ihnen die Firmennamen auf den vorbeifahrenden Lastwägen, und als Betäubungsmittel hatten sie nur den dicken Abgasqualm, ein ätzender, alles überdeckender Gestank, der jeden anderen Sinn übertrumpfte. Nur ich allein, jubelte Effie im stillen, bin von all dem weit entfernt, nur ich allein kann all dem entkommen dank diesem zarten, unermeßlich schönen Augenblick, den meine Hand umschließt wie einen wilden Vogel.

Die Zeit zog sich zurück und verwandelte sich wie durch Zauberhand in einen längst vergangenen Sommer. Sogar den Himmel über diesem festgehaltenen Moment konnte sie sehen, strahlend blau, mit kleinen weißen Wolkenpusteln übersät; der Bus wurde unmerklich zum Kanu, die steinernen Mauern wurden zu Wasser, und während das Kanu durch die Straße aus Schilfrohr dahinglitt, sahen sie und ihr imaginärer Begleiter zu, wie jene Wolken im Wasser in Popcorn-Flöckchen zerfielen, die blubbernd unter der Oberfläche verschwanden. Ein leichter Westwind summte im struppigen Sumpfgras, vom Schlößchen der Glaenzers hoch oben auf seinem Hügel fielen Schatten den Hang hinab, und auf der sich hinaufschlängelnden Straße zog der glänzende Schild eines Ritters die Sonne an und ließ sie nicht wieder los, strahlend blinkte der Schild, der silbrige Kotflügel eines Autos, zwischen den Bäumen hervor, stach funkelnd die Sonne aus. Die beiden Traumgestalten, Effie und Andy, glitten an der Küste entlang, ein Graureiher flog mit schwerem Flügelschlag über sie hinweg, ließ sich lautlos im Sumpf nieder, am blauen Himmel kreischten und kreisten Möwen und Wachteln, auf alten Markierungspfählen hockten Sumpfhühner, altjüngferliche, unattraktive Vögel, regungslos, häßlich. Aus den Strandpflaumen flatterte plötzlich ein schwarz-goldener Schmetterling hervor, wagte eine kleine Seepartie, folgte einem Lichtreflex, der aussah wie das gebrochene Spiegelbild eines lieben Spielgefährten auf dem Wasser, war gleich darauf im Sonnenlicht verschwunden. Das Kanu glitt durchs Gebüsch, durch das hohe, steife, salzige Gras, es streifte die Küste, wo der Wind zischelnd durch das Springkraut fuhr, wo Bienen und große Fliegen tief über der braunen, sonnengebrannten Erde summten. Sie waren hinausgefahren zu den Glaenzers, um weit weg von Marian und den Freunden in der Stadt in Ruhe über die Sache zu reden, denn sie waren sich einig, daß sich so besonnene, intelligente Menschen wie sie nicht ohne Diskussion, ohne Plan, ohne zu überlegen, in ein neues romantisches Experiment stürzen konnten. Doch dann war es ihnen unmöglich gewesen, von Trennung zu reden, weil sie alles hier an ihre einstige Flucht, ihre erste Begegnung, ihre heimlichen Küsse erinnerte. Hier gab es noch dieselben Dienstboten, die ihnen einst geholfen hatten, im Bootshaus, im Pavillon oder im Sommerhaus allein zu sein, dasselbe verständnisvolle Zwinkern, und Belle Glaenzer lauerte hier stets im Hintergrund, die ihre Liebe mißbilligte und sie damit, ganz wie damals, in die Offensive trieb. Und da waren auch wieder die zwei Liebenden, die heimliche, aufgeladene Atmosphäre der Liebe, jetzt jedoch knisternd von der süßen tödlichen Angst, daß dies das Ende war. Diese stille tiefe Gewißheit würde verschwinden, dachte Effie, dieser Augenblick verständnisvollen Schweigens würde sich in den kommenden Jahren in Luft auflösen wie ein Tropfen Parfüm, und alles Reden würde den Moment oder den Geliebten selbst nicht halten können. Es war sinnlos, darüber zu sprechen, er ging fort, mit seiner neuen Liebe, was gab es da noch viel zu sagen, was konnten sie noch anderes tun, als schweigend das Resümee zu ziehen aus der alten Liebe, die noch einmal eine Steigerung erfuhr, weil dies das Ende war, das Ende –

»Oh, geh nicht weg, verlaß mich nicht«, hörte sie eine schrille Stimme schreien und dachte entsetzt: Aber ich habe es ja Gott sei dank nicht laut gesagt, habe es nicht ausgesprochen…

»Ich werde dich nie verlassen«, sagte er, »niemals«, aber hatte er das wirklich gesagt, wirklich mit Worten, oder war es nur der plötzliche, verzweifelte Griff nach ihrem Arm gewesen, als er ihr aus dem Kanu half? Und wenn sie es ausgesprochen hätten, wäre er dann wohl geblieben?…

»Andy fährt in die Stadt«, erklärte Effie Belle am nächsten Morgen. Sie konnte Belle nicht die Wahrheit sagen, hätte ihr selbstgefälliges »Ich hab's ja gleich gesagt« nicht ertragen, ihr »Ich wußte doch, daß ihr nicht zueinander paßt«.

»Kommt er heut abend zurück?« fragte Belle.

»Ja, ja, ich komme zurück – aber nicht heute abend«, brummelte Andy, Effies Blick meidend.

Es war wirklich ein Tag zum Abschiednehmen, ganz anders als der heitere Junitag davor, an dem nichts Trauriges passieren konnte, alles Leid vergänglich schien, die Liebe wiederaufblühen mußte. Heute wälzte sich der Nebel übers Meer heran, spann die Bäume und die fernen Hügel ein, fuhr mit dünnen, blutleeren Tentakeln ins Gebüsch, verhängte den von Pinien zerstochenen Horizont, hauchte seine Warnung auf Fenster und Mauern; durch die trüben Scheiben sah man Häuser im Nebelmeer schweben, Kühe erstarrt auf den Wiesen stehen; ein Segelschiff glitt, von einem verschwommenen Nimbus umgeben, sanft durch den leeren Raum, längst vergessene Märchen boten sich vor grauen Traumkulissen dar, alte Kalenderblätter schwammen flüchtig an dem Hügel, am Haus, am Schwimmbecken vorbei. Bleib hier, bleib hier, flehte Effie stumm, als sie ins Auto stiegen, um zum Bahnhof zu fahren. Oh, bitte, bleib hier.

»Bald kommt die Sonne raus«, meinte der Chauffeur – jener Daniel, den Belle immer noch hatte, doch ohne Andy würde es keinen Sonnenschein mehr geben, keinen Sonnenschein, keinen Nebel, keine Sterne, kein Tag hätte mehr einen Sinn. Bleib hier, oh, bleib hier. Selbst als er in den Zug stieg, sagte er kein Wort, sagte nicht auf Wiedersehen, sondern nahm sie nur kurz in die Arme, ihr die Schulter tätschelnd… oh, bleib hier, bleib hier, bleib hier…

»Wollen Sie noch etwas einkaufen im Ort, Miss Effie?« fragte der Chauffeur, als er ihr wieder die Tür aufhielt und der Zug sich hinter ihr entfernte, aber Effie drehte sich nicht um.

»Nein, Dan, fahren Sie einfach die Straße am Meer entlang, bis es aufklart«, antwortete sie.

Bald brach die Sonne durch den Nebel durch, ein Taktstock aus gleißendem Gold, aus dem gellenden Farbglanz stach rot ein Bauernhaus hervor, den Grundakkord schrill begleitend, während Kühe brüllten, Spottdrosseln kreischten, ein Auto einen runden geschweiften Hupton von sich gab – A-Dur –, er war fort, er war fort... Der Nebel wurde immer dünner, und die Gesichter in den Fenstern der Bauernhäuser im Tal, auf den Fischerbooten vor der Küste bekamen Augen, Nasen, eigene Münder; der Zug zog in der Ferne pfeifend einen Strich, Fluchtpunkt für alle Empfindungen – komm zurück, komm zurück, komm zurück!

Er *würde* zurückkommen... natürlich... Effie erschauerte, fiel durch den Traum zurück in die Wirklichkeit, von der alten flehentlichen Bitte zu ihrer Gewährung. Er war zurückgekommen. Die abgeknickte braune Feder auf dem Hut der Frau vor ihr, ihre eigenen behandschuhten Finger, die ihre Tasche umklammerten, der flüchtig wahrgenommene graue Tweedanzug, der neben ihr Platz nahm, diese deutlichen, unmittelbaren Wahrnehmungen drangen auf einmal durch und zerstreuten die Illusion. Sie dachte, dieser Mann da neben mir könnte Andy sein, sieh nicht hin, beweg dich nicht, aber möglich war es. Die Bremen hatte bereits angelegt. Die Zeitungen hatten seinen Namen unter den Angekommenen genannt. Da – ein dunkelhaariger Mann mit einer Reisetasche kam eilig aus einer Bank Ecke Madison und Fourty-second Street, selbst das könnte er sein, oder halt – quietschend hielt der Bus vor einem ergrauten, korpulenten Mann mit Bart, war es nicht möglich, daß er jetzt einen Bart trug, dick und grau geworden war? Verzweifelt schloß Effie die Augen, versuchte, sich gegen die Hoffnung zu wehren; jetzt würde es schlimmer werden denn je, dieses hysterische Werben um den Zufall, die quälende absurde Hoffnung, hinter jedem Passanten, jeder Tür, jedem fernen Geräusch von Schritten könnte sich Andy verbergen. Kurz vor dem Krankenhaus stieg sie wankend aus und lief eilig in Richtung Lexington Avenue, die neue schwarze Wildledertasche krampfhaft an die Brust gedrückt, und die goldenen Initialen E.T.C. funkelten dreist, wie um das schnelle wilde Pochen ihres Herzens zu verbergen.

... Marians Brautausstattung ...

Marian sah furchtbar aus. Die Schwester blickte Effie über das Bett hinweg ernst in die Augen.

»Ich habe ihr gesagt, mit Rouge würde sie nur noch schlimmer aussehen«, sagte die Schwester, Effies verstörtem Blick folgend, »und ich fand, sie sollte eher etwas Schlichtes tragen ...«

»Die kennen Andy nicht«, hauchte Marian geduldig, als hätte sie es schon hundertmal erklärt, »er hat es gern bunt. Er mochte mich immer am liebsten in Rot. Hübsch, nicht wahr?«

Ihre fiebrigen Finger fuhren zitternd über den festlichen, purpurroten Samtumhang, der ihre Schultern bedeckte, streichelten die zerrissenen Spitzen des Nachthemds darunter.

»Wir haben noch nichts von ihm gehört«, flüsterte die Schwester Effie zu.

Marian schnappte die Worte auf.

»Aber sie kennen Andy nicht, nicht wahr, Effie?« protestierte sie. »Andy schickt kein Telegramm, er schneit einfach zur Tür herein, schneit direkt herein, da ist er ja, habe ich es Ihnen nicht gesagt, sehen Sie? Sehen Sie ihn?

Er versteckt sich hinter Effie. Niemand kann ihn sehen, außer mir. Schneit einfach zur Tür herein... Wie spät ist es? Es ist doch schon fast Mittag, nicht? Was wird er denken, wenn ich noch im Bett bin? O je, irgend jemand hat mir etwas Schweres auf die Beine gelegt – bitte, Mutter, nimm den Koffer runter, Andy kommt –«

Effie wollte etwas sagen, doch ihre Zunge ließ sich nicht bewegen. Sie sank auf den Stuhl, spürte die beruhigende Hand der Schwester auf der Schulter. Marians morphiumtrübe Augen gingen klimpernd wieder auf, das einschläfernde Gemurmel setzte wieder ein.

»Ich schlafe nicht, Andy, das sind nur die Medikamente... ja, weißt du, ich bin gar nicht krank, es sind nur – nur diese Schmerzen... und hab keine Angst, Liebster, lauf bitte nicht weg. Ich weiß, wie sehr du Krankenzimmer haßt, aber das ist hier eigentlich gar kein Krankenhaus, es ist nur der American Club. Ich bin nur kurz hierhergekommen, um einen Brief zu schreiben, und da sehe ich, daß wir gesucht werden, warum hast du mir denn nichts davon gesagt? Liebling, warum hast du denn mit dem Scheck von der Cosmopolitan nicht die Rechnungen bezahlt, statt mir dieses Abendcape zu kaufen?... Du bist viel zu gut zu mir, wirklich... Weißt du, Liebster, ich glaube du bist nur so gut zu mir, weil du ein schlechtes Gewissen hast wegen Effie... Es kommt dir vor, als tätest du es auch ein klein wenig für sie, nicht wahr?... Ist das nicht komisch... aber ich bin ganz genauso... wahrscheinlich sind alle Liebenden so, wenn sie jemand anderem weh tun, um zusammen zu sein... ich sage mir ständig, ich darf mit dir bloß nicht zu glücklich sein, weil das Effie gegenüber nicht fair ist... Effie... Sie war hier, nicht wahr?... Effie!«

Effie würgte eine Antwort hervor. Marians glänzende rollende Augen fixierten sie entschlossen, sich an das aufflackernde Bewußtsein klammernd.

»Wenn er kommt, Effie, darf ich ihn dann zuerst allein sehen? Schickst du sie alle weg? Ich möchte mit ihm allein reden, um ihm erklären zu können, warum ich weggelaufen bin... ach, ich war ja so dumm, wo es doch niemals jemand anderen gab als mich... ich möchte, daß er hereinkommt und sieht, wie gesund ich ausseh, denn das tu ich doch, nicht wahr, in meiner roten Jacke – denn der Arme soll sich keine Sorgen machen, es deprimiert ihn so, wenn jemand krank ist. Er haßt das. Er wird sehr erleichtert sein, wenn er sieht, daß ich fast schon über den Berg bin... fast... ah, da kommt er ja... solltest nicht rauchen, Schatz, ist doch dein dreißigster heute...«

Ihre Stimme verlor sich im Kissen, als sie den Kopf leicht zur Seite neigte und die Zähne in den Baumwollstoff grub, als hälfe dies gegen den Schmerz, der ihren Körper durchzuckte. Der Arzt kam leise ins Zimmer, stand mit der Schwester am Fenster, schweigend die Fieberkurve studierend. Effie stand auf.

»Gut, Marian, ich werde draußen warten«, sagte sie, »damit ihr alles besprechen könnt.«

»Bleiben Sie nicht zu lange fort«, sagte die Schwester.

Effie schritt langsam den Gang entlang, während eine fürchterliche Angst in ihr Gestalt annahm. Vielleicht würde Andy gar nicht kommen. Mochten die Frauen aus Liebe zu ihm sterben, er würde dennoch kein Mitleid mit ihnen haben oder ihnen ihre Zweifel nehmen, denn er haßte Schwäche, bei anderen wie bei sich selbst, nicht einmal der Tod würde ihn dazu bringen zu kommen; und hier flehten beide, die Liebe und der Tod, ihn an, nicht um ihretwillen, sondern nur, damit ihr ideales Bild von ihm nicht zu Staub zerfiel, all die Jahre nicht an einen leeren Traum verschwendet waren... Wie schwer ihre feinen, hochhackigen Pumps sich anfühlten, schwer wie Reitstiefel, es war, als bewege sie sich unter Wasser und kämpfe gegen eine starke Strömung an... Sie hörte sich das »Guten Tag« der Schwester an der Anmeldung erwidern, hörte ihre eigenen Schritte auf dem Marmorboden der Eingangshalle langsamer werden. Und wenn er nun gar nicht käme...

»Sie sehen sehr hübsch aus heute, Miss Thorne«, meinte die Schwester. »Und sogar Veilchen!«

Blumen und ein rosa Kleid – wozu? Eine Sterbende mit Rouge und rotem Samt – für wen?

»Haben Sie schon die Zeitung gelesen, Miss Thorne?« fragte die junge Frau und brachte sie ihr. Sie war ein hübsches Mädchen, blond und zierlich, mit ungewöhnlich schönen Zähnen. Effie bemerkte, wie sie all diese Details verzweifelt wahrnahm, die hübschen Fesseln, das kokette Wippen des gestärkten weißen Rocks, ja, das würde Andy locken – könnte sie ihn nur erreichen und ihm sagen, er solle schnell ins Krankenhaus kommen, nicht aus Pflichtgefühl oder Mitleid oder Liebe, sondern weil hier an der Anmeldung eine außerordentlich attraktive Schwester saß, dann würde er kommen, sofort... Was, dachte sie entsetzt, wenn das meine Meinung von ihm ist, wie kann ich mir dann etwas aus ihm machen, und dennoch ist es wahr... Ihre zitternden Finger schlugen die Meldungen über die gerade eingetroffenen Schiffe auf – ja, die Bremen hatte angelegt... sie suchte nach Interviews mit berühmten Passagieren, doch diese Ehre hatten nur ein Premierminister und ein Filmschauspieler-Paar. Andys Name tauchte gar nicht auf, wenn er nicht mit »A. Carrington« gemeint war... aber irgendwo hatte sie ihn schon gelesen. Aus der Spalte daneben sprang ihr ein vertrauter Name entgegen... *Frau des Jägers... Die Frau des Jägers...*

»... Studie über ein Genie und eine Frau, die ihr Leben auf eine Lüge gegründet hat, eine jener romantischen Lebenslügen, mit denen die Frauen in der Bourgeoisie immer noch gefüttert werden. Eine Frau wie Dennis

Orphens Schöpfung Edna Banning könnte in der Sowjetunion nicht existieren, wo man die sentimentale Liebe als Hauptnahrung für die weibliche Seele nicht toleriert. Das Buch gibt ein interessantes Bild der romantischen Liebe unter der Herrschaft eines kapitalistischen Cupido, in einer Gesellschaft, in der man Nostalgie für schöner hält als die Zerstörung eines morschen Fundaments. Das Leben dieser Frau beruhte auf einer sentimentalen Lüge, auf falschen individuellen Erwartungen, so daß sie praktisch tot ist...«

Effie ließ die Seite fallen, sah sie auf den Boden flattern, wunderte sich, etwas verstört, über den Namen des Rezensenten, denn es handelte sich um eine Russin, die Frau eines verstorbenen Dichters, deren Ansehen in der Partei und Selbstdefinition sich vor allem auf ihre Memoiren und ihre Biographie über ihn sowie auf die kühne Verwendung seines Namens gründeten. »Ihr Leben beruhte auf einer Lüge.« Was sollte das heißen? Einen Moment lang hatte sie die Vorstellung, es gäbe eine neue Art von Nachrufen, in der das Leben der betreffenden Person kritisiert, jeder falsche Schritt erwähnt, die ganze Konzeption verworfen, ein besserer Weg empfohlen würde... Alle Besprechungen von Dennis' Buch würden dann so aussehen, kritische Nachrufe auf Effie Thorne, die tot war, deren Leben eine Lüge war, denn sein Glanz verdankte es dem Glauben an einen Mann, der wertlos und gemein war. Effie spürte einen seltsam hohlen Schmerz im ganzen Körper, eine hartnäckige dunkle Angst, die benannt sein wollte und verlacht, daß, wenn ihr Traum sie ebenso im Stich ließe wie einst der Mann, das Leben unerträglich würde. Sie sah trostlose Jahre vor sich liegen, Jahre ohne Hoffnung und ohne den Stolz auf die Erinnerung, nur die Scham um sinnlos vergossene Tränen, verschwendete Bewunderung. Fünfundvierzig, fünfzig – sechzig – nein, die Aussicht auf solch eine öde Zukunft war nicht zu ertragen, auf einen letzten Auftritt von der Art, wie ihn jetzt wohl Marian hatte, mit nichts als der bitteren Erkenntnis von Andys Gleichgültigkeit, Andys Unwert.

»Er muß einfach kommen«, rief sie laut, nicht nur Marians wegen, sondern auch um ihretwillen. Es konnte nicht wahr sein, daß er nicht kam, daß ihm nichts etwas bedeutete außer seinem momentanen Vergnügen.

Aus irgendwelchen weit entfernten Räumen wurden Mittagessen-Tabletts in den östlichen Korridor gerollt. Deutlich hörte man die Schwestern plaudern, laut, wie es Bibliothekare tun, voller anmaßendem Stolz, daß sie über ihren eigenen Regeln stehen. Just in dem Moment könnte Andy die Eingangstreppe heraufgesprungen kommen – Effie legte die Zeitung zusammen und brachte sie der Schwester zurück. Schritte eilten die Marmorstufen herauf, sieh nicht hin, sieh nicht hin... sie gingen weiter ins Büro. Effie trat durch die Schwingtür ins Freie. Eine Taxitür flog auf und ein Mann stieg aus – nicht er. Hinter ihr kam jemand angelaufen – holte sie ein, lief an ihr vorbei, ein hutloser junger Mann, nicht er. Eine Straßenbahn hielt, ein Mann mit Koffer stieg aus, nicht er. Auf einmal war ihr klar, daß sie ihn finden mußte, ihn anflehen, ihn zwingen zu kommen, daß sie allen Stolz vergessen mußte, all die verzweifelten Pläne, wie sie überlegen wirken konnte, unabhängig von ihm und dem, was er tat, sich nur höflich für sein Verhalten Marian gegenüber interessierend – dieser ganze Schlachtplan mußte aufgegeben werden, sie mußte die Waffen strecken und für Marian bitten.

»Aber wie – wie?« fragte sie sich leise. Dennis wüßte sicher Rat. Wenn sie Dennis finden würde, würde er ihr helfen. Er würde zu der Agentur der Bremen gehen, die Hotels anrufen, Dennis wüßte sicher Rat. Doch er war ja auf der Party von Caroline Meigs...

Sie hielt einen Moment lang inne, um zu sehen, wo sie war, machte kehrt und ging rasch in Richtung Osten, auf die zwei kleinen Blautannen zu, an denen Caroline Meigs' Haus von weitem zu erkennen war.

IV

... das Zigeunerlager ...

In Caroline Meigs' Garten stand Dennis neben dem Vogelbassin, in dessen gesprungenes Becken alberne Steindelphine einen mageren Wasserstrahl sprühten. Von dort hatte er beide Türen im Blick: Effie konnte entweder über die Treppe vom Balkon oder aus dem Gang im Keller kommen, der direkt auf den Garten hinausging. Er fand diese Sorge um sie unerträglich, verachtete sich selbst dafür, daß ihm ohne sie anscheinend etwas fehlte. Er dachte, sie würde vielleicht kommen, denn sie hatte manchmal von Caroline Meigs erzählt und sich hier oft, so nahm er an, in den respektvollen Schmeicheleien junger Intellektueller gesonnt. Die Neugier hatte ihn hierher getrieben, wie schon zu Belle Glaenzer: Er wollte sehen, wie genau das Bild, das Effie ihm gemalt hatte, dem Original entsprach. Außerdem galt die Party heute ihm. Mrs. Meigs mußte für ihre Nachmittage stets ein Motto haben, am liebsten den neuesten prominenten Namen, und sie bestellte ihn sich bei Verlegern, Produzenten oder Senatoren wie das übrige Dekor beim Blumenhändler oder Feinkostladen.

Mrs. Meigs selbst war nirgends zu entdecken, obwohl

sie eben noch dem Butler vom oberen Stock aus durch das Fenster zugerufen hatte: »Seien Sie vorsichtig mit dieser Sandwich-Platte, Yama, sie gehört Belle Glaenzer.« Auch ihr Cousin Wylie, der berühmte Segler, war nicht da. Tatsächlich sah Dennis nicht ein vertrautes Gesicht unter den einsam umherwandelnden Gästen, die sich an ihren Red-Rooster-Gläsern festhielten, als wären es Schürzen, hinter denen sich ihre schüchternen Leiden versteckten, so daß er hineinging, um zu sehen, ob Effie oder eine Nachricht von ihr eingetroffen war. Ihm fiel ein, daß Mrs. Meigs angeblich stolz war auf ihre äußerst wohlschmeckende Bowle, eine Mischung aus reinem Alkohol und Traubensaft, von der sich, wie sie sagte, jeder täuschen ließ und durch die sie die Kosten ihrer Einladungen gering hielt. Die Folge dieses gerissenen Betruges war, daß die Gäste jedesmal durch den Keller schlichen, sich an einem Spiel ergötzend, auf das Mrs. Meigs niemals verfallen wäre, durch das ihre Partys jedoch erst richtig in Schwung kamen: die Scotch-Jagd. Es gab immer irgendeinen alten Freund oder jemanden mit angeborenem Spürsinn, der wußte, wo sie ihn versteckte, und da sie selbst sehr guten Whisky trank, standen im Kohlenkeller, im Schlafzimmer des Kochs oder in der Waschküche, an die elektrische Mangel gelehnt, immer kleine Grüppchen und teilten sich bereitwillig ein Glas, das nicht mit einem munteren Red-Rooster-Hahn verziert, sondern nur ein schlichtes Einmachglas oder sogar eine Milchflasche war.

Dennis schlenderte den Kellergang entlang, die Grüppchen abfällig musternd. Ein paar junge Männer in verblüffend breitschultrigen Anzügen erwiderten seinen Blick mit genauso feindseliger Miene. Die Herren hatten sich die Speisekammer als Klubraum gewählt und priesen mit nasaler Stimme, unter gelegentlichem Aufblitzen primitiver Zahnarztkunst, Zimt, Paprika, Curry, Ingwer und Brot als die Stützpfeiler der britischen Kultur.

»Wissen Sie vielleicht, ob Mrs. Callingham hier war?« erkundigte sich Dennis.

Der größte, dünnste, blasseste junge Mann mit dem hagersten Gesicht und dem schmalsten Kinn sah ihn prüfend an.

»Da ich leider nicht mit ihr bekannt bin, kann ich Ihnen das nicht sagen«, antwortete er höflich. »Obwohl ich Callingham natürlich kenne – er ist ja ein guter Freund von Carolines Cousin Wylie. Sagen Sie, haben wir uns nicht vor etwa zwei Wochen gesehen, als Sie mit Glaenzer in diesem Bierlokal waren?«

»Kann sein«, sagte Dennis und fügte, einer plötzlichen Eingebung folgend, hinzu: »Ich komme mit so vielen Leuten zusammen.«

»Vielleicht ist sie ja oben«, wagte sich ein anderer vor. »Die Frauen hocken doch immer da oben und grübeln.«

Dennis ging die enge, knarrende Treppe hinauf und fragte sich, wann wohl das ganze Haus zusammenbrechen oder wieder den Pferden überlassen werden würde, denen Caroline es offenbar gestohlen hatte. In einem Schlafzimmer mit offenem Dachgebälk tummelten sich Frauen um ein stattliches Seidenhimmelbett, auf dem ein großer bulliger Mann in einem doch etwas verfrühten Baumwollanzug aus den Händen las. Von Effie keine Spur. Dennis ging weiter, stieß sich den Kopf an einer niedrig hängenden orientalischen Lampe und erspähte in einem anderen Schlafzimmer in eindeutig türkischem Stil (oder zumindest dem der türkischen Tea-rooms) seine Gastgeberin – sie schien es jedenfalls den Pantoffeln und dem Morgenmantel nach zu sein, die zu den Damastvorhängen paßten. Sie saß an ihrem Schreibtisch, einen federgeschmückten Stift in der Hand, und starrte auf ein Blatt Papier.

»Ich suche Effie Callingham«, sagte er. »Wissen Sie wohl, ob Sie kommt? Ich bin Orphen.«

Mrs. Meigs blickte geistesabwesend auf. Ihr Gesicht wirkte noch sehr jung, wenn auch ein wenig ledrig, aber dafür hatten sich die Jahre, erbarmungslosen Motten gleich, an ihrem Hals gerächt, der unter dem schweren orientalischen Gehänge fast zusehends verschrumpelte.

»Effie? Hat sie nicht eine Leopardenjacke an – ach, nein, das war Carol. Haben Sie sich schon aus der Hand lesen lassen, Mr. Orphen? Mac – MacTweed hat gesagt, Sie würden sich für die Handlesekunst interessieren –«

»Wie bitte?«

»– darum habe ich Vinal Turner hergebeten, extra für Sie. Jetzt müssen Sie aber auch zu ihm gehen.«

Dennis sah, daß sie eine lange Namensliste in der Hand hielt, offenbar die Gästeliste, denn sie las ihm verzückt daraus vor: »– der Botschafter von Argentinien, der Cousin zweiten Grades der Herzogin von Kent, ein russischer Regisseur, ein Senator aus dem Süden – ach, es ist wirklich eine prachtvolle Party, die ich da für Sie gebe, Mr. Orphen!«

Anders als die meisten Gästelisten enthielt die von Mrs. Meigs nicht nur die Namen der Besucher, sondern, wenn der Name selbst nichts aussagte, auch noch den Grund der Einladung. Sie identifizierte die Menschen so sehr mit ihrer Einstufung, daß sie sie manchmal bei der Begrüßung vor den Kopf stieß, indem sie zerstreut fragte: »Wie geht es Ihnen, Mrs. Charles B. Tody, Frau des Paramount-Regisseurs?« oder: »Amüsieren Sie sich gut, Mabelline Emma Foster, erste Weiße, die beim Sultan zum Frühstück war?«

Sie selbst, dachte Dennis, amüsierte sich hier oben, allein mit ihrer prunkvollen Gästeliste, sehr viel besser als in der albernen Gesellschaft unten. Sie gab schon seit Jahren Partys, und abgesehen von ihrer Zeit als Debütantin, in der sie dadurch aufgefallen war, daß sie auf ihrem Pony direkt in den Ballsaal ritt, und durch dergleichen Faxen mehr, schien sie keine andere Karriere zu verfolgen als die der tüchtigen Gastgeberin, einer Frau, die die Wertschätzung der Kunstszene genoß, weil sie auf der Liste der besseren Kreise stand und außerdem auch noch reich war, und die Achtung der besseren Kreise, weil sie Künstler kannte und außerdem auch noch reich war. Sie zog den Vorhang auf und spähte hinaus in den Garten.

»Da ist ja Tony Glaenzer. Den müssen Sie unbedingt kennenlernen. Ob er wohl Callingham mitgebracht hat? Und bitte, mein Bester, lassen Sie sich von Vinal Turner aus der Hand lesen.«

Dennis überließ sie wieder ihrer Lektüre und hörte Turner mit ernster Stimme erklären: »Sie haben einen hoch entwickelten Geschmackssinn. Ich wette, Sie sind eine gute Köchin.« Und als die Dame widersprach, korrigierte er sich, herzhaft lachend: »Jedenfalls wissen Sie gute Küche zu schätzen. Haha.«

Als er hinunterging, wurde er fast überrannt von all den Botschaftern, Regisseuren, Politikern und anderen Titelträgern, die nach oben stürmten, um sich in dem engen Schlafzimmer aus der Hand lesen zu lassen. Sätze flatterten durch die Luft wie Herbstlaub, Stimmen taten kund, daß sie an die Handlesekunst glaubten oder nicht, aber dafür oder dafür nicht an die Astrologie. Ein ehemaliger Präsident aus Mittelamerika und eine ehemalige Sängerin von der Met stellten lauthals fest, daß sie nach einigen seltsamen Erlebnissen, die sie nur zu gern erzählten, beide an Freitag, den dreizehnten, und schwarze Katzen glaubten, und vor dem Schlafzimmer hielt eine grauhaarige kleine Frau mit Kneifer eine Gruppe auf, indem sie flüsternd verriet, sie komme soeben aus Danbury und lese selbst ein wenig aus der Hand, und diese Neuigkeit, die über die überfüllten Flure und Treppen rasch nach unten drang, regte Yama, den philippinischen Butler, dazu an, für einige der gutgekleideten jungen Herren in der Speisekammer in eine Kristallkugel zu starren, die sich praktischerweise auf einem offenen Glas Major Gray's Chutney fand, so daß die anderen Gäste draußen im Garten gezwungen waren, sich auf sehr unzivilisierte Weise selbst zu bedienen. Dennis kämpfte sich durch diese Meute ans andere Ende des Gartens durch, doch von allen Seiten wehten ihn Satzfetzen an und ein ehrfürchtiges Raunen, wenn eine Prophezeiung einschlug. »Ausdauer und Mut, aber keine Aggressionen.« »Ich sehe eine Frau, die Ihnen Kummer macht«, tat Yama in flachem Singsang kund, »ein rotes Zimmer auf einem Hügel am Meer –« und von der Frau mit dem Kneifer: »Dieser Höcker bedeutet entweder ein ungewöhnliches musikalisches Talent oder einen ausgeprägten Ordnungssinn oder daß sie ein sehr sinnlicher Mensch sind« – und noch einmal die ernste Stimme Turners: »Ein feiner Geschmackssinn. Hm... ich wette, sie sind eine gute Köchin... Nein?...« gefolgt von dem herzhaften Lachen, in dem jetzt jedoch, nach dem Durchgang durch so viele Hände, Verzweiflung mitschwang, ein blecherner Klang, »jedenfalls wissen Sie gute Küche zu schätzen«.

Nervös nahm sich Dennis von der Bowle auf dem langen Gartentisch aus Marmor und Schmiedeeisen und kippte den Zaubertrank hinunter. Er brannte im Hals, schmeckte schwach nach Traubensaft und machte die Zunge steif und ließ sie zu einem riesigen, unförmigen Klumpen werden, während die Mixtur in seiner Brust und seinem Bauch in ihre außerordentlich unharmonischen Bestandteile zerfiel, von denen der eine stach, der andere brannte und der dritte ihm den Magen umdrehte. Das, dachte Dennis, mußte der Gurkensaft sein, diese vorzügliche Cocktailbasis, und er fühlte sich an die Bowlenrezepte Phil Barrows erinnert, für die es, ganz wie bei dem von Mrs. Meigs, kein anderes Gegenmittel gab, als danach zwei Tage lang Scotch pur zu trinken. Er stellte das Glas schnell wieder hin, spürte eine behandschuhte Hand auf seinem Arm und erblickte niemand anderen als Olive Baker, die ihn unter einem großen, ziemlich vorteilhaften schwarzen Hut nachdenklich anlächelte.

»Auf so einer Prominentenparty hast du mich wohl nicht erwartet, was?« Sie lachte triumphierend. »Nein wirklich, fragst du dich nicht, wie ich hierherkomme? Keine Angst, von dir würden Corinne und ich nie erwarten, daß du uns zu deinen berühmten Freunden mitnimmst. Ist das da drüben mit dem Filzhut Tallulah Bankhead?«

»Das ist nicht meine Party. Wo ist Corinne?« Dennis spürte den irrationalen Unwillen in sich aufsteigen, den er jedesmal empfand, wenn Corinne in sein Junggesellenleben eindrang. Sie hatte stets bereitzustehen, wenn er einmal deprimiert war oder zwischen anderen Terminen Zeit fand, doch wenn sie unerwartet auf einer Party erschien, wurde er automatisch *ihr* Mann, jemand, der dafür sorgen mußte, daß sie sich einerseits amüsierte und andererseits nicht zu sehr. Wenn Olive hier war, steckte irgendwo sicher auch Corinne. Als er sich suchend umsah, runzelte Olive die Stirn.

»Ich bin allein«, sagte sie kokett. »Ich bin mit Vinal Turner da – er liest Mutter aus der Hand, und er wußte, daß ich schon lange gern mit Leuten wie diesen hier zusammenkommen will und daß ich dich kenne. Und all diese wunderbaren Menschen sind nur hier, um dich zu treffen. Bist du nicht stolz?«

Dennis sah sie prüfend an und entdeckte in ihren Mundwinkeln ein leises sarkastisches Zucken. Sie würde Corinne und Phil erzählen, wie sie den armen Dennis mutterseelenallein hatte dastehen sehen; kein Wunder, daß er Corinne nie auf diese großartigen Partys mitnahm, der arme Junge kannte dort ja keinen Menschen. Und

Phil würde befriedigt sagen: »Orphen ist eben kein Mann, der leicht Freunde findet. Ich habe nie verstanden, was Corinne an ihm so gefällt, wahrscheinlich ist es eine Art Mutterinstinkt. Warum, Baby, läßt du mich dir nicht einen Hund kaufen, einen Dackel vielleicht?« Ja, genau so würde die von Olive angeregte Diskussion verlaufen. Er bemerkte ihr durchtriebenes, bedeutungsvolles Lächeln und stufte es als das Freundinnen-Lächeln ein, jenes Lächeln, das ihm in Kurzform sagte: »Wir haben uns schon immer besser verstanden als ihr euch.« Schweigend schenkte er ihr Bowle ein, und sie ließ sich anmutig auf der Armlehne des einzigen in der Nähe befindlichen Stuhles nieder, sich den Hut spontan ein wenig in die Stirn ziehend, um das winzige, aber zur Betrachtung einladende Muttermal über ihrem linken Auge zu bedecken.

»Na, dann schieß los«, befahl sie in neckischem Ton. »Wir haben uns noch nie so richtig unterhalten, Dennis, oder? Erzähl doch mal, wie du zur Literatur gekommen bist. Ich nehme an, du mußtest Geld verdienen und hast einfach angefangen zu schreiben?«

Dennis seufzte. Er sah den Mann auf dem Stuhl unsicher an – schließlich war er zuerst da gewesen und mußte sich jetzt im Schatten von Olives schönem Hinterteil zusammenkauern. Er erwiderte Dennis' Blick mit streitlustiger Miene. Dennis verbeugte sich. Der Bursche kam ihm irgendwie bekannt vor. Na klar. Es war niemand anderes als sein junger Nachbar von oben, der junge Agitator.

»Mr. – äh – Schubert, Miss Baker«, sagte er, und Olive fuhr blitzschnell herum, um den berühmten Mann zu begrüßen. Es war sinnlos, Olive zu erklären, daß es nicht *der* Schubert war.

»Ich kenne Sie«, wandte der junge Mann sich säuerlich an Olive. »Ich habe Sie neulich, als es gerade hell wurde, in Orphens Wohnung reingelassen.«

Olive lachte amüsiert.

»Nein, das war nicht ich. Und Corinne sieht mir absolut nicht ähnlich, es war also wohl jemand anderes... Und wenn schon, Dennis, schau nicht so besorgt. Ich werd es Corinne nicht erzählen.«

Natürlich würde sie. Sie strahlte Dennis ermutigend an und begann dann, Mr. Schubert mit ihrem Charme zu betören. Olives betörender Charme bestand darin, daß sie atemlos die Lippen öffnete und den Kopf nach hinten warf, mit weit geöffneten, glänzenden Augen, die sie fest auf ihr Gegenüber richtete, ein Trick, den sie von dem beliebtesten Mädchen in Miss Romans Schule hatte. Das beliebteste Mädchen war durch ihren Astigmatismus entschuldigt, doch das Schielen, das umständliche Fokussieren, die willentliche Erweiterung der Pupillen, das plötzliche Schütteln des Kopfes, wenn das Bild verschwamm, das an ein nasses Hundebaby denken ließ – all das war in Olives Vorstellung mit dem Rang der Königin des Abschlußballs verknüpft. Diesen Trick ergänzte sie noch durch ein schnelles, ungläubiges »Nein! O nein!«, einem Ausdruck für gespanntes Staunen, gemischt mit einem Schuß Intelligenz. Die gesellschaftlichen Umgangsformen, die sie damit bekundete, kamen dem jungen Schubert wie die Flagge des Klassenfeindes vor, und er sah sich Olives Darbietung mit zusammengekniffenen Augen an, grinste überlegen und parierte ihre Geistesblitze stets mit einem nachdenklichen »Ja, natürlich sehen Sie das so... Ja, natürlich, was sollte eine Frau wie Sie sonst sagen«.

Der, dachte Dennis, hat aber ein bequemes Leben, und das buchstäblich, verwarf er doch von seinen politischen Prinzipien her die bürgerliche Etikette und konnte sich in dem einzig verfügbaren Stuhl bequem zurücklehnen, derweil die Damen kochten. Sein scharf geschnittenes Gesicht drückte die versteckte, berechtigte Zufriedenheit eines Mannes aus, der ein Geheimrezept zur Zerstörung der Gesellschaft besaß. Wie einfach doch sein Leben war, dachte Dennis, frei vom Dämon der Verwunderung und der Neugier, was einzelne Menschen betraf; im Vergleich zum Künstler, der im Einzelhandel tätig war, hatte er nur im Großhandel zu tun. So ließ sich Olive zum Beispiel unbesehen als Nummer 742, Typ bürgerliche Jungfrau, abtun; Dennis fiel unter Nummer 549, Typ bürgerlicher Realist, der immerhin in satirischen Romanen über seine Klasse herzog, jedoch in seiner abstoßenden bürgerlichen Redlichkeit, auch die Partei und die Revolution verhöhnte, die einzigen Themen der Welt, denen eine rein mystische Behandlungsweise zukam. Die Nummer 549, der bürgerliche Satiriker, beneidete die Nummer 1, den selbstzufriedenen Kommunisten, hatte dieser doch für alles eine Antwort, brauchte nicht mehr im Labor zu arbeiten, wo sich die Versuche häufig sträubten, den Beweis für die Annahme zu liefern, durfte, wie alle romantischen alten Damen, inmitten all der schmutzigen Beispiele menschlichen Verhaltens mit politischen Scheuklappen herumlaufen und erhielt zum Lohn dafür auch noch einen blanken roten Knopf fürs Revers. Unsere Nummer 1 brauchte sich um individuelle Leiden nicht zu kümmern, sondern nur um Großhandels-Konditionen, was das Leben sehr viel angenehmer machte, denn so konnte man die Schuld an der Mittellosigkeit der Freunde der Gesellschaft geben und brauchte nicht in die eigene Tasche zu greifen. Fünf Antworten für alles, Pflanze, Tier, Mineral, Fisch oder Fleisch. Der glückliche Mr. Schubert stufte jetzt Olive als Fleisch ein, strich sämtliche Bemerkungen, die Olive zu Olive machten, und achtete allein auf die, die sie als Fleisch definierten. Tatsächlich gehörte Mr. Schubert eindeutig derselben Klasse an wie Caroline Meigs, Leute, die nicht mit Menschen umgingen, sondern mit Kategorien, und genau so wurden Snobs gemacht, Menschen, die glauben, die Welt wäre schöner, wenn sie statt aus tolpatschigen menschlichen Wesen aus hübschen papiernen Gästelisten bestünde.

»Sagen Sie, Mr. Schubert, oder auch du, Dennis«, bat Olive strahlend, »wer von all den Leuten ist Anthony Glaenzer? Ich habe sein Bild in der Sonntagsbeilage gesehen und fand ihn dort ganz schrecklich attraktiv. Du kennst ihn doch persönlich, Dennis, oder?«

»O ja«, sagte Dennis und dachte daran, wie er bei den Abendessen bei den Barrows damit angegeben hatte, um Phils Selbstgefälligkeit und Olives Mißtrauen zu begegnen, und es geschah ihm jetzt ganz recht, fand er, daß Tony Glaenzer just in dem Moment aus der Küche kam, mit einem eifrigen jungen Mann an seiner Seite. Gleichzeitig erschienen oben im Fenster das rote Gesicht von Caroline Meigs und ihre knochige, mit altem Schmuck gefesselte Hand, mit der sie wie wild herumfuchtelte.

»Tony!« rief sie, das Geräusch wachsender Konfusion übertönend. »Das ist der Ehrengast, da beim Büfett. Sprech ihn doch einfach mal an.«

Tonys müde Augen richteten sich auf Dennis, und er kam wohlwollend der Aufforderung der Gastgeberin nach.

»Haben wir uns nicht irgendwo schon mal gesehen?«

Dennis verbeugte sich.

»Danke«, sagte er erfreut.

Er spürte, daß Olive ihm den Zeigefinger in den Rükken stieß, ignorierte jedoch diesen Wink, sie vorzustellen. Er sah, wie der junge Kommunist rasch einen Block herauszog und hastig Glaenzers Profil skizzierte. Typ gelangweilter Bourgeois, folgerte Dennis und stellte zu seinem Erstaunen fest, daß sein Nachbar nicht nur so ein Radikaler war, der den Putz von Dennis' Decke rieseln ließ, sondern offenbar auch jener Schubert, dessen höfliche Karikaturen in allen eleganten Zeitschriften erschienen. Als der Künstler seine Skizzen überflog, entdeckte Dennis auch eine entmutigende Zeichnung von sich mit verrutschter Krawatte und phantastisch wirrem Haar, mit einem wilden, leicht schielenden Blick in den durchtriebenen Augen und einem Aha-Lächeln, das ihm den linken Mundwinkel verzog, und erschrocken dachte er, es stimmte, anderen war es längst aufgefallen: Er hatte ein Reisepaß-Gesicht, und zwar mit deutlich kriminellen Zügen.

»Dennis«, sagte Olive nachdrücklich, aber Dennis hörte nicht, denn er sah, wie sich Effie, ein eingefrorenes Partylächeln auf den Lippen, durch das Gedränge an der Kellertür schob. Ihre Blicke trafen sich, und in Effies Augen lag solch ein dumpfes Flehen, daß Dennis alles andere vergaß und zu ihr hineilte.

»Das«, sagte eine Stimme neben ihm, »ist Mrs. Andrew Callingham – die erste.«

Sie lächelte unbeirrt weiter, an das Aufsehen, das sie bei ihrem Erscheinen in der Öffentlichkeit erregte, gewöhnt, und warf die Schultern zurück, um sich des großen Namens würdiger zu zeigen – eine Geste, die ihr zur zweiten Natur geworden war.

»Kommst du mit?« flüsterte sie ihm zu. »Bitte! Ich brauche dich.«

Er nahm wortlos ihren Arm und schob sie eilig durch die Kellertür. In der Eingangshalle fiel ihm ein, daß wohl oben noch irgendwo sein Hut lag, aber das war jetzt egal, und eine böse Ahnung durchzuckte ihn hinsichtlich Olives Reaktion auf sein rüdes Benehmen, aber das war jetzt alles egal. Die Dame aus Danbury saß mit verrutschtem Hut auf dem gewellten Haar und schief sitzendem Kneifer da und ließ sich vom Meister selbst aus der Hand lesen, der nun, um die Konkurrentin zu beeindrucken, noch einen Schuß Astrologie hineinmischte.

»Sie sind ein doppelter Zwilling«, sagte er gerade, »und in einer Woche treten Sie ins vierte Haus ein.«

»Ist das gut?« wurde gefragt.

»Ideal«, versprach der Seher.

»Andy ist wieder da«, raunte Effie Dennis zu. »Wir müssen ihn finden, für Marian.«

»Ist das nicht Mrs. Callingham?« fragte eine Stimme, aber diesmal lächelte Effie nicht und drehte sich auch nicht um. Sie eilten hinaus auf die Straße, Dennis mit unbedecktem Kopf, keinen Gedanken mehr verschwendend an den Hut und an die Party für sein Buch in der Freude darüber, daß Effie ihn brauchte, daß er genauso unentbehrlich für sie war wie sie für ihn.

... der Jäger ist zurückgekehrt ...

Komme, was will, so weit werde ich mich niemals bringen lassen, schwor sich Dennis vor Callinghams Schlafzimmer im Madison Hotel, ich will verdammt sein, wenn bei mir je ein Haufen von Agenten, Filmtycoons, Rechtsanwälten, Börsenmaklern, Spanisch- und Russischübersetzern, Redakteuren, Klatschkolumnisten und alten Zimmergenossen aus der Studienzeit auf dem Bett hockt. Der Hotelboy trat mit einem Abendanzug über dem Arm aus den heiligen Hallen, und durch die offene Tür drangen das Geplauder, das Gläserklirren, das Klappern der Schreibmaschine, die Presseerklärungen auswarf, und andere weihevolle Geräusche und gaben den hungrigen Ohren der draußen auf ein Interview Wartenden einen flüchtigen Moment lang Nahrung. Nein, dachte Dennis entschlossen, nicht eine Sekunde lang werde ich mich so aufführen; vielleicht lasse ich nackte Frauen aus Ostereiern springen und aus meinen Schuhen trinken, vielleicht schaffe ich mir einen zweiten Anzug an und eine Armbanduhr, die zwei Zeiger hat, und ein Kundenkonto bei Bellows, aber diese Primadonna-Show, dieses Ritual um das große Geschäft, das Ex-Frauen zwang, mit den

Schneidern vor der Tür zu warten, bis sie an der Reihe waren, bis die wichtigeren Dinge erledigt waren, die Verträge unterzeichnet, die Schecks überreicht, die Börsenmakler informiert, die Abendessen für die nächsten vierzehn Tage ausgemacht... nein, niemals. Dennis sah zu Effie hin, die neben ihm auf dem Sofa saß, und fragte sich, wie sie das Warten aushielt. Sie hatte dem Sekretär ihren Namen buchstabiert, ihn dreimal wiederholend – E-f-f-i-e – T-h-o-r-n-e –, und schließlich gemeint: »Sagen Sie ganz einfach: Effie.« Das schreckliche Warten, das auf diese Ankündigung folgte, machte Dennis krank, obwohl Effie ganz gelassen wirkte. Wenn man sein Leben lang die Fassade aufrechterhielt, wurde diese vielleicht irgendwann hart, und ein wenig von dem Stein sickerte durch ins Blut. Dann fiel Dennis Blick auf ihre Hände, und er sah schnell wieder fort. Er inspizierte den Teppich, die flüsternden Grüppchen von Leuten, die Bilder an den Wänden, aber alles, was er sah, waren Effies Hände, die die Handschuhe auf ihrem Schoß umklammerten, wrangen, zusammenrollten und zerknautschten und dann wieder glattstrichen.

Der Sekretär öffnete die Zimmertür und rief den Filmreporter herein. Effie tat, als merke sie es nicht, die Augen auf ein Bild geheftet.

»Hotels haben ihre eigene Art von Kunst, nicht wahr?« sagte sie.

Typisch Effie. Aber der Schneider, der Filmreporter kamen vor ihr dran. Dennis gab ihr eine Zigarette.

»Ich fand immer schon, es sollte ein Museum für Hotelkunst geben«, sagte er. »Es ist doch ungerecht, daß nur die Reichen und Berühmten sich an diesen Meisterwerken freuen dürfen, all den Sonnenuntergängen und den Waldbränden fürs Wohnzimmer, den hübschen kleinen Schlafzimmerpastellen, dem alten Wirtshaus auf dem Lampenschirm aus Pergament. Meinst du, das Doppelbild über dem Doppelbett da drin ist aus Godeys Frauenzeitschrift oder von dem Zimmermädchen selbst gemalt?«

Effie lächelte und wandte sich um nach dem Mann, der gerade die Suite betrat, und Dennis wußte, daß sie dachte, dieser Neuankömmling würde sicher vor ihr aufgerufen werden.

»Wegen des Boots«, informierte der Neue den Sekretär.

Andy kaufte also ein neues Boot. Das Boot war wichtiger als Effie, als Marian, die im Sterben lag...

»Ich bin ja so froh, daß du mitgekommen bist«, flüsterte sie Dennis zu. »Ich hätte ihn nie gefunden.«

Es war leicht gewesen, Johnson die Adresse zu entlokken, auch wenn Dennis sich nicht traute, ihm den Grund für seine Anfrage zu nennen, denn er wußte, wie geschlossen sich die Welt des Autors gegen Ehefrauen und Geliebte stellt, ihren Liebling vor dergleichen Katastrophen noch bereitwilliger schützend als vor Geldeintreibern und anderen kleineren Plagen. Doch es war leichter gewesen, Effie diesen Weg zu bahnen, als es sein würde, Callingham seine eigene Anwesenheit zu erklären. Er merkte, daß er langsam wütend wurde über die Situation. Er war wütend, weil er ohne Hut da war, weil seine Schuhe plötzlich so verdreckt aussahen, seine Manschetten abgewetzt, seine Fingernägel schwarz; sein Bart sproß förmlich aus seinem Kinn hervor, das weiße Flanellfutter seiner Krawatte schlüpfte aus der anständigen Hülle, sein Sockenhalter riß und baumelte herab: es passierte ganz genau all das, was ihn Callingham gegenüber in den Nachteil setzte und seinen Zorn auf diesen Mann nur noch als den ohnmächtigen Neid eines Versagers auf den erfolgreichen Rivalen erscheinen ließ.

»Schau«, sagte Effie mit einem Nicken in Richtung des Tisches, und er sah darauf *Die Frau des Jägers* liegen.

»Sag mir, Dennis, warum du dieses Buch geschrieben hast. Du bist doch mein Freund, also warum – warum nur?«

»Ich habe es für dich geschrieben«, antwortete Dennis ihr, und zum erstenmal spürte er, daß er die Wahrheit sagte. Er hatte eine vernichtende Satire über Callingham als Mann verfaßt, doch während sein Gewissen ihn noch eine Woche zuvor des Verrats an Effie bezichtigt hatte, erkannte er jetzt mit überwältigender Klarheit, daß er es für sie getan hatte. Irgendwo in seinem Innern verbarg sich ein uneingestandener St. Georg, der auszog, die Prinzessin aus den Klauen des Drachens zu befreien, und aus keinem anderen Grund hatte seine Feder zugeschlagen. Heraus mit der Wahrheit, hatte er geschrien und es dann bereut, als die ans Licht kommende Wahrheit nur die Prinzessin selbst zu Boden warf.

Effie sah ihn neugierig an, versuchte, seine Worte zu verstehen. Irgend jemand fragte nach der Uhrzeit, und jemand anderes antwortete, es sei halb sieben. Effie schreckte auf. Marian. Womöglich war es schon zu spät. Fast hätte sie in dem Moment jedweder Gefahr getrotzt und wäre schnurstracks zu Andy hineingestürzt, doch dieser Mut verließ sie wieder, als sie der Sekretär hereinbat. Sie wich zurück, sah Dennis flehentlich an. Sie hatte wohl nie geglaubt, daß dieses Treffen wirklich stattfinden würde, dachte er: Der Mann, der in der Tür stand und sie einlud, aus einem langen Traum einzutreten in die Wirklichkeit, traf sie wie ein Schock. Dennis gab ihr ihre Tasche, Handschuhe und Zigaretten.

»Ich warte hier«, sagte er, und tief einatmend ging sie langsam und starr von ihm fort durch die geöffnete Tür.

... aus dem World-Herald ...

Wäre Andrew Callingham nicht so bescheiden – wie es alle großen Männer sind –, dann hätte er heute morgen allen Grund gehabt, sein Heimatland zu preisen. War es doch die Unempfänglichkeit der Amerikaner für sein Genie, die ihn vor achtzehn Jahren forttrieb und die Welt durchstreifen ließ – von China bis ans Mittelmeer –, bis er gestern als ein preisgekrönter Autor und international als einer unserer größten Schriftsteller gefeiert endlich wieder heimischen Boden betrat. In seiner Suite im Madison erzählte sein neuer Verleger MacTweed den Journalisten von den schwierigen Anfängen des Autors, von der schäbigen kleinen Mansarde in Chelsea, von seinem einsamen, tapferen Kampf um Veröffentlichung und Ruhm. Er erzählte ihnen von seinen mühsamen Versuchen, sich der Skepsis seiner Freunde und seiner Familie zum Trotz einen kargen Lebensunterhalt zu verdienen.

›Es ist und bleibt eine Schande für dieses Land‹, sagte Mr. MacTweed, ›daß die Engländer die ersten waren, die sein Genie erkannt haben.‹

Callingham erschien als ein großer, gesunder, braungebrannter Mann in den besten Jahren mit grauem Schnurrbart und spärlichem grauem Haar, lebhaften dunklen Augen hinter randlosen Gläsern und dem unverwechselbaren näselnden Tonfall des Yankees. Die Photographen und Autogrammjäger vor dem Hotel schickte er, verächtlich abwinkend, fort, und zu den Komplimenten über seinen neuesten Roman schüttelte er bloß den Kopf.

Befragt, was er von den Werken der jüngeren amerikanischen Schriftsteller halte – Wolfe, Caldwell und Faulkner –, meinte er, sie seien sicher nicht uninteressant. Mit einem ähnlichen spontanen Lob bedachte er Dos Passos, Hemingway, Lewis und Ellen Glasgow.

›Wie würden Sie Ihre eigene Position in der amerikanischen Literatur beschreiben?‹ wurde er gefragt.

Er lachte und zuckte mit den Schultern.

›Manche Kritiker würden mich auf die unterste Stufe stellen‹, antwortete er gutgelaunt und fügte mit einem Augenzwinkern hinzu: ›Ich hoffe, daß sie sich irren.‹«

... aus dem Traum ...

Ich bin, verdammt noch mal, der beste Schriftsteller, den dieses Land je rausgeworfen hat – oder auch Frankreich oder England«, sagte Andy, der auf der Chintzdecke auf seinem Bett lag, den Hausmantel aus englischem Tweed über die Hose gezogen. »Ich weiß, daß du und die Glaenzers denken, es sei leicht gewesen, aber ich sage dir, Effie, ich hab hart gearbeitet, jedes Fitzelchen Ruhm hab ich mir sauer verdient, ich hab nichts geschenkt bekommen.«

Das war Andy, natürlich war es Andy, Andy, von dem gnadenlosen Karikaturisten Zeit verzerrt, bis er ganz Onkel Henry Callingham aus Syrakus geworden war, so daß Effie ihn unablässig anstarren mußte, um in seinen Gesten oder seiner Mimik irgend etwas ihr Bekanntes zu entdecken, aber alles, was ihr irgendwie bekannt vorkam, stammte von dem Onkel, der sie damals immer in New York besucht hatte. Selbst seine Stimme war jetzt brüchig und nervös, klang ganz anders als der träge, schleppende Tonfall, den sie in Erinnerung hatte. Vergeblich mühte sie sich ab, diesen Mann vor ihren Augen mit dem jungen Andy, dem Andy ihrer Phantasien und dem großen Andrew Callingham zusammenzubringen. Der Gedanke, daß Marians bevorstehender Tod oder sonst eine alltägliche Lappalie diesem Fremden irgend etwas hätte bedeuten sollen, war vollkommen absurd. Sie sah hilflos von ihm zu dem blonden, schnurrbärtigen jungen Mann hinüber, der den Seesack und den Koffer leerte und von Zeit zu Zeit mit Telegrammen und Mitteilungen hinauslief und wieder hereinstürzte. Ob er wohl, fragte sie sich, auch eine Nachricht durch diese Andy-Fassade hindurch zu dem Andy weiterleiten würde, den sie kannte – oder wie sonst konnte sie diese verschwundene Person erreichen?

»Such mal die Photos raus, Jim, ich möchte Effie zeigen, wie ich in Cannes wohne«, sagte Andy. Er schenkte ihr aus der Cognacflasche auf dem Nachttisch ein, aber Effie schüttelte den Kopf. »Ich hab ein tolles Haus da, Effie, direkt am Mittelmeer. Und eine Jacht. Eine echte Schönheit. Gib her, Jim, die möchte ich Effie zeigen. Und ich wünschte, du könntest das Cottage in Cornwall sehen. Ich hab so einen tollen Sommer da verbracht, daß ich gleich wieder zurückgefahren bin, um es zu kaufen, damit ich immer hin kann, wenn ich will. Ich wohne gern in meinen eigenen vier Wänden – ich werde mir hier auch was kaufen, hat Tony das erzählt, bin dann vielleicht die Hälfte des Jahres immer hier. Da, schau, das ist auf unserer Indienreise, das bin ich, und das ist der Herzog von Malvern, ein verdammt netter Kerl. Hier ist das Herrenhaus, von hinten, da in der Ecke sieht man noch das Meer, und das hier bin ich in Paris, wie ich den Internationalen Romanpreis verliehen bekomme, das ist der Premierminister – das bin ich mit Lloyd George – das ist mein Stall –«

Sie wußte, sie hätte vor Bewunderung aufschreien, ihm Fragen stellen sollen, doch eine plötzliche Schüchternheit nahm sie gefangen, die Verwunderung darüber, daß sie es hatte wagen können, sich in das Leben dieses wildfremden Manns hineinzudrängen. Ihr summte merkwürdig der Kopf, ihr war, als sei sie gar nicht wirklich da, als stecke sie in einem wirren Alptraum, und sie fühlte sich an einen Traum aus ihrer Kinderzeit erinnert, in dem der brutale Riese ihr Vater war, wenn auch mit anderem Namen und anderem Gesicht. Dieser große grauhaarige Mann war also einmal ihr Gatte gewesen, das Muster, nach dem sie sich ihren wahren Geliebten zurechtgeschnitten hatte, den Andy ihrer Träume. Wenn sie nur lange genug hinsah und ihm lauschte, würde sie sich vielleicht an ihn gewöhnen, so wie man seine Augen an die Dunkelheit gewöhnen kann, aber sie brachte kein Wort heraus. Welche Verbindung konnten sie und Marian je zu diesem sagenhaften Helden gehabt haben? Wie anmaßend es von den Frauen war, zu denken, ihr Leben oder Sterben könnte für eine Legende von Bedeutung sein! Überrascht nahm sie die Tränensäcke und die tiefen Falten rund um seine Augen wahr und drehte ihren Stuhl herum, so daß sie das Licht im Rücken hatte und ihr eigenes Gesicht und der eingefallene Hals im Schatten lagen. Sie blickte flüchtig auf die Photographien, Zeugnisse eines Lebens, das sie sich nur dunkel vorstellen konnte, greifbare Beweise für die Irrigkeit ihrer eigenen bisherigen Vermutungen. Sie hatte sich zwar durchaus ein abenteuerliches Leben ausgemalt, doch diese Aufnahmen waren keine Zeugnisse von Abenteuern, sie waren Geschichte, und dieser Gedanke machte Effie frösteln. Ihre imaginären Dialoge lösten sich im Nu in nichts auf, denn sie waren für ein neu vereintes Liebespaar gedacht gewesen, nicht für eine verlegene Besucherin und einen berühmten Namen. Ach, dachte sie, nach Gründen für ihre schreckliche Verwirrung suchend, es gab tatsächlich keinen Andy mehr, er war ausgelöscht worden durch den »Großen Callingham«, wie viele andere vor ihm durch das, was sie repräsentierten, ausgelöscht worden waren. Ihre zitternden Knie, ihre widerspenstige, gelähmte Zunge waren doch Beweis genug, daß sie einem König gegenübersaß – sie sollte ihm wohl schnell die Hand küssen und fliehen.

»Sie haben nur noch wenige Minuten, um sich umzuziehen«, sagte der Sekretär. »Mr. MacTweed kommt in einer halben Stunde. Ich habe den Journalisten gesagt, Sie könnten heute niemanden mehr empfangen, und sie sind alle fort.«

Auf diesen Wink hin mußte sie gehen – gehen oder augenblicklich ihre Fürbitte für Marian vorbringen. Sie haßte sich dafür, daß ihre Hände feucht waren, daß ihr die Zähne klapperten, als würde sie diesen berühmten Namen um etwas Ungeheuerliches bitten, ihm einen unglaublichen Gefallen abverlangen, als ob er ein normaler Mensch sei und nicht schon einer der Unsterblichen, ein Gott, den zu lieben sie sich einst erdreistet hatte. Ja, sie war erstaunt, daß er sich noch an sie erinnerte, ihr die Ehre erwies, die anderen Besucher fortzuschicken, und ihr die Trophäen von seinen glorreichen Reisen zeigte. Doch auf den zweiten Blick sah sie das Ganze etwas zynischer: Er sprach in dem bemüht herzlichen Ton, den er einer armen Verwandten gegenüber anschlagen würde, hin- und hergerissen zwischen dem Wunsch, seine Erfolge mit ihr zu teilen, und der Angst, daß eine allzu glanzvolle Geschichte ihr die eigene Armut nur noch deutlicher vor Augen hielte. In ihrem Kopf rang ein Entschluß mit dem anderen – sie würde ihn anflehen, mit ihr zu Marian zu kommen, nein, sie würde es nicht wagen. Doch die Zeit war knapp, und sie riskierte es.

»Hast du mein Telegramm bekommen, Andy?«

Er runzelte die Stirn und warf dem Sekretär einen bedeutungsvollen Blick zu, als rühre dies an ein von ihnen ausgiebig besprochenes Problem. Die Aufnahme in seiner Hand von den farbenprächtigen Gärten rund um sein Château flatterte unbeachtet zu Boden.

»Daß Marian krank war, hat mir leid getan«, sagte er steif. »Danke, daß du mir telegraphiert hast.«

»Sie wollte dich –«

»Es war ein glücklicher Zufall, daß ich gerade die Überfahrt gebucht hatte. Ich habe dem Krankenhaus geschrieben, ich käme natürlich für die Kosten auf. Ich hatte Marian sehr gern.«

»Sie liebt dich«, sagte Effie. Jetzt brannten ihr Tränen in den Augen, und ihre Stimme klang so fremd, als gehorchte sie jemand anderem – sie war überzeugt, sie selbst hätte kein Wort herausgebracht.

»Ist sie wirklich krank, Effie?«

Effie zuckte zusammen. »Andy, sie liegt im Sterben.«

Andy starrte auf den Boden.

»Sie hat mir immer geschrieben, sie würde sterben oder sich umbringen, wenn sie meinte, ich hätte sie durch irgendwas verletzt«, sagte er. »Marian ist ein wunderbarer Mensch, aber sie ist nicht die Frau für einen Mann des öffentlichen Lebens. Ich kann nicht arbeiten und mich gleichzeitig mit hysterischen Anfällen befassen – das kann keiner. Sie hat sich mit sinnlosen Eifersüchteleien gequält – mit wem immer ich getanzt oder geredet habe. Du warst nie eifersüchtig, Effie.«

Es war die erste Anspielung auf ihre einstige Beziehung. Er ging nervös im Zimmer auf und ab.

»Verdammt noch mal, man kann einfach nicht arbeiten mit einer Frau, die ständig nach Beachtung schreit«, sagte er barsch. »Eine Zeitlang kann man die Szenen wieder kitten, aber irgendwann gibt man es auf, wie sehr man sie auch lieben mag. Sie ist weggelaufen. Ich war total erschöpft. Laß sie laufen, dachte ich mir. So kann ich nicht weitermachen – mitten in einer neuen Trilogie. Ich habe dich immer bewundert, Effie: Du wußtest, daß ein Mann, der unter Hochdruck arbeitet, gelegentlich über die Stränge schlägt – ein kleiner Flirt, ein Saufgelage –, die Nerven eben, aber du, Effie, hast es verstanden.«

Effie nickte schweigend.

»Ich kenne die Frauen«, fuhr er schnell fort. »Was die weibliche Psychologie betrifft, bin ich zur Zeit der beste Autor der Welt, aber bei Gott, darum kann man noch lange nicht mit einer Frau umgehen, die einem unbedingt Szenen machen will, eine romantische Beziehung will, auf Kosten alles anderen. Du warst vernünftig, Effie, du hast diesen romantischen Quatsch nicht gebraucht. Unsere Ehe platzt, okay, sagst du, so ist es eben. Geschehen ist geschehen. Du wußtest, daß es so am besten war.«

Effie fummelte in ihrem Zigarettenetui herum, damit er ihr Gesicht nicht sah.

»Es war gut so für uns beide«, sagte sie schließlich. Klar, dachte sie, man verliert ihn, weil man ihm keine Szene macht, und man verliert ihn, weil man ihm eine Szene macht; jetzt weiß ich wenigstens, daß man einen Mann auf keine Weise halten kann, wenn er einmal dabei ist zu gehen. Er wäre sowieso gegangen, ich hätte tun und sagen können, was ich wollte.

Andy stürzte zu ihr und ergriff in einer plötzlichen Gefühlsaufwallung ihre Hände.

»Allein um dich das sagen zu hören, Effie, hat sich die Rückkehr in die Staaten schon gelohnt. Du ahnst ja nicht, wie mir zumute war, als ich so abgehauen bin und nicht wußte, ob es dir das Herz bricht oder was. Aber du hast die ganze Zeit gewußt, daß es das beste war. O Effie, Effie, ich danke dir. Manchmal habe ich dich fast gehaßt, wenn ich daran dachte, wie du hier sitzt mit deinem verdammten Edelmut, mich noch immer liebst, mir vergibst und auf mich wartest –«

»Wie absurd«, sagte Effie. »Vorbei ist vorbei.«

»Genau. Ich wußte, daß du das auch so sahst.«

»Wir hatten eine wunderbare Zeit zusammen«, sagte sie lächelnd. Wunderbar. Genau. Sie mußte weiterhin ein wunderbarer Mensch sein, durfte niemandem Grund geben, daß er sich schlecht vorkam. So ist es eben. Okay. Vorbei ist vorbei. Eine wunderbare Zeit zusammen. Ohne diesen romantischen Quatsch. Das waren die Worte, an die es zu denken galt, das Vokabular eines wunderbaren Menschen.

»Effie, du bist wirklich großartig.« Jetzt strahlte er sie an, strahlte übers ganze Gesicht. »Das war das eine, was mich immer gequält hat – daß ich mir deinetwegen wie ein Schwein vorkam. Und die ganze Zeit – laß uns was trinken.«

Und weil ihr die Hände zitterten, nahm sie dieses Mal das angebotene Glas und stieß mit ihm an, in der Hoffnung, daß der Brandy, der ihr heiß ins Blut schoß, ihr den Mut geben würde zu lächeln, während er sie ansah, sie zum erstenmal, seit sie eingetreten war, ansah.

»Weißt du, mir kommt da ein ganz neuer Gedanke: Ich wette, du hast mich deshalb mit Marian fortgehen lassen, weil es da jemanden gab, der dir gefiel. Ich kenne doch die Frauen, und ich weiß, daß ihr einen Mann nicht so leicht fortschickt, wenn da nicht jemand anderes ist.«

»Du bist wirklich ein schlauer Bursche, nicht wahr?« antwortete Effie ihm.

»Wußt ich's doch«, rief er fröhlich aus. »Ich habe dir deinen Edelmut immer übelgenommen. Das war also gar nicht nötig. Wer war es denn? Tony? Er war ja ständig da.«

»Dir bleibt auch nichts verborgen, nicht wahr?« meinte Effie.

»Wir hätten zusammenbleiben sollen, Effie«, sagte er und schenkte sich noch einen Brandy ein. »Wir haben Verständnis für diese kleinen Verirrungen. Ich wette, du hast seitdem ein Dutzend Liebhaber gehabt. Wer ist es denn zur Zeit?«

»Tja –«

»Komm, so viel kannst du mir doch wohl verraten. Was macht er denn?«

Effie zögerte.

»Er ist Schriftsteller«, sagte sie und sah schnell zur Tür, um sich zu versichern, daß Dennis nicht plötzlich hereinkam. »Dennis Orphen.«

»Orphen?« Andy wich beleidigt zurück. »Das ist doch der, der mich in seinem Buch so angegriffen hat. Ich hätte nicht gedacht, daß dir der gefällt – Effie, das find ich nicht fair von dir. Ein Mann, der mich brutal verspottet hat – nach allem, Effie –«

Effie stand auf.

»Ich kann nichts für das, was er schreibt, und schließlich waren meine Gefühle für dich ja immer frei von allem romantischen Quatsch.« Sie zog ihre Handschuhe an. »Du mußt jetzt zu Marian. Dennis wartet auf mich.«

»Heute muß ich zu diesem Abendessen, ich geh morgen –«

»Es wird kein morgen mehr geben!« schrie Effie, unfähig, noch mehr zu ertragen. »Sie liegt im Sterben – sie liebt dich – du *mußt* zu ihr gehen.«

Er zog sich schweigend an. Sie fühlte sich grauenvoll, und ihr Herz schien zu zerspringen, weil sie es verriet. Sie dachte daran, wie die Leute alt werden und sich von Jahr zu Jahr mehr betrügen, sich mit ihren eigenen Lügen verkrüppeln, bis die Person selbst verschwunden ist, bis sie nur noch leise flüstert: Hier, hör mir zu, dies ist mein echtes Ich, hör nicht auf das, was ich sage, achte nicht auf das, was ich tue, dies hier ist das echte Ich unter all dem, wovon nichts geblieben ist bis auf eine schwache, ungehörte Stimme, und wenn der Körper dieser bösen Hexe dich zerreißt, dann sei nicht verletzt, das bin nicht wirklich ich, achte nicht darauf, höre nur auf meine Stimme, die dir sagt, daß ich dich liebe.

Und irgendwann ist auch die Stimme tot, und es sind nur die häßliche Tat, die grausamen Worte übrig. Vorbei ist vorbei, hatte sie gesagt, hatte sie lächelnd aus ihrem Herzen herausgeschnitten.

Sie sah Andy mit dem jungen Mann sprechen, doch es dröhnte in ihrem Kopf, es klingelte in ihren Ohren – das Echo ihrer eigenen Stimme, die rief: *Vorbei ist vorbei.* Als sie schließlich aus dem Schlafzimmer kamen, saß nur noch ein Mann im Salon: Dennis, und Effie winkte ihn heran.

»Andy«, sagte sie, »das ist Dennis Orphen.«

Andy hielt ihm steif die Hand hin.

»Glückwunsch, Orphen«, sagte er. »Effie hat es mir gerade erzählt.«

Sie fuhren zu dritt im Fahrstuhl hinunter, Effie mit scharlachrotem Gesicht.

... Babys Geburtstagsparty ...

Auf Babys Geburtstag!« rief Phil Barrow, und Walter und Mary, Bee Amidon und ihr Mann (um deren Einladung Walter Corinne heimlich gebeten hatte) und Olive stießen mit ihren Martinis ein wenig zu freudig an, dachte Corinne, als ob sie laut herausschreien würden: Kann man in diesem Hause denn niemals einen Cocktail trinken ohne einen Trinkspruch auf die Königin oder einen Brandy ohne eine Anekdote?

»Aber ich hab doch erst Dienstag Geburtstag«, sagte Corinne. »Das weißt du doch, Phil.«

Sie dachte, wie oft würden wohl noch diverse Gäste auf Babys Geburtstag anstoßen müssen, bevor sie vor Langeweile starb, und sie dachte, das ist das Eine-gute-Ehefrau-Gefühl, diese zusammengebissenen Zähne, dieses zurückgehaltene Gefühl schreiender Langeweile. Das Schuldbewußte-Ehefrau-Gefühl ist viel besser für die ganze Familie, dieses reuevolle zärtliche Verständnis, dank dem man all die positiven Eigenschaften seines Gatten sieht, weil seine schlechten durch die eigene Schlechtigkeit verdrängt werden. Eine schlechte Ehefrau war daheim viel liebenswürdiger; sie konnte von ihrem Gatten so manches hinnehmen, weil es ihr eigenes Gewissen entlastete. »Natürlich, Liebster, verstehe ich das«, sagte sie Tag für Tag nachsichtig. »Bitte, Schätzchen, mach dir darum keine Sorgen.«

Schätzchen. Dieses Schätzchen-Getue ging ihr langsam auf die Nerven. Heute abend hatte es mehr Schätzchen in ihrem Wohnzimmer gegeben, als je in einem Raum versammelt waren. Da war Walter, der seine Frau Mary unablässig Schätzchen nannte, damit Mr. Amidon keine Zweifel kamen an Walters Gefühlen für Mrs. Amidon; da war Bee Amidon, die Mr. Amidon aus demselben Grund unablässig Schätzchen nannte; da war sie selbst, die Phil sehr gewissenhaft unentwegt mit Schätzchen titulierte, nur um ihm nicht das Glas aus der andauernd zum Toast erhobenen Hand zu schlagen. Und Dennis war nicht erschienen, hatte sie nicht angerufen, war auch nicht daheim gewesen, als sie bei ihm vorbeigegangen war, war spurlos verschwunden, und wenn sie nie mehr etwas von ihm hörte, würde sie ihn niemals finden können, würde sie nichts tun, nichts sagen können, nur die ganze Nacht lang weinen und gegenüber Phil so tun, als wäre es aus einem anderen Grund. Nicht einmal Olive konnte sie es erzählen, denn Olive dachte allzu offensichtlich: Meine Liebe, ich habe dir immer gesagt, daß er nichts taugt, genau das habe ich von Anfang an gesagt, du wolltest es mir ja nicht glauben, als ich dir erzählt habe, wie er mich fallen gelassen hat wie eine heiße Kartoffel und mit dieser Mrs. Callingham von seiner eigenen Party davongerannt ist, dabei wissen doch alle Bescheid... Nein, Olive konnte sie das nicht erzählen.

»Ich verderbe euch den ganzen Abend«, sagte Olive gutgelaunt. »Nachdem Dennis uns im Stich gelassen hat, bin ich dieses unmögliche Etwas: eine Frau ohne Mann.«

Alle lachten, obwohl Mr. und Mrs. Amidon, Walter und Mary und Olive und Corinne alle wußten, daß nicht

Olive im Stich gelassen worden war, sondern unsere kleine Mrs. Barrow, und alle, besonders Walter und Mrs. Amidon, empfanden dabei eine gewisse moralische Befriedigung.

»Ich verstehe nicht, warum Baby das mit Orphen so verwundert«, sagte Phil und bröckelte sich verstohlen etwas Brot in seine Suppe, auf diese typische Art, die Corinne an ihm am meisten aufregte. Warum brach er nicht dreist das ganze Stück entzwei oder tunkte es ein und sagte: »So hab ich es gern« – aber nein, er schummelte nur ab und zu ein kleines Bröckchen in die Suppe oder Sauce, wenn er glaubte, daß es keiner sah. »Orphen ist nun mal ein primitiver Kerl. Soweit ich weiß, ist er in einem billigen kleinen Bahnhofshotel groß geworden. Sein Vater war Handelsvertreter. Nicht, daß ich die Arbeiterklasse nicht bewundern würde. Und nie würde ich Orphen vorwerfen, daß er nicht auf dem College war. Aber ich habe etwas gegen Unhöflichkeit. Dieser Hurensohn hätte wenigstens anrufen können. Olive hier –«

»Ich hätte einen sehr netten Nachbarn von ihm mitbringen können, wenn er uns vorher Bescheid gesagt hätte«, erklärte Olive schelmisch. »Mr. Schubert. Der, der immer diese Zeichnungen macht für den *New Yorker* und *Vanity Fair.* Nächsten Monat geht er nach Hollywood, um die Kulissen für diesen Film mit Joan Crawford zu malen. Tausend Dollar pro Woche. Ich war neulich mit ihm zum Tee in so einem kleinen Lokal drüben an der East Fourteenth, das sich Kavkas nennt. *Wahnsinnig* interessant. Er ist Kommunist.«

»Seht ihr«, sagte Phil triumphierend. »Ich würde gern wissen, wie diese Kommunisten einen Job in Hollywood übernehmen können. Das ist doch dasselbe, wie Kapitalist zu sein.«

Olive lächelte ihm herablassend zu.

»Nein, Phil, sie sehen das so, daß sie bis zur Revolution

ebensogut ihre Chancen im Kapitalismus nutzen können. Sie müssen sich für das bestehende System opfern.«

Jetzt würde Olive radikal werden, dachte Corinne erbost, sie würde sich Olives hehre Gedanken über Rußland und die Wirtschaft anhören müssen, und nichts haßte sie mehr als wirtschaftlich denkende Langweiler. Olive würde zu dieser Wohnung pilgern – bis zu seinem Umzug nach Hollywood – und über seinem Abfluß alle möglichen Ergüsse ablassen, auf daß sich die Stuck-Gibson-Mädchen an Dennis' Decke vermehrten. Sie wünschte, sie hätte Olive nie etwas erzählt. Sie wünschte, sie hätte sich nie an Olives Schulter ausgeweint. Sie wünschte, Olive würde nach Kalifornien ziehen und ihr niemals schreiben, damit sie endlich einen echten Grund hatte, ihr böse zu sein. Sie sah in die Runde und dachte, daß sie eigentlich alle hier haßte; gerade Walter, der ihr ständig vorjammerte, Bee Amidon würde ihn zu wenig lieben, war jetzt – unmittelbar vor Bees Augen – zärtlich darum besorgt, daß seine Frau Mary auch ja keinen Schluck zuviel bekam. Bee Amidon, diese unerschrocken wirkende, dunkelhaarige, kerngesunde Frau mit guter, üppiger Figur, steuerte ziemlich schnell auf einen Rausch zu, ohne auf Phils planmäßige Trinksprüche zu warten. Sie streichelte Mr. Amidon das wild gelockte schwarze Haar und babbelte mit Babystimme.

»Dududu«, sagte sie, »Mamis kleiner Pudel.«

Ich halt's nicht aus, ich halt's nicht aus, schrie Corinne innerlich, wie kann man denn zwei Menschen auf einmal lieben, tja, sie müßte es eigentlich wissen, aber nein, im Grunde liebte sie nur einen auf einmal, den, mit dem sie gerade nicht zusammen war; oder bestand ihre Liebe zu Phil nur in ihrer Reue darüber, daß sie ihn nicht liebte, ihrer Reue, weil er zu ihr so gut war und sie zu ihm so schlecht, ihrer Reue darüber, daß sie Dennis liebte, der nicht einmal mehr bei ihr anrief, der ihr nicht schrieb und sich nicht meldete, der wahrscheinlich nichts weiter für sie empfand, der ihr nicht einmal den Koffer trug oder sie über die Straße führte. Jetzt tat es ihr leid, daß Phil sie so sehr liebte, während sie doch hätte sterben mögen, weil Dennis sie nicht anrief, sie wünschte, der Wein wäre Gift, sie hielt es nicht aus, hier trinkend und lachend zu sitzen, während Dennis aus ihrem Leben verschwunden war. Sie tupfte sich die Augen und tat, als lausche sie den Witzen des grauenvollen Mr. Amidon. Der grauenvolle Mr. Amidon-kennen-Sie-den-schon. Das Schlimmste war, daß die Amidons ein Witze erzählendes Ehepaar waren. Vor jeder Party paukten sie. Dann flüsterten beide ihren Nachbarn zur Rechten eine amüsante Anekdote zu, dann ihrem Nachbarn zur Linken, dann trug einer von beiden sie der ganzen Runde vor, und sie war ohnehin nicht lustig, nur sehr lang mit einem unanständigen Wort als Pointe. Wie ertrug Walter bloß eine Witzeerzählerin als Geliebte? Mitten im Kuß – Ach-was-hab-ich-da-neulich-gehört! Corinne fiel auf, daß Walter und Mary die Witze der Amidons wohl nicht sehr lustig fanden. Walter, der neben Corinne saß, flüsterte ihr nervös ins Ohr: »Ich habe Bees Witze immer Mary erzählt, und jetzt, wo sie sie alle von Bee hört, ahnt sie, woher der Wind weht. Ich flehe dich an: Erzähl ihr, sie seien alle aus einem Buch!«

»Orphens Roman wird ja ganz groß besprochen«, sagte Walter laut. »Es heißt, das ganze Buch handle von Callingham. Scheint ein Renner zu werden.«

»Das ist gut. Freut mich. Freut mich wirklich«, sagte Phil. Er wandte sich an Amidon. »Dieses Buch, *Die Frau des Jägers*. Meine Frau kennt nämlich den Autor. Baby ist mit ihm eng befreundet.«

»Ja«, sagte Corinne sarkastisch. »Ich kenne ihn persönlich.«

So würde es sein. Dennis würde berühmt werden und sie vergessen. Tausendmal am Tag würde sie Phil damit angeben hören: Meine Frau kannte ihn einmal persönlich! Sie hielt sich die Serviette vors Gesicht und lief hinaus. Aber Baby! Aber Corinne! Aber Mrs. Barrow! Sie rannte nach oben, rannte das Mädchen um.

»Es geht schon – sagen Sie ihnen, sie sollen unten bleiben«, trug sie ihr auf, sich vorstellend, wie Olive, aasgeierhaft nach Geständnissen gierend, heraufgestürzt kam.

Sie lief in ihr Schlafzimmer, griff atemlos zum Telephon, wählte Algonquin 4 – keine Antwort. Versuch's in der Havana Bar. Nein, hier ist kein Mr. Orphen. Versuch es noch einmal bei ihm. Nein, schick lieber ein Telegramm. Worth 2–7300. Ein Telegramm für Mr. Dennis Orphen – D wie Darling, E wie ewig, N wie nie, N wie nie, I wie innig, S wie süß … O wie – ich hasse dich hasse dich hasse dich hasse dich hasse … sind das zehn Wörter? … Jetzt kam Phil herauf. Sie würde aus dem Fenster springen. Der arme Phil. Er liebte sie so sehr. Er würde sterben, wenn ihr etwas passierte. Sie war doch der Mittelpunkt seines Lebens. Darum konnte sie nicht mit Dennis davonlaufen. Es war nicht der Nerzmantel oder die Weltreise oder die Armbanduhr mit Brillanten, es war Phil, der ohne sie nicht leben konnte.

»Was ist los, Baby? Bist du krank?«

»Mir steckt nur was im Hals … Phil, mein Schatz –« Nein, ohne Schatz. Nachdem Walter seine Frau ständig Schatz genannt hatte, während er unter dem Tisch mit Bee Amidon füßelte, war es damit für sie ein für allemal vorbei. »Phil, was würdest du tun, wenn ich sterben würde?«

»Aber Baby!«

»Das soll gar nichts bedeuten, ich habe mich das nur gefragt. Du würdest wohl hier ausziehen und im Harvard Club wohnen, nicht wahr?«

»Sicher nicht«, sagte Phil prompt. »Ich würde diese Nordwohnung im Essex House nehmen und diesen Japsen einstellen, den du letztes Jahr gefeuert hast, und im März würde ich jedes Jahr für sechs Wochen nach London fahren.«

Corinne starrte ihn an, als ob er ein Monster wäre. Er hatte also alles schon geplant. Wahrscheinlich hatte er den Mietvertrag schon unterschrieben. Das war also der treue, anhängliche Phil, das ging ihm durch den Trinksprüche hervorbringenden Kopf, Pläne dafür, wie er sich nach ihrem Tod vergnügen würde.

Sie begleitete ihn nach unten und trank mit den anderen noch ein paar Brandys, während sie nachgrübelte über Phil, bis sich in ihrem Kopf die unaufrichtigen Stimmen der anderen überschlugen und hinter all den Schätzchen und Liebsten ihr grauenvolles Privatleben hervorbrach. Walter und Bee mußten natürlich in die Küche gehen, um einen ganz speziellen, extrascharfen Drink zu mixen, und Mr. Amidon und Phil mußten angeben. Phil tat dies, indem er von den Unternehmungen des großen Bankdirektors und von Andrew Mellon und von J. P. Morgan sprach, als gehörten sie gleichsam zu seiner Truppe, und er konnte auf bescheidene Art Huldigungen für ihre Leistungen entgegennehmen. Mr. Amidon dagegen schaffte den sozialen Aufstieg, indem er sich ebensolche großen Männer zu persönlichen Rivalen erkor, Geschichten erzählte, in denen dieser Stalin oder dieser Roosevelt vorkamen, und die Pennsylvania Railroad Company besaß in B. J. Amidon einen einflußreichen Gegner.

Olive schien sich nicht so recht zu amüsieren. Sie hockte mit Walters Frau Mary in einer Ecke, und sie sprachen über ihre Schiaparellis, von denen jede genau einen besaß, und darüber, ob die *Normandie* tatsächlich stärker stampfte als die *Ile de France* oder die *Conte de Savoie*. Von Zeit zu Zeit lächelte Olive Corinne mitfühlend zu, ein Ich-weiß-was-du-denkst-arme-Kleine – du-bist-versetzt-worden. Vielleicht war er ja bei den Glaenzers, dachte Corinne verzweifelt, wenn sie doch nur endlich alle gehen würden, dann könnte sie durch die Straßen laufen und ihn suchen. Warum zog Olive nicht los und suchte, vielleicht war er ja krank, warum half Walter ihr nicht aus der Klemme, aber nein, er mußte mit Bee Amidon in der Küche Cocktails mixen. Und wenn Dennis krank wäre, dem Tode nah, wer würde Mrs. Philip Barrow wohl verständigen, niemand, oder wenn sie es herausbekäme und dann hinzöge, um ihn zu pflegen, wie sollte sie das Phil erklären?... Sie verschwand wieder nach oben in ihr Zimmer. Worth 2–7300. Telegramm für Dennis Orphen. D wie Darling – Darling, Liebster, liebe dich, bitte komm, ich liebe dich...

Jetzt hatte sie wohl den Verstand verloren. Es konnte nicht wirklich Phil sein, der da in der Tür zum Badezimmer stand, sie entgeistert anstarrend. Warum hatte sie nicht zuerst dort nachgesehen?

»Das war Orphen«, sagte Phil mechanisch. »Du hast gesagt, daß du ihn liebst. Orphen.«

Corinne schluchzte laut auf.

»Ja, das tue ich. Ich liebe ihn wie wahnsinnig, wenn du es wissen willst«, kreischte sie. »Reich die Scheidung ein, oder bring mich um, mir ist das egal. Jetzt weißt du es. Ich liebe ihn – und wie!«

Sie krümmte sich über den Bettpfosten, von heftigen Schluchzern niedergebeugt.

Phil schüttelte den Kopf.

»Armes Baby«, sagte er. »Armes, kleines Baby.«

»Baby! Genau. Laß es mir auf meinen Grabstein setzen«, schrie sie. »Mach nur weiter so, meißele es in mein Denkmal ein – armes, kleines Baby –«

Mit vereinten Kräften schafften Phil und Olive und das Mädchen sie mit einem Eisbeutel und einer Dosis Luminal ins Bett. Als sie zu zweit auf Zehenspitzen aus dem

Zimmer schlichen, befürchtete Olive, daß Phil jetzt alles würde von ihr wissen wollen, und was sollte sie ihm sagen? Er blieb oben an der Treppe stehen und nahm seine Brille ab, putzte sorgfältig die Gläser, als würde er dann klarer sehen.

»Sag davon bitte nichts den anderen«, bat er sie mit gedämpfter Stimme. »Laß sie glauben, daß sie einfach betrunken war.«

»Gute Idee«, antwortete Olive schnell.

»Wirklich, Olive«, sagte er in feierlich vertrauensvollem Ton, »das hat mir doch ziemlich angst gemacht. Für ein paar Minuten war die Kleine wirklich nicht mehr bei Verstand.«

... eines schönen Tages werd ich dafür zahlen müssen...

Dennis stand am Fenster neben dem scharlachroten Vorhang und sah zu, wie der Regen über der Stadt blinkte, wie goldenes Konfetti blitzten die Tropfen über Laternen auf, sie tröpfelten auf das Fensterbrett, zeichneten schnelle schräge Muster auf die Scheibe, ließen die Leuchtbuchstaben am Haus gegenüber verschwimmen: HOTEL GRENVILLE. Über das schimmernde schwarze Pflaster eilten von Regenschirmen gekrönte Beine, Taxis schlitterten am Gehsteig entlang, daß die Räder durch die Pfützen zischten, Regentropfen hüpften im Rinnstein wie Würfel. Zwei Häuserblocks entfernt tuteten Nebelhörner auf dem Fluß, sie heulten ohne Unterlaß, der Sturm, der Sturm, riefen sie warnend, habt acht, habt acht; ihr tiefer Ton zitterte und verschwamm wie Tinte auf nassem Papier, habt aa-a-a-a-a-cht – habt aa-a–

Deutlich spürte er Effies Gegenwart hinter sich im Raum, spürte die neue, sehr persönliche Note in ihrem Verhältnis, eine irritierende Verschiebung von Autor und Heldin zu Mann und Frau, durch die ihre Gespräche von seiner Seite jetzt etwas Gezwungenes bekamen, von ihrer Seite jedoch etwas deutlich Selbstbewußteres. Er war froh über den anschwellenden und wieder abklingenden Schirm aus Radiomusik, der ihn von ihr trennte. Eine tröstliche klangvolle Stimme riet zur Verwendung von Barbasol, ein Radiosprecher sagte die Zeit an – zehn Uhr –, in einem zärtlichen, väterlichen Ton, als erkläre er die Sache mit dem Klapperstorch... Wo war wohl Corinne? Wahrscheinlich war sie ein Dauerklingeln seines Telephons drüben in seiner Wohnung, ein Warum-bist-du-gestern-nicht-aufgetaucht, Warum-bist-du-niemals-daheim – Was-ist-mit-dir-und-dieser-Mrs.-Callingham – O-Liebling-warum-bist-du-nur-mit-ihr-davongerannt--so-daß-Olive- jetzt-sagt-sagt-sagt – sagt –

»Als ich dich neulich da in Andys Zimmer sah«, sagte Effie verträumt, »war mir auf einmal klar, daß du mir näher warst, als irgend jemand anderes auf der Welt, und die ganze Zeit, in der ich von Andy sprach, warst du mir eigentlich viel näher. Der Andy, den ich gekannt habe, ist damals mit seinem ersten Erfolg verschwunden. Kannst du dir vorstellen, Dennis, ich hätte ihn nie erkannt – seine Stimme, sein Gang, seine Gestik und natürlich sein Haar? Er hatte sich vollständig in jenen Onkel Henry verwandelt, der immer zu uns kam. Ich konnte die beiden in meinem Kopf nicht auseinanderhalten. Ist das nicht absurd?«

»So was kommt vor«, sagte Dennis.

Er ging zum Radio hinüber und drehte an dem Knopf, bis eine Sopranstimme herausgeflattert kam, als ob sie jahrelang in diesen häßlichen Körper eingesperrt gewesen wäre, auf die Berührung des Prinzen wartend. Endlich befreit, erfüllte ihr Lied den kleinen Raum, ließ die zwei fetten Goldfische im Glas auf dem Kaminsims in wildem Walzertanz durch ihre Miniaturwelt sausen; ein zweiter Sopran fiel ein, träge trieben die beiden Stimmen dahin, hohe silberne Blasen aus Licht; *l'amour, ah, l'amour*, sangen sie, *l'amour*, ein Luftballon sprang unbeschwert vom hohen C zum F, glitt elegant zum B hinunter. Jetzt flogen weitere weibliche Stimmen *l'amour* zu Hilfe, balancierten ihre zerbrechlichen Kugeln aus Klang auf der Spitze von Zauberstäben – hier – hier – und hier ... Seite an Seite schwammen die Goldfische rhythmisch um ihr korallenes Schloß herum, ihr winziger grüner Unterwasserwald wogte ganz sacht, *l'amour, oh, l'amour* ...

Effie schwieg, und Dennis dachte, daß sie sich jetzt an Marian erinnerte, an Marians sterbende Augen, in denen eine matte Freude aufflackerte, weil Andy doch noch zu ihr kam, er liebte sie, er reiste für sie um die ganze Welt, *oh, l'amour, l'amour*, und als er sie dort hatte liegen sehen, war er auf einmal auf die Knie gefallen, vergrub das Gesicht im Kissen neben ihr, und so war sie gestorben. »Aus«, hatte Effie Belle Glaenzer am Telephon erzählt. »Aber Andy ist bei ihr gewesen.« »Tot«, hatte sie Dr. MacGregor berichtet, »aber Andy war da. Sie ist in seinen Armen –« Und Effie vergaß, doch Dennis würde nie vergessen, daß Effie mit strahlendem, verwandeltem Gesicht aus dem Krankenhaus getreten war, daß sie lächelnd, vor sich hin murmelnd durch die Straßen, durch Menschenmengen lief, als ob sie die wäre, die gestorben war, und als sei das nicht ihr Körper, sondern nur ihr Geist, der sich unsichtbar durch die Nacht wehen ließ, nach dem Tode triumphierend, war doch ihr Geliebter heimgekehrt, hatte er sie doch – *oh, l'amour, l'amour* –, während sie verschied, schluchzend in den Armen gehalten. Dennis hatte ihr die Haustür aufgesperrt, ihr vages, jenseitiges Lächeln gesehen und sich im Treppenhaus auf die Stufen gesetzt, ein wenig besorgt, sie könne irgend etwas anstellen. Als Mrs. Hickey am Morgen die Dachluke öffnen kam, sah sie Dennis dort sitzen.

Diese Woche nun war Effie wunderbar ruhig, und jetzt war Dennis der, der verstört war, denn ihre stille Zufriedenheit verwirrte ihn. Hatte Andys Ankunft sie von dem Mythos befreit, oder hatte dieses Wiedersehen ihr gezeigt, daß er all ihre heimlichen Tränen wert war? Dennis war beunruhigt, weil er die Kontrolle über sie als seine Figur verlor; sie war ihm jetzt ein ebensolches Rätsel wie er selbst, unberechenbar, unlösbar, und er fürchtete, sie könnte zu sehr Teil seiner selbst werden.

»Du hast mir die Augen geöffnet, Dennis«, fuhr Effie fort. »Jetzt weiß ich, daß der Andy, den ich geliebt habe, der Andy war, den ich mir nach seiner Abreise erfunden habe, und daß ich ihn am meisten geliebt habe, wenn ich mit dir über ihn sprach, weil ich etwas von dir auf ihn übertragen habe, bis er mehr war als du oder Andy. Das weiß ich um so sicherer, als du ihn in deinem Buch so darstellst, wie ich ihn jetzt sehe. Ich war diejenige, die ihr eigenes Bild verzerrt sah. Ich danke dir für die Wahrheit, Schatz.«

Ihr blauer Morgenmantel schleifte auf dem Boden, sie hielt die Arme über dem Kopf verschränkt, das Haar hing ihr in langen Flechten über die Schulter und um das traurige hübsche Gesicht... wie Melisande, dachte Dennis, und es gab nichts, was er nicht für sie getan hätte, nichts, seine Kehle war wie zugeschnürt von seiner tiefen Liebe zu ihr, von dem traurigen *l'amour*, das im Zigarettenrauch unter der Decke hing, von den Regentropfen, die aufs Fensterbrett schlugen. Ja, er würde für sie sterben, dachte er, denn diese edle Ergebenheit ging über jede fleischliche Befriedigung hinaus. Er dachte, wie zerrissen sein Leben doch bisher gewesen war, wie gemein und banal, und er schwor, daß er es von nun an Effie widmen würde, Ritterlichkeit statt Begehren, Schönheit statt bloßes Vergnügen.

»Eines habe ich dir nicht gesagt.« Effie zögerte ein wenig. »Andy glaubt, du seist sein Nachfolger bei mir. Ich – es schien ihn irgendwie zu beruhigen, darum habe ich ihn in dem Glauben gelassen. Falls wir ihm mal irgendwo begegnen –«

»Oh, ich werd so tun, als ob«, versprach Dennis. Es war ihm klar, daß Corinne sicher schon von dem Gerücht gehört hatte. Er hatte sie weder gesehen noch angerufen, denn er konnte ihr nicht erklären, warum für ihn Mrs. Callingham seltsamerweise immer vorging; konnte ihr nicht erklären, daß dies keine Affäre war oder daß diese tiefe Verbundenheit mit Effie stärker war als jede Liebe, die er je empfunden hatte. Im Vergleich zu Effie bedeutete Corinne ihm gar nichts, denn Effie war nicht nur ein Mensch, sie war sein Buch, so wie Andy für sie nicht bloß ein Mann gewesen war, sondern ihr Traum. Bei ihr fühlte er sich seltsam körperlos, voller Begeisterung, erfüllt von einem unbestimmten höheren Streben. Er würde etwas Großes für sie tun, etwas, das über menschliche Kräfte ging.

»Morgen zum Tee?« fragte er und griff nach seinem Hut. »So um fünf.«

Ihre Hand ruhte noch ein Weilchen in der seinen.

»Dennis, du bist ein Schatz.« Er dachte, ein wenig erschrocken, wenn es nicht Effie gewesen wäre, hätte er schwören können, daß dies der versonnene Ton und die Geste einer verliebten Frau waren. Konnte es sein, daß sie sich nach Andys Fleischwerdung unbewußt einem neuen romantischen Ideal zuwandte, und zwar ihm selbst, Dennis, weil er den Traum-Andy bezwungen hatte?... Er ging durch den Regen zu seiner Wohnung, in Gedanken bei der neuen Effie, deren Leben jetzt gerade begann, und war verstört über den Hinweis auf seine eigene Verantwortung. Mit jeder Minute glitt er ein wenig von seiner Hochstimmung, seinem selbstlosen Ehrgeiz ab. Er sehnte sich auf einmal nach der klaren Brutalität der Havana Bar, nach Toots und Boots und Lora. Auf einer Reihe von Zeitungs-Lastwägen, die an einer roten Ampel am Union Square hielten, prangten grelle Plakate.

Die Geschichte von Andrew Callinghams
furchtloser Liebe
vom 15. Juni an im Daily Mirror

»Ich muß endlich mein neues Buch anfangen«, dachte Dennis. »Ich werde eines über Lora schreiben. Die Geschichte einer Frau mit der Seele einer Statue – nur Rum erweckt sie zum Leben. Johnson wird sich zu Tode ärgern!«

Auf der Treppe vor seiner Haustür ragte eine kleine Gestalt in weißem Regenmantel in der Dunkelheit auf wie ein Geist. Es war Corinne.

»Ich habe mich entschlossen«, sagte sie, »ich werde Phil verlassen und zu dir ziehen.«

»Den Teufel wirst du tun«, sagte Dennis.

Doch er war unendlich froh, sie zu sehen. Sie befreite ihn von der Last der hehren Vorsätze, und er atmete erleichtert auf. Er küßte sie.

»Komm rein, raus aus dem Regen«, sagte er.

Nachwort

Großartig... Bedeutend... Hochaktuell...« lauten die werbewirksamen Zitate, die Dawn Powell drei bekannten Autoren zu Dennis Orphens *Frau des Jägers* in den Mund legt. Edmund Wilson, Gore Vidal und John Updike lauten die berühmten Namen, die ihren eigenen Ruf stützen und denen es trotz sehr viel differenzierterer Würdigungen nicht gelang, aus »einer Kultfigur eine Art Säulenheilige der Literaturgeschichte« zu machen (Vidal). »Vielleicht ist Dawn Powells Ruf dazu verdammt, sich ewig im Zustand der Wiederentdeckung zu befinden«, schrieb John Updike 1995 anläßlich des Wiedererscheinens ihrer Romane *Turn, Magic Wheel* (*Das Glücksrad*) und *Dance Night* dreißig Jahre nach ihrem Tod im *New Yorker.* »Sie ist eine zu gute Schriftstellerin – zu geschickt, zu witzig, zu gescheit, zu mitfühlend und zu poetisch –, um ganz der Vergessenheit anheimzufallen, und doch in gewissem Sinne nicht emblematisch genug, um zu den ständigen Exponaten im Zoo der von akademischer Seite verordneten amerikanischen Romanautoren zu gehören.« Bei ihrer Renaissance in Amerika hatte Gore Vidal Pate gestanden, indem er sie 1987 mit einem Essay in der *New York Review of Books* würdigte – als »die beste Verfasserin komischer Romane, die wir haben«. Und ihr lebenslanger Freund Edmund Wilson hatte ihre Romane schon 1962 im *New Yorker* als »die amüsantesten, die im Augenblick geschrieben werden« gelobt und sich zugleich gefragt, warum sie »so viel weniger bekannt sind, als sie es verdienen«.

Als Dawn Powell *Das Glücksrad* schrieb, befand sie sich gleichsam auf dem Gipfel ihres Mißerfolgs. Die Entwürfe zu dem 1936 erschienenen Roman reichen Powells eigenen Angaben zufolge bis ins Jahr 1930 zurück, dem Erscheinungsjahr ihres Romans *Dance Night*. Dieses von der Autorin geliebte und hochgeschätzte Buch fiel bei Presse und Publikum so vollständig durch, daß Powell trotz ständiger Geldnot beschloß, ihren besorgten Verlegern Farrar und Rinehart die Verluste vom Vorschuß auf das nächste Buch zurückzuzahlen. *Das Glücksrad* bildete einen Wendepunkt in Powells Karriere: Ihre sechs zuvor erschienenen Romane sind bis auf den ersten, *Whither* (1925), den sie selbst geflissentlich totschwieg, allesamt in ihrer Heimat Ohio angesiedelt, der sie sich danach als Romanautorin nur noch einmal zuwandte, in der fiktiven Geschichte ihrer Kindheit, die den sprechenden Titel *My Home is Far Away* bekam (1944; auf deutsch 1998 im Malik Verlag als *Meine ferne Heimat* erschienen). Weitere sechs satirische New-York-Romane (und eine in Paris angesiedelte Liebesgeschichte) sollten auf *Das Glücksrad* folgen, das zwar kein Bestseller wurde, aber immerhin positive Kritiken erhielt, so daß sie im Tagebuch notieren konnte: »Mit dem Buch geht es bergauf« (10. Februar 1936).

Dawn Powell wurde am 28. November 1897 in Mt. Gilead, einem kleinen Ort in Ohio, geboren. Kurz nach ihrem sechsten Geburtstag starb ihre Mutter an Tuberkulose. Da ihr Vater, ein offenbar leichtlebiger Handlungsreisender, die meiste Zeit unterwegs war, wurden Dawn und ihre zwei Schwestern von Verwandten zu Verwandten herumgereicht, bis der Vater 1909 erneut heiratete und mit den Kindern auf die Farm seiner neuen Frau nach Cleveland zog. Die drei Schwestern, schreibt Powell 1942 in einer Kurzbiographie für ein Nachschlagewerk, waren dort »sehr unglücklich, und von dort lief Dawn Powell mit dreißig Cent davon, die sie sich mit Beerenpflücken verdient hatte. Daß sie weglief, hatte zwei Gründe: Zum einen hatte sie ein Stipendium für die High-School gewonnen, und es gab dort keine Schule, die sie hätte besuchen können; zum anderen hatte ihre neue Stiefmutter sämtliche Geschichten, die sie geschrieben hatte, verbrannt, eine Form der Bestrafung, die für das Ego selbst im Alter von zwölf Jahren untragbar war«. Von da an wuchs Powell bei ihrer Tante in Shelby, Ohio, auf, einer Kleinstadt, die jedoch als Verkehrsknotenpunkt an der Bahnstrecke nach New York und Pennsylvania den Geruch der großen, weiten Welt atmete. Sie absolvierte ein Studium am Lake Eerie College in Painesville, Ohio, und zog nach dem Abschluß im Jahr 1918 im Alter von 21 Jahren nach New York. Auch wenn die Stadt zu ihrer erklärten Wahlheimat wurde, schreibt sie doch noch Ende der fünfziger Jahre in der autobiographischen Skizze *What Are You Doing in My Dreams?*: »Es ist, als hätte ich mich an dem Tag, an dem ich aus Ohio fortging, an der Kreuzung zweigeteilt und beide Richtungen eingeschlagen, so daß die eine Hälfte von mir tagsüber hier in New York weilt und die andere nachts bei den Toten im Ohio der fernen Vergangenheit. Das geht jetzt seit so vielen Jahren so, daß ich mich frage, wie ich das überlebe. Wie müde kann man nach einer Nacht bei den Toten am nächsten Morgen sein!«

Dieser Zwiespalt scheint vor allem zu Beginn der dreißiger Jahre in ihrer Arbeit akut geworden zu sein. So gibt sie im Jahr 1931 in einem Brief an ihren Cousin Jack F. Sherman ihrer New-York-Begeisterung Ausdruck:

»New York City ist der einzige Ort, an dem Menschen, die nichts anderes vorzuweisen haben als ihren Geist, alles tun und sein können... An allen anderen Orten muß man seine niedrige Herkunft verbergen und so tun, als seien sämtliche Mitglieder seiner Familie weiß und könnten lesen und schreiben und Harfe spielen. Was ich meine, mein Freund, ist: Hier kann man man selbst sein, und es ist der einzige Ort, wo echt und ungekünstelt zu sein einen überallhin bringt, wohin man will... Selbst die vornehmsten Leute sind hier der Ansicht, daß tun zu können, was immer man will, ohne Rücksicht darauf, was die anderen denken, das entscheidende Merkmal der Aristokratie ist...« Und im April desselben Jahres notiert sie unter den drei Dingen, die für sie das Glück ausmachen, an zweiter Stelle, »daß ich an dem Ort bin, wo ich sein will (meistens New York)«. Powell, die immer eine Vielzahl literarischer Pläne im Kopf hat (außer den 15 veröffentlichten Romanen schrieb sie zahlreiche Stücke und Fernsehspiele sowie, ihrem Tagebuch zufolge, 68 Kurzgeschichten), schwankt zu diesem Zeitpunkt, ob sie mit dem geplanten New-York-Roman beginnen oder die Idee zu einem Ohio-Roman ausführen soll (der dann 1932 unter dem Titel *The Tenth Moon* erschien). Letzterer, heißt es in jener Tagebuchnotiz weiter, »würde mir, indem er sich auf meine Herkunft aus Ohio bezieht, einerseits die Möglichkeit bieten, der modernen New Yorker Verzweiflung zu entfliehen (die zu sehr Teil meines Lebens ist, als daß ich ruhig darüber schreiben könnte), und andererseits doch ein Gefängnis sein, indem er mich restlos von meinem derzeitigen Leben und meinen gegenwärtigen Interessen abschneiden würde«.

Die Verzweiflung, die das moderne New Yorker Leben durchzieht, hat Powell in den Boheme-Gestalten ihrer New-York-Romane dann immer wieder beschrieben, nicht ruhig und gelassen, sondern mit ihrem zugleich melancholischen und sprühenden Witz, mit einer Mischung aus satirischer Distanz und Liebe. Zu ihrem eigenen Anteil an jener Verzweiflung gehörte die Sorge um ihren Mann, den Werbeleiter und früheren Musikkritiker Joseph Gousha, den sie 1920 geheiratet hatte und der, wie sie selbst, zuviel trank, und um ihren 1921 geborenen geliebten Sohn »Jojo«, der von Geburt an wohl an Schizophrenie, verbunden mit einer Gehirnlähmung, litt. Ihre Tagebuchnotizen bringen eindringlich zum Ausdruck, wie sehr die Sorge um beide, Erfolglosigkeit und ständiger Geldmangel sie aufrieben. Dabei nahm Powell am gesellschaftlichen Leben der New Yorker Boheme eifrig teil. Sie war eng befreundet mit Edmund Wilson und John Dos Passos (den sie im *Glücksrad* mit der Lobpreisung seines 1921 erschienenen Romans *Three Soldiers* ehrt) und mit E. E. Cummings und Hemingway gut bekannt. Der Kritiker Matthew Josephson empfahl sie dem französischen Surrealisten Philippe Soupault als »die geistreichste Frau von New York«. Doch in ihrem Tagebuch ist nicht nur von lustigen Partys und exzessivem Alkoholgenuß die Rede, sondern immer wieder auch von einem tiefen Ungenügen. »Ich hasse lose Bekannte«, notiert sie etwa im November 1931. »Ich liebe Fremde und fünf alte Freunde. Alles, was dazwischen liegt, macht mich rasend: als Verschwendung wertvoller Zeit.« Und im August 1932: »Der Grund dafür, daß ich schreibe, ist, daß es niemanden gibt, mit dem ich reden kann, und so kann ich mir ebensogut ein völlig privates Leben aufbauen.«

Tatsächlich beginnt sie sich mit dem *Glücksrad* eine eigene Welt zu entwerfen. Ihre New-York-Romane bilden zwar keine Folge in dem Sinne, daß die Handlung an den vorangehenden Roman anknüpfen würde, doch Dennis Orphen, Corinne und Andy Callingham tauchen in späteren Büchern wieder auf, und Okie darf 1954 in *The*

Wicked Pavilion (dt. *Downtown Ladies*, SP 1481) als »das letzte Exemplar der aussterbenden Rasse der Mitläufer« noch einmal eine Glanzrolle spielen, als Liebhaber der Peggy-Guggenheim-Gestalt Cynthia Earle. So porträtiert Powell die Welt der New Yorker Boheme über dreißig Jahre hinweg und malt ein kaleidoskopisches Bild der Stadt in ihrem Glanz und ihrer Schäbigkeit. Das bedingt, daß den heutigen Lesern, zumal den deutschen, manche Details rätselhaft bleiben, die zwar nicht das Grundverständnis des Romans berühren, zur Atmosphäre jener Zeit jedoch dazugehören. So ist zwar André Malraux heute noch allgemein bekannt, kaum jedoch der amerikanische Abenteurer Richard Halliburton, von dem es heißt, daß man Callingham auf einem Zeitungsbild mit ihm verwechseln könnte: Er bestieg das Matterhorn, den Fujiyama, den Ätna und den Popocatepetl, durchschwamm den Hellespont und den Panamakanal und berichtete in zahlreichen Reisebüchern von seinen Unternehmungen. Auch die »Jersey Lily«, die in Jersey geborene und 1929 verstorbene britische Schauspielerin Lilly Langtry, die als erste Dame der Gesellschaft zur Bühne ging und zu deren Verehrern König Edward VII gehörte, war in Amerika damals noch in aller Munde, während heute bei uns kaum mehr jemand ihren Namen kennt. *Gibson girl* war ein gängiger Ausdruck für das typische amerikanische Mädchen der 1890er Jahre in Petticoats und rauschendem Abendkleid, wie es Charles Dana Gibson in seinen Romanillustrationen darstellte. Hinter dem Kürzel »F. P. A.«, an das die Gattinnen der Und Co.s ihre Gedichte schicken, verbirgt sich der amerikanische Journalist Franklin Pierce Adams, der als der Urvater der Kolumne gilt, u. a. 1913–1937 in der *Herald Tribune* schrieb und dabei Texte etwa von Sinclair Lewis und Dorothy Parker aufnahm. Wenn Dennis nicht einmal so aussieht wie Max Eastman, so heißt das, daß er weit davon entfernt ist, eine solche Galionsfigur der Boheme von Greenwich Village zu sein, wie es dieser Kritiker und Schriftsteller in deren erster Blütezeit war, in der er *The Masses*, eine sozialistische Zeitschrift für Politik und Literatur, herausgab. Die *New Masses* wiederum lesen die eifrigen Und Co.s, und auch in dem von ihnen frequentierten John-Reed-Klub treffen sich Literatur und Politik: John Reed war ein amerikanischer Schriftsteller, Journalist und politischer Aktivist, ein enger Freund Lenins und Augenzeuge der Oktoberrevolution, der nach seinem frühen Tod zum Helden einer Generation von Intellektuellen wurde und zum Namenspatron zahlreicher von der Kommunistischen Partei gegründeter Klubs. Selbst die Schilderung des Blicks vom Empire State Building ist spezifisch für das New York der dreißiger Jahre, war doch die Aussichtsplattform erst 1931 eröffnet worden und der Zauber dieser Attraktion damals noch neu.

Erst mit ihrem dritten New-York-Roman, *Angels on Toast* (1940; dt. *Engel auf Toast*, SP 1482), fand Powell laut Vidal endlich ihren eingeschworenen Leserkreis. Was die Widerstände bei ihrer Rezeption betrifft, dringt in der zeitgenössischen Kritik jedoch davor wie danach beharrlich ein Grundtenor durch. So rühmte etwa Diana Trilling Powell 1942 in einer Rezension von *A Time To Be Born* als »eine der geistreichsten Frauen, die wir haben«, beklagte jedoch 1948 in ihrer Kritik von *The Locusts Have No King* die »Diskrepanz zwischen der Geisteskraft, die sich praktisch auf jeder Seite ihres Romans offenbart, und der Belanglosigkeit der Menschen, die sie mit ihrer außergewöhnlichen Intelligenz seziert«. Eine Klage, die Powell im Tagebuch mit der Bemerkung quittiert: »Der Kern der Kritik (Diana Trilling, etc.) an meinem Roman ist ungefähr der: Wenn sie mein Auto hätten, würden sie nicht zu meinen Verwandten fahren, sondern zu ihren« (24. Mai 1948). Ähnliche Reaktionen der Kritik verzeichnet Powell schon bei der Uraufführung ihres Theaterstücks *Big Night*: »Das Ganze klang wie die alten Damen in den Wochenzeitungen auf dem Lande, die behaupten: ›Der Prüfstein eines guten Romans ist: Sind das Leute, die man bei sich daheim im Wohnzimmer würde haben wollen?‹« (25. Januar 1933). Selbst Edmund Wilson sucht in seiner Würdigung die Antwort auf die Frage nach dem geringen Verbreitungsgrad von Powells Romanen im Charakter der darin auftretenden Personen: »Die Leserin findet keinen Trost darin, sich mit Miss Powells Heldinnen zu identifizieren. Die Frauen, die in ihren Geschichten vorkommen, sind wahrscheinlich genauso gemein und absurd wie die Männer.« Und das gleiche Schicksal sieht Powell, nach ersten Reaktionen von Freunden, auch für *Das Glücksrad* voraus: »›Unangenehme, schreckliche Menschen‹ – was sie immer sagen, wenn ich mich selbst dazu beglückwünsche, daß es mir gelungen ist, Menschen darzustellen, die nicht herausgeputzt oder geschönt werden müssen, um real zu sein. Doch, sagen die Leute, das müßten sie; wenn der Leser sich identifizieren soll, muß man erst einiges an ihm ändern, damit ihn sonst niemand erkennt.« (Tagebuch, 8. Januar 1936)

In einer Tagebuchnotiz vom 8. Oktober 1940 bringt Powell das Problem auf den Punkt: »Es gibt, wie ich jetzt gelernt habe, strenge Regeln für den Witz. Witz ist nicht Witz, wenn er nicht nach oben oder nach unten zielt. An einem Grundstücksbesitzer ist nichts Lustiges. Der Mittelstand ist absolut witz-fest. Der auf ihn zielende Witz ist niemals ›gutmütig‹ wie die fröhlichen Pfeile, die man auf East-Side-Juden, in Elendsvierteln lebende Iren und betrunkene Bettler abschießt – und auch nicht so gutmütig wie der Spott, mit dem man Haus und Herd der Reichen bombardiert. Der Mittelstand muß brav langweilig sein, und wenn er sündigt, muß es mindestens fünfzig Jahre zurückliegen, und selbst dann darf er es nicht lachend oder mit seliger Hingabe getan haben, sondern nur voll Reue und unter ständiger Anrufung der Bibel, und jeder, der etwas anderes beobachtet hat, ist ein bitterer Satiriker.«

Das Problem liegt in Powells spezifischer Form der Satire, in der es, wenn man sie genießen will, beider Blickwinkel bedarf: der Identifikation mit der Figur und der rückhaltlosen Kritik an ihr. Die Lust an der Satire, notiert Powell im September 1933 im Tagebuch, entspreche dem Vergnügen beim Kegeln: »zu sehen, wie die Kugel in die Vollen geht und die Kegel fallen«. Und im selben Eintrag zitiert sie als Motto ihrer eigenen Arbeit den Satz: »Begreife dich nicht als Betrachter des Bildes, sondern als dessen Mittelpunkt, und von da aus wähle deine Perspektive.« Dies sei »der Schlüssel zur großen Satire. Bei Petronius und John Donne, bei Aristophanes und Molière und in den Dramen der englischen Restaurationszeit wird die Lebendigkeit der Satire durch die Vollständigkeit des Bildes erreicht – nicht *ein* handelnder Teil oder Gedanke repräsentiert die Norm, das Publikum, den Kritiker oder den Autor – in einem Wort: es gibt keine *Stimme*, keinen Zeigestock, die auf die Moral verweisen.«

Das Glücksrad, der erste Roman, in dem Powell es wagte, sich schreibend ihrem gegenwärtigen Leben zu stellen, setzt diesen Grundsatz auf verblüffende Weise um. Die Autorin ist darin weder außenstehende Beobachterin noch mit einer einzelnen Figur zu identifizieren, vielmehr gelingt es ihr, sich auf eine Vielzahl von Personen zu verteilen. Am offensichtlichsten tritt dabei Dennis Orphen als ihr Alter ego auf: Zum einen ist er der Schriftsteller, der eine Satire über einen Erfolgsautor aus seinem Bekanntenkreis schreibt – und *Das Glücksrad*, das zunächst sogar denselben Titel tragen sollte wie Dennis'

Roman, ist schließlich auch eine Satire auf den mit der Autorin bekannten hypermaskulinen Erfolgsautor und Abenteurer Hemingway, dessen Name sich leicht erkennbar hinter Callingham verbirgt. Zum anderen ist Dennis schon durch den Namen Orphen eng mit Powells Lebensgeschichte verknüpft: *orphan* ist das englische Wort für »Waise«, und Orpha lautete der Vorname der Tante in Shelby, zu der Powell als Zwölfjährige floh. Zudem erfahren wir nebenbei, daß Dennis' Mutter offenbar früh verstarb und sein Vater ebenfalls Handelsvertreter war. Doch auch Effie steht der Autorin näher, als es scheinen mag. Ihr großer innerer Monolog an Marians Sterbebett – »Ich wünschte, ich würde wieder zu mir finden … Sonnenschein und Licht und Schatten« (S. 77ff.) – entspricht fast wörtlich dem Tagebucheintrag vom 11. Juni 1934, wo Powell mit diesen Worten ihre eigene Verzweiflung beschreibt, und auch der Aufschrei einer inneren Stimme, die Effies Entfernung vom eigenen Ich beklagt – »Hier, hör mir zu, dies ist mein echtes Ich … « (S. 257) –, findet sich als Ausdruck von Powells eigenem Leid im Tagebuch (1. Juni 1934). Selbst die Schlußfolgerung, daß man sich kein rotes Kleid kaufen darf, wenn das Geld nur für ein neues Kleid pro Jahr reicht, ist Powell, wie das Tagebuch zeigt (18. April 1933), nur zu vertraut. Und so kann auch nicht nur Dennis' innerer Monolog mitten im Satz in die Stimme des Erzählers übergehen (S. 32f.), sondern auch Effies Perspektive sich unmerklich in die von Dennis verwandeln (S. 162f.). Schließlich trägt noch so eine Randfigur wie Mrs. Hickey als Mutter eines behinderten Sohnes essentielle Züge der Autorin, und selbst Andy Callingham wurde wie Dawn Powell als Kind von Verwandten zu Verwandten herumgeschoben. Marians Krebserkrankung schließlich ist mehr als eine »blinde Prophezeiung« (S. 9) für die Zukunft der Autorin, die 1965 an Krebs starb: Im Mai 1933 war bei Powell, die immer wieder an Schmerzen und unsäglicher Müdigkeit litt, auf dem Röntgenbild ein Tumor an Herz und Lunge entdeckt worden.

Wenn Edmund Wilson 1962 in seiner Würdigung schreibt: »Die Liebe ist nicht Miss Powells Thema«, so gilt das zweifellos nicht für diesen Roman. Darauf weist schon das dem Buch vorangestellte Motto hin, dem auch der Originaltitel *Turn, Magic Wheel* entnommen ist: Es handelt sich um einen Refrain aus Theokrits *Pharmakeutria* (Die Zauberin). In diesem Gedicht braut Simaitha einen Zaubertrank, der den treulosen Geliebten, den schönen und charmanten Delphis, zu ihr zurückbringen soll. Begann die Liebe für sie als »fiebrige Krankheit«, so endet ihre Anrufung an die Mondgöttin Selene fast mit einer Art Einsicht: »Tragen will ich die Liebe, wie ich sie auf mich genommen.« (Nach der Übers. von F.P. Fritz in: Theokrit: Gedichte. Griechisch-deutsch. Heimeran Verlag 1970; daraus auch das Motto.)

Auch wenn Effie im Roman schließlich das Illusionäre an ihrer Liebe erkennt, so ist es doch Andy, dem die Rede vom »romantischen Quatsch« in den Mund gelegt wird. In welchem Verhältnis für die Autorin das Romantische zur Wahrheit und zur Satire steht, legt sie im Tagebuch dar:

> »Realismus« ist das einzige völlig vage Wort. »Satire« ist der Fachausdruck dafür, daß man so über Menschen schreibt, wie sie sind; »romantisch« das andere Extrem: über Menschen, wie sie sich selbst erscheinen – aber beides davon ist wahr. Die Fähigkeit, das Motiv einzufügen, nennt man Satire; die Fähigkeit, die Vision einzufügen, ist Romantik.
>
> Ein Mann stiftet in einer Kleinstadt ein Krankenhaus; sein *Motiv* ist politischer Art und das Verlangen nach sozialem Aufstieg innerhalb der Stadt. Seine

Vision besteht darin, seinen Mitmenschen in ihrem Leid zu helfen. Die Betonung des ersteren ist Satire, der letzteren romantisch; beides ist wahr und wahrer als der Mittelweg des »Realismus« ...

Satire heißt: die Menschen, wie sie sind; Romantik: die Menschen, wie sie gern sein würden; Realismus: die Menschen, wie sie erscheinen, wenn man ihr Innenleben wegläßt. (26. Februar 1936)

Im *Glücksrad* rücken das Satirische und das Romantische zusammen wie die Liebe und das Schreiben. Die Ähnlichkeit liegt zunächst im Moment der »Erfindung«: Hat Dennis für Effie eine Vergangenheit erfunden, die »wirklicher« wird als ihre eigene (S. 10), so hat Effie sich spiegelbildlich einen Helden entworfen, der mit der Wirklichkeit nichts mehr zu tun hat. In höchst vergnüglicher und zugleich beklemmender Weise zeigt Powell am Beispiel Andys in der grandiosen Wiedersehensszene im Hotel, wie sehr erst beides zusammen die Wirklichkeit ausmacht: das Selbstbild, die Vision des »Großen Callingham«, und die Motive, die hinter seinen Äußerungen stehen.

Zugleich bilden »wirklich« und »beobachtet« für Powell, was ihre Figuren betrifft, einen Gegensatz (so im Tagebucheintrag vom 9. September 1932). Der »Realismus«, den sie selbst erreichen will, bedarf eines Moments der Identität zwischen der Autorin und ihren Figuren. Während sie ihr Ungenügen an dem 1932 erschienenen Roman *The Tenth Night* darauf zurückführt, daß die Personen darin nur von ihr »adoptierte Kinder« seien (Tagebuch, 25. April 1932), erscheint ihr *Das Glücksrad* während der Arbeit daran als ihr »bestes Buch«, insofern es mehr von ihrem eigenen Ich enthält als alle ihre vorherigen Werke (Tagebuch, 2. April 1935). Es steht keineswegs im Widerspruch dazu, wenn sie am 21. Mai 1931 notiert: »Ich verstehe andere Menschen besser als mich selbst.« Vielmehr liegt hier, wie Dennis Corinne verrät, ein Grund für das Bedürfnis nach Entäußerung, nach der schreibenden Identifikation mit dem anderen: »Ich weiß nicht, warum ich dies oder das tu – bei anderen Leuten weiß ich's, aber bei mir selber nicht. Schauen wir mal, nehmen wir an, ich wär der Held in einem Buch von mir...« (S. 113).

Doch die Entäußerung ermöglicht nicht nur den Blick aufs eigene Ich, sondern auch die Befreiung davon. Dennis bringt das Movens seines Schreibens mit dem paradoxen Satz auf den Punkt: »endlich ist man selbst der Fremde« (S. 9). Er sucht nach dem Glück, das darin liegt, in die Haut der anderen zu schlüpfen, »einen flüchtigen Moment lang sie zu *sein*« (S. 7). Ähnlich hat Flaubert in einem Brief an seine Geliebte Louise Colet das Glück des Schriftstellers beschrieben: »Schreiben ist etwas Köstliches, nicht mehr *man selbst* zu sein, sondern in der ganzen Schöpfung kreisen, von der man spricht. Heute zum Beispiel bin ich als Mann und Frau zugleich, als Liebhaber und Geliebte an einem Herbstnachmittag unter den gelben Blättern durch einen Wald geritten, und ich war die Pferde, die Blätter, der Wind, die gesprochenen Worte und die rote Sonne, die sie ihre von Liebe getränkten Augenlider halb schließen ließ«. (Gustave Flaubert: Briefe. Hrsg. und übers. von Helmut Scheffel. Zürich 1977, S. 303.)

Was beim Schreiben ein Glück ist, wird in der Wirklichkeit schnell zur Bedrohung: »der Fremde werden« schlägt um in ein Sich-selbst-fremd-Werden. Ist das Moment der Identifikation der zweite Punkt, in dem Liebe und Schreiben sich treffen, so liegt hier zugleich der entscheidende Unterschied, der Dennis die »große Liebe« fürchten läßt: In ihr droht, wie Effies Beispiel zeigt, die völlige Identifikation bis zum Ichverlust bzw. jener Verlust der Distanz, die den anderen zum Gegenüber macht und nicht im eigenen Ich aufgehen läßt. So fürchtet Dennis am Ende durchaus mit Recht, Effie könnte gerade als seine Geliebte und nicht mehr als seine Figur »zu sehr Teil seiner selbst werden« (S. 271). Und seine »edle Ergebenheit« ist wiederum beides: nicht restlos reinen Motiven entsprungen und dennoch wahr.

»Der Künstler, der die Menschen wirklich liebt, liebt sie so sehr genau so, wie sie sind, daß er keine Notwendigkeit sieht, ihre besonderen Eigenschaften zu verbergen – er liebt sie ganz, ohne Retuschen. Und doch wird diese bedingungslose Zuneigung immer ›Zynismus‹ genannt.« Diese Tagebuchnotiz vom 16. Juni 1948 mag sehr euphorisch klingen, doch gerade im *Glücksrad* ist diese Liebe der Autorin zu ihren Figuren deutlich zu spüren. Die enge Verschränkung von Nähe und Distanz, von schonungslosem Blick und emotionaler Anteilnahme, durch die es der Autorin gelingt, den durchaus komischen Mechanismus im Innenleben der Figuren bloßzulegen, ohne jedoch deren Regungen ihre Wahrheit abzusprechen, macht wohl den besonderen Reiz von Powells satirischen Romanen aus. »Kein anständiger Autor«, sinniert Dennis, »würde sich so keck, so kühn in sein eigenes Buch hineinbegeben« (S. 93). Alles andere, würde Powell sagen, ist bloß ein Trick.

Karen Lauer
München 1998